投件方式:

1. 於「人間魚詩社」臉書社團

#金像獎詩人百萬賞競逐辦法# 貼文留言串下留言。

2. 電子郵件寄至總編信箱kuanhuang@pfpoetry.org,

由總編代貼到「人間魚詩社」臉書社團。

徵

金像獎詩人 百萬賞

競逐辦法

【出版】
社團法人台灣人間魚詩社文創協會
10695 臺北市大安區基隆路二段 112 號 3 樓
電話　02-2732-3766
傳真　02-2732-3720
E-mail　service@pfpoetry.org

【人間魚詩社】
發行人　許麗玲 / 社長　綠蒂 / 副社長　石秀淨名
社務顧問　落蒂、孟樊、陳克華、楊風、劉正偉、田原
義務法律顧問　羅行
年度詩人金像獎評審　綠蒂、蕭蕭、孟樊、楊宗翰

【編輯部】
總編輯　PS. 黃覲 / 編輯　郭瀅瀅
視覺設計　Quinn Wu / 特約企劃　郭潔渝
攝影　郭潔渝、郭瀅瀅

人間魚詩社 FB 社團詩選編輯團隊
詩選主編：冬雪、JOE
詩選編輯：蕭嫚、流雨、蕭靈

【行銷業務部】
行政總務　Juny Tseng、蘇曉妹、文凡云
業務專員　曾子妮 / 廣告諮詢專線　0958-836-615

【會計部】會計專員：古桂美

【印刷】
秋雨創新股份有限公司　02-87681999

初版一刷　2022 年 08 月
定價　300 元
服務專線　0958-836-615
投稿信箱　kuanhuang@pfpoetry.org

《人間魚詩生活誌》
粉絲專頁

人間魚詩社
臉書社團

人間魚詩社官網
（月電子詩報）

VIEW POINT | EMPOWER 之後

SPECIAL PROJECT | 為何是／不是ＸＸ圖鑑

SPECIAL PROJECT | 攝影詩

EXCLUSIVE | 田原評詩 · 日本詩選

SPECIAL PROJECT | 金像獎詩人們

SPECIAL PROJECT | 詩電影專輯

SPECIAL PROJECT | 特別主題徵稿：反侵略詩

CONTENT

有理想的心，
大於這個世界

記得在今年的初春，剛完成第二屆「年度詩人金像獎」的評選時，評審老師問我：「你認為人間魚詩社的金像獎詩人們，可能名列現代詩史嗎？」同樣的問題，在參與學校演講和學生們互動時，我也曾被問過。當時我並未正面回答，然而這問題卻在日後的巡版、討論編務時，在心頭發酵，甚至也在今年四月的頒獎典禮、詩電影首映會上，在心裡縈繞不去。尤其，《人間魚詩生活誌》第七期就報導了撰寫《台灣現代詩史》的鄭慧如教授，而詩社的兩位「年度詩人金像獎」評審，楊宗翰、孟樊教授更在今年出版了《台灣新詩史》。以一個推廣「詩」的文學總編立場，當然希望金像獎詩人能名列詩史。但這要提供什麼樣的條件，才能讓優秀的作品被注意、讓詩人們全然投入創作？

正是在這樣的思考下，設立了「金像獎詩人百萬賞」。希望透過一百零一萬元的獎金，能讓詩人持續深耕於詩的創作，並能因為獎金，成為夢想起飛的基礎。除此之外，在「詩」經常被視為小眾語言的當今，讓詩人的社會地位提升，也是這個獎項設立的初衷——「詩」也有百萬賞，也有機會列名重要文學獎。而我們也開放徵求此獎的競逐辦法，邀請詩人、熱愛文學、對獎項有想法的詩人朋友們提供創意，不僅可以提出你心目中的「百萬賞詩人」所該具備的資格、應有的體裁、創作的量與質，甚至可推薦評審，為詩人們設計一個專屬於詩人的獎項辦法。

「百萬賞」的構想在編輯部討論時，也有同仁疑問，詩社哪來的資金可以做這樣的事情？為了百萬獎金，我們將著手籌劃進行小額募資，不僅透過募資

總編輯來敲門
PROLOGUE

文　PS. 黃觀

平台提倡詩風、提倡詩的閱讀風氣，也為詩人們搭建一個平台。我們也計畫邀請各方人士為募資寫詩，鼓勵以實際行動支持詩的創作，期待能挖掘出潛藏的優秀作品，甚至，可能找到一個擁有勃發的創作力量，卻被工作耽誤的優秀詩人。

有人更進一步提問，自創獎項、提出高額獎金，是憑藉了什麼且不怕失敗嗎？記得前陣子，在一篇文章裡看到一位日本老太太西本喜美子，以 80 來歲的年紀成為攝影師，並以獨特的攝影風格連續獲得攝影獎、舉辦攝影展，更在 88 歲時出版人生中第一本攝影集，甚至擔任知名視覺公司的新年賀卡藝術總監。她在書中寫道：「我們並非孤單一人，因為有你存在。人無法獨自生存，每個人都被周圍的一切所支持著」。這段話讓我深受感動，並在每個煩惱的時刻提醒著我：「PS. 黃觀」是一群人，<u>為了提升「詩」的影響力，不斷嘗試透過各種媒介結合「詩」的創作，並讓「詩」有了再詮釋與延伸的空間，擴及不同族群、讓不同領域的人能夠認識「詩」</u>。而我們創刊至今，<u>也很幸運地被他人、被這個世界支持著，因而從一本小小的，僅在詩人朋友間流通的限量詩刊，有機會成為一個絕無僅有的，詩生活概念的媒體，並讓眾多有理想的人躍然紙上。</u>

如果有人問我推動《人間魚詩生活誌》的原動力是什麼？我想，<u>如果世界就是眼前所見、所處的社會現實，一顆有理想的心仍可以超越歲月的洗禮與消磨，大於這個世界。</u>

在相遇裡
游向
未曾抵達
遠方

編輯室手記
EDITOR'S NOTE

文　郭瀅瀅

當我暫時放下繁重的編輯事務，回過頭來看這樣一本 334 頁，如同書一般的刊物時，感受到的是一股湧動的熱情。334 頁的紙張承載著墨水的重量，而墨水，承載著創作者對詩、對影像、對繪畫的熱情與凝思，也承載著每一位報導人物對電影、對音樂、對服務眾人的熱情與實踐。

那是一條未知的道路，並關乎「之後」：在自我賦權（Empower）之後，透過每個當下的創造所闢出的道路，人在當中行動並向未知敞開，所依循的是蘊積於內在的愛、熱情、價值信念、責任與判斷。我想起了讀哲學系時，很喜歡的政治哲學家（雖然她拒絕這個頭銜）漢娜‧鄂蘭（Hannah Arendt）的一段話：「在思考時，我是自己的同伴。在行動時，我是自己的見證者。我認識這個行動者，也註定要與他共同生活。」鄂蘭的「行動」一詞，曾對在大半時光裡獨自思索的我而言有些遙遠，如今是在三位人物身上，看到了「行動」的積極意義：啟動與開創性、透過行動讓事物「新生」。

那並非僅關乎個人，而是攸關於眾人，於是在行動的道路上、在與作為「行動者」的自身「共同生活」的路途裡，得越過沿路上或大或小的石子，而往往也是行動與跨越的過程，讓人逼視與尋回自身的內在本源，再次與初心相遇。如同副市長黃珊珊在訪談裡說，她從小就發現「做自己喜歡的事」是最開心的，而在體制內改革、服務眾人，就是她一路走來最能喚起心中熱情的事；導演曹瑞原在《斯卡羅》之後，面臨內在的轉換與蛻變，他找回了如童年般最真摯的心、對電影最初與最純粹的夢；臺北流行音樂中心董事長、音樂人黃韻玲，則是在疫情下跨越營運的困境，持續擁抱著對音樂的愛，要讓北流成為流行音樂的那道光。

熱情，在每一個當下的決定裡有了向前的動能，如同詩人在每一首詩裡的決定，決定一個斷句或分行，決定語言的形式或語氣的停頓，而它會在語言之流裡游向未曾抵達的遠方。每一種不同形式的創作也都有屬於自己獨特的聲音，在光影、在畫筆與色彩裡有創作者的情感與對自身的實驗，也是對現狀、對時代面貌的回應，也正因為它們，讓這份刊物成為一條寬廣的河，不同的聲音頻率、不同的語言內涵在流動中彼此相遇，並匯集出獨有的節奏與韻律。

在紙本媒體、紙本刊物看似面臨危機的當前，希望盡可能地創造紙本獨有的收藏價值，並讓每一個翻閱的人，在每一次的翻閱裡，都能因著文字、光影、色彩，讓重複的日常與現狀有詩意的可能，那就是無比開心的事了。

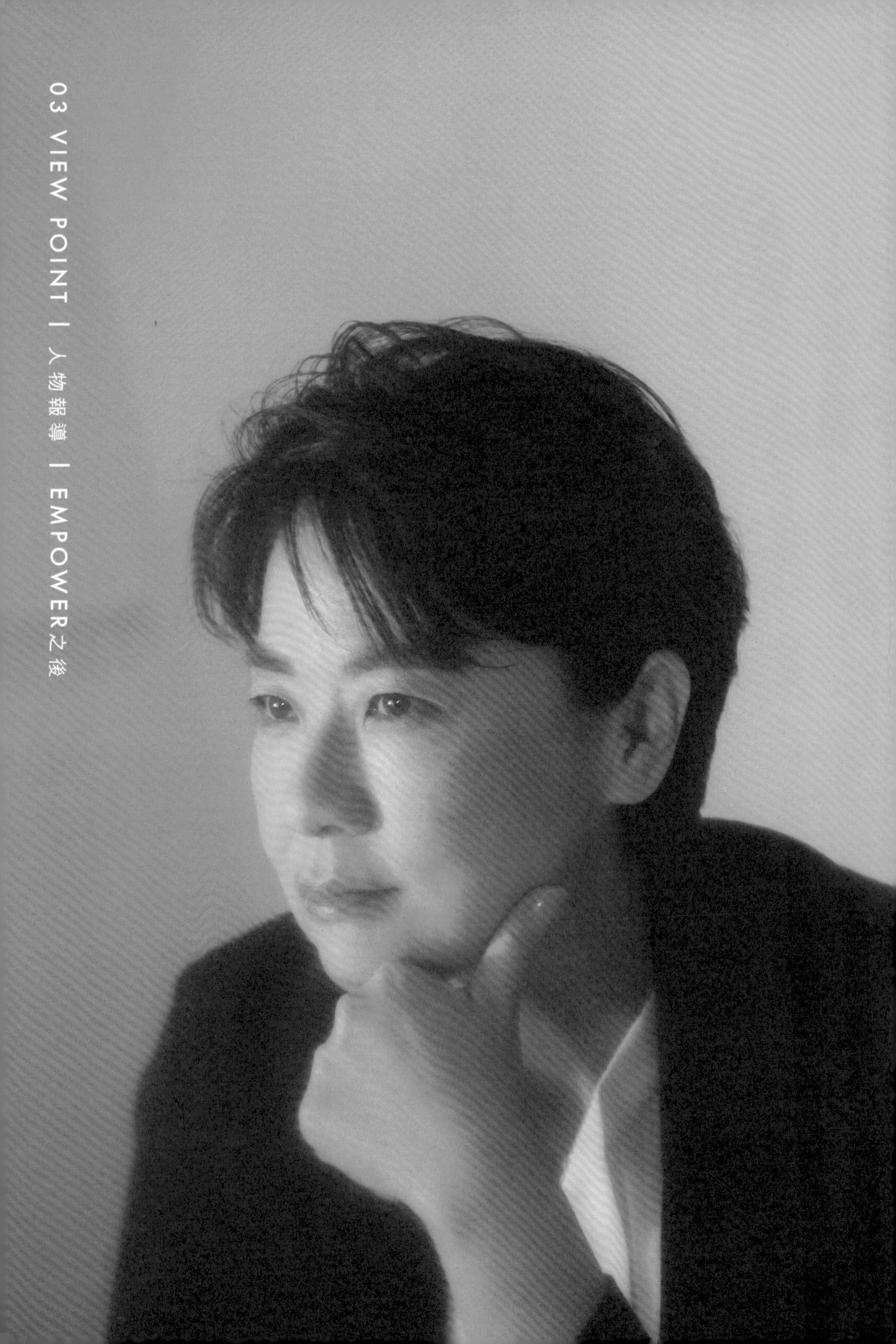

專訪　黃珊珊　　VIVIAN HUANG

Empower

副市長之後

解讀黃珊珊：
後疫情時代的
首都行動領導

ABOUT 黃珊珊

黃珊珊，台北市副市長。
「去當體制內的人，去成為從內部改變不公不義的人。」
大學教授的一句話，讓她毅然走入政壇。
當過律師，28 歲踏進台北市議會殿堂，
現在，繼續秉持「做對的事」，帶著信念，點亮台北城市的光。

前言

採訪 黃智卿、許麗玲 ｜撰文 黃智卿 ｜攝影 郭潔渝

「我到這裡追尋夢想，果真找到了！」
——珍·雅各《偉大城市的誕生與衰亡》 開卷語

對都市研究與經濟思想有巨大貢獻的傳奇人物珍·雅各（Jane Jacobs），曾寫下這句話獻給紐約市，而這樣的句子，應該也適用於全世界的其他城市。

同樣帶著熱切「追尋夢想」的心，黃珊珊 15 歲時就獨自從台中北上就讀高中，並一路從北一女、台大法律系、律師高考，到 26 歲成為律師事務所的合夥人。起先，她的生涯規劃是成為法學院的學者，卻因為參與「法律服務」的義務工作，在其中感受到服務眾人的快樂，以及進入體制內改革的重要性，因而萌生了參政的決定，在 29 歲那一年初次參選時，黃珊珊就當選台北市內湖、南港區的市議員。從那一刻起，台北市少了一位律師，卻多了一位問政用心的市議員。

從 1998 年至今，黃珊珊連續當選 6 屆市議員，並在 2019 年接受柯文哲市長的邀請，擔任台北市的副市長。副市長上任不久就遇到「新冠疫情」的大挑戰，尤其在今年台灣疫情快速攀升的 4、5 月，諸多的應變措施，在在考驗著執政者的領導力、協調力與執行力。黃珊珊認為，她之所以能迅速面對所有問題，一一梳理並找出解決方法，歸功於律師的專業養成。

訪問過程中，黃珊珊的言談透著清晰、明快的氣息，也處處流露出女性特有的親和力、細緻以及實事求是的用心。從市議員到副市長，歷經 24 年投入台北市政的經驗，黃珊珊不僅對於解決各種市政問題以及整體協調充滿信心與幹勁，也對首都台北在台灣與國際社會能產生的影響力，有著遠見與抱負。

「成為體制內的改革者」、「為眾人之事而努力」，這兩大理想是黃珊珊從一名律師轉而從政的關鍵，也是影響著她獨特的問政態度與領導風格的內在價值。訪談中她一再強調：「不對立」，就能在體制內推動改變；「為眾人之事努力」，也讓她在思考城市的過去、現在與未來時，有了更寬廣、更長遠的視野與理想。而面對問題、實際了解問題、創造性地解決問題，是黃珊珊鮮明且獨具特色的「行動領導」，而她對於以文化作為首都品牌形象也有獨到的觀點與遠見。

台灣的社會氛圍是有秩序、溫和甚至是溫暖的，然而到了選舉時，就會普遍呈現熱情與激動的集體情感與情緒。再過幾個月，台北

市即將出現一位新首長，在這個關鍵時刻，訪談副市長黃珊珊具有重要的意義。這樣的訪談讓讀者貼近了解首都城市運作的公務脈絡，更清楚台北市政是如何被推動的？在投入熱情推舉心目中的理想人物之前，透過這篇文字報導，進一步了解究竟我們將要託付什麼樣的城市事務與權責給未來的首都市長？這是一件十分重要的事！

來自軍人家庭的黃珊珊，兄姐大多從事公職，他們分屬不同政黨，但為國家人民謀福利的心完全一致。而有趣的是從她與自家二哥的互動過程中，我們可以感受到即使各有堅持，但理念一致，最重要的是，他們之間是相互關愛的，這也是台灣社會的真相。出國時，在異國的海關看到拿著深綠色護照的台灣人，彼此都會交換著熟悉與心照不宣的眼神，那眼神中帶著某種信任與了解，這也是民主社會最大的價值：不分貧富貴賤、不分政黨色彩，民主制度提供給每個社會成員安全與尊重。

黃珊珊來自「外省家庭」，她讚嘆傳統市場的攤商是勤奮的台灣人，而我也從這位每天精神奕奕、努力推動市政的女性身上，看到另一種勤奮的台灣人樣貌。我想，這也是台灣民主社會有成的原因：勤奮的人民，在安定的社會中認真投入工作，並勇於面對挑戰。訪談過程中，黃珊珊因應攝影師要求而坐到辦公桌前、手拿公文拍照，當下竟真的細細審閱起公文來了。勤奮公務且絲毫不浪費時間，隨時能投入工作並樂在其中的樣貌，在我心中留下了深刻的印象。

走進黃珊珊的辦公室時，除了隨處可見厚厚的公文檔案，令人眼睛一亮的，還有散置各處、大大小小、鮮綠色的卡通「抱抱龍」公仔，黃珊珊說，喜感十足的「抱抱龍」讓她

在煩忙的公務中，可以放鬆心情，保持愉快與開心。每天行程滿滿的她，平時的抒壓方式是閱讀偵探小說、打電動和開車。即使已從政二十多年之久，言談中仍透露出活潑的性格，以及對一切充滿好奇、年輕的心。

在珍‧雅各《偉大城市的誕生與衰亡》一書的譯者序文中，師大地理系吳鄭重教授提到珍‧雅各的城市觀：「身體空間、使用參與、街道生活和有機秩序的人性尺度」。身為女性的珍‧雅各從女性的身體，意識到城市空間的存在，這樣的觀點影響了人們對紐約市及其它大城市的看法，從而擋下不少具有破壞力、以商業發展或工業經濟為強勢考量的城市規劃。黃珊珊對於台北街區特有的文化也相當重視，如：林森北路的條通文化、萬華超強包容力的地方文化，還有她對於市府同仁在疫情期間，工作負荷過重馬上有警覺，並且迅速加以改善，從而帶動更有效率的防疫工作，也都來自女性的細緻以及身體空間的思維。除了女性特質，再加上專業法學養成的理性思考，兩種特質的融合與協調，形成她獨特的領導風格。現在，就讓我們從十五歲的逐夢少女開始解讀，黃珊珊獨具特色的女性城市領導。

軍人家庭的小么女、獨立自主的人格養成

1969 年出生的黃珊珊，是所謂的「外省第二代」，她的父母分別來自湖南及河南，在台灣相識與結婚。黃珊珊是家中的老么，在出生之前，家裡已有五個兄姊，單靠父親一人的收入難以維持全家人生計，更遑論栽培子女，因此，五個兄姊都唸軍校：大姊是唸國防醫學院的護理人員，大哥、二哥都唸海軍官校，二姊則是情報局，小哥唸中正預校。黃珊珊說道：「我們家可說是軍人家庭。」

由於母親在婚後十年，五個小孩陸續報到，並沒有意願再生一個小孩，黃珊珊說自己「是因為媽媽沒耐心等婦產科的人工流產門診，才被留下來的小孩。」原來當天，黃珊珊的母親已經準備好要拿掉孩子，卻因為醫師太繁忙而乾脆回家，而父親也鼓勵喜歡小孩的她「再多生一個」，於是才有第六個小么女的出生。原以為應該集三千寵愛於一身的黃家小么女，卻有著十分獨立的個性，因為她的童年並沒有一群兄姊的陪伴與呵護，「小時候，我不太知道哥哥姊姊是誰，因為他們都不在家，都在外面唸書，只有暑假才看得到家裡出現好多人。過年還不一定會見到他們，因為軍隊在春節期間，常常需要加強戒備。」除此之外，母親也給予她極大的自主空間，養成了黃珊珊獨立自主的人格。

父親從陸軍中校退伍後轉職警界，在經常調動的職務下，黃珊珊也跟著搬家。台中后里出生的她不僅住過台東、小學在澎湖讀馬公國小，後來又搬到鳳山高雄，畢業於鳳西國中。而畢業那年，父親又因職務調回了台中，不過這時，

黃珊珊並沒有考慮在台中讀高中，而是依循著 15 歲的把握與判斷，決定獨自北上考高中，而自小慧點的她也在努力不懈下，考上夢想的北一女中。

做喜歡的事，就會很開心

「好酷哦！」這是 15 歲的她，北上就讀高中時的心情。15 歲的年紀，有著青春的熱情與奔放，當時，一踏進位於總統府對面的北一女，世界正以未知而嶄新的樣貌向她展開。不過，她認為自己並不是一個只會讀書的人，也是個會穿著綠色制服去逛西門町的高中生，她和那個年代的年輕人一樣，會為了買演唱會的票，吃白土司省錢。即使有著旺盛的求知慾，卻也不是一個只愛在書堆求知的人，她提到，她是個想要做自己「喜歡的事情」的人：「去做喜歡做的事，就會做得很開心！」

就讀北一女期間，黃珊珊還是北一女中的樂隊成員，要成為樂隊隊員可不容易，得要成績前三名才有機會加入，「為了要當樂隊所以要功課很好，因為我要穿樂隊的衣服，那很神氣啊！小時候莫名地對這件事有某種成就感，可以說是一種羨慕心態！」為了實現自己的願望，她發憤讀書，並在過程中發現自己「很會讀書」，於是在當時就立下志願，未來要當一名學者。

高中時唸第三類組，喜歡科學研究的她，希望有一天能夠拿諾貝爾獎，因此在聯考時，選擇了台大大氣科學系。而在大學一年級的某一天，她無意間路過法律系民法總則的課堂，隨

即受到王澤鑑教授生動、風趣的講解法律行為與法律效力所感動，在深深著迷之下，她決定要轉到法律系。但是，大氣系和法律系分屬不同類組，黃珊珊知道，她只有爭取全班前三名的好成績，拿到台大書卷獎，才會有機會轉系。一向對實現夢想有著強大動力的她，果然在勤奮努力下拿到了書卷獎，並如願轉進台大法律系。由於是「平轉」（大二轉大二），黃珊珊需要同時上完法律系大一及大二的課，過程相當辛苦，但是她仍然用了三年讀完了四年的法律課程，並且在畢業那一年考上律師。

成為「體制內改革」的人

當年台大法律系的班上也有其它轉系生，不過黃珊珊是裡頭第一位從政的。除了那堂因路過、受感動而駐足的法律課，從此改變了黃珊珊的人生規劃之外，大二那年，正好碰上野百合學運，「幾乎全校都參與，台大法學院就在中正紀念堂旁邊，我們就翹課或罷課不上了，老師們也都去那裡抗議，我也很想去。但因為我沒有唸法律系大一的課程，所以是大一、大二的課一起上，不太敢翹課，只能在課餘時間參與」。不過當時，在她心目中如同天神一般的黃茂榮教授（曾任中華民國司法院大法官、現為國立臺灣大學法學院終身特聘教授）在課堂上，對班上的七、八位學生說了一席話：「我希望你們不要只是在外面爭吵，要坐到裡面去，到裡面去從內部進行改變，從而改變這個世界！」那一刻開始，黃珊珊便受到了鼓舞，從內部來「改變世界」的想法在她心中萌芽。回顧起當時的心情，她說道：「我看到其他的同學都跑出去參加學運了，好多人後來也成為陳水扁的助理，在那個風起雲湧的時代，很多人選擇了那條路。但是我選擇坐在課堂上好好讀書，我想要成為一個可以從體制內改革的人！」

雖然決定未來要走的是一條「體制內改革」的路，但黃珊珊認為自己也會堅持所認同的民主價值，不會只是跟著體制走。她曾經為了「廢除刑法 100 條」而和自家二哥吵架（二哥為黃曙光上將，曾出任蔡英文總統的參謀總長），竟然長達十年不和他說話。對此，黃珊珊自認是完美主義的「天秤座 A 型」個性所致——崇尚自由、公平與正義，追求完美。既是堅持理想，又是個完美主義者，而黃珊珊又自嘲是個「生活上的大白痴」，所有的精明都在「工作上」。

從內容到理論貫通的法律專業知識

只要機緣一來就全力以赴、處處用心的她說：「我是一個為自己負責的人。」大學的時候，黃珊珊認真地想著未來要當法學教授，因此十分投入地準備。「我有一些同學，父母很期待他們能當司法官，他們也都很用功，每天看到他們從早上八點坐著讀書到晚上八點。我早上八點陪他們，九點鐘開始看報紙到十點，接著中午還要跟他們一起吃午飯，再睡個午覺，下午五點左右，我就去當家教了。當時我是每週一、三、五上家教，二、四、六去上德文課，因為我想到德國深造，未來當個有貢獻的法學學者。我就是這樣每天過著很快樂的日子，我閱讀許多論文以及相關的學術期刊。同學們都不重視這些，我反而覺得這才是基礎。我唸書

的方法和大家不一樣，我感覺自己是從理論到內容都讀通了。 最後參加各種資格考試及公職考，我只報考律師，也是因為要陪同學去考。結果放榜時，我考到全國第十一名，我同學落榜，後來他又陸續考了五年。有一個學弟知道這件事，還誇張地把眼鏡踩在地上，說：『黃珊珊這傢伙每天吃午餐、睡午覺、看報紙，結果她一次就考上，還排名在前面……。』後來人家問我怎麼讀的？我回答，看論文、看教科書啊！你們幹嘛每天看重點？我並沒有補習，我是唯一班上沒補習考上前十一名的。所以我才說重點是法學知識的基礎，基礎沒有打好，每天背一大堆法條有什麼用？**要把根基打得深，到現在為止我都不背法條的，但是我知道法條出自哪裡，也知道是什麼原因，為什麼有這樣的法條？台北市政府那麼多的法條，為什麼我當市議員的時候可以抓出這麼多問題？重點就在搞懂法律的基礎。」**

一旦了解法條背後的邏輯，邏輯通了，也就能懂得許多事。這個方法在她當律師的時候，就運用得相當得宜，她說：「接案子一看就知道有沒有法律依據的勝算，有的話就好好進行。所以我當律師當了六年，能獨立接案子後，到了第三年就當合夥人了，我的老闆就把事務所的案子全部交給我。」

六年的法律服務，體會到助人的快樂

黃珊珊回顧當初考上律師執照後，選擇了一間規模較小的事務所任職，因為她認為大事務所只能待在一個部門，而在小事務所裡的學習會更全面。事務所的老闆曾經擔任過檢察官，當時主要是負責刑事案。有一天老闆提到自己的一位朋友，剛當選基隆市議員，對方想要找律師去他的選區做法律服務。由於黃珊珊在大學時就當過「法服」義工，很喜歡用一己所學為社會提供服務，於是開始在這位基隆市議員的選區擔任法服律師。原本的生涯規劃是打算只當幾年律師，存一些錢之後就去德國唸研究所，但為了去基隆做法律服務，她在第一年就拿出存款買了一輛車，如此一來就能開車去基隆，而存錢出國的計畫也只能取消。

在基隆整整六年的法律服務期間，黃珊珊看到當地民眾相當弱勢，有些人連國語都不太會講。她提到，自己是在這段期間才學會台語的，因為必須要講台語才能與民眾溝通。她認為，法律服務的工作比在事務所接案子還要開心，因為事務所接案子就是為了賺錢，有些客戶還不見得聽從她的建議，許多時候還要聽客戶的。而法服的個案都願意聽她建議，相對有成就感，再加上每當看到個案的問題因她的服務而得到解決時，心中會充滿著助人的快樂與開心，黃珊珊說：「這些需要法律幫助的人沒有錢，但是他們會煮雞湯來給你喝，我覺得那個雞湯比給錢還要有意義多了。給錢的顧客還會挑剔你這個沒做好、那個沒做好，但是當我投入法服的工作，我發現這是會讓我快樂的事情。」也是因為助人的快樂，才能讓黃珊珊不畏寒暑地往來於台北與基隆之間長達六年。

在法服期間，那位基隆市議員在聽到黃珊珊進行法律服務時，基於法律現狀而跟當事人無奈地說：「礙於法規，這是不行的。」當時，這位市議員便告訴黃珊珊，他要拿去立法院修法。這讓她相當震憾，**因為她發現律師有時候**

只能跟當事人說：「礙於法規，所以無法可想。」但是法律有問題，為什麼不能修法？基隆市議員的一句話，無意間向黃珊珊指出一條能帶來改變的道路。

黃珊珊認為，雖然律師的訓練讓她面對任何事情時，都能理性判斷並且在短時間內找出事情的徵結與重點，但她也在律師生涯中發現，許多不合情理的法律，即使熟悉法律也無法改變「法律會傷人」的事實，也是因為這個發現讓黃珊珊日後選擇走上能夠帶來改變的路——從政。

參選——服務大眾，比當律師還快樂

經人介紹下，黃珊珊認識了璩美鳳，當時謝長廷因為宋七力事件提告璩美鳳，而璩找黃珊珊當律師。黃珊珊自認當年還是一個出社會沒多久的小律師，有一天璩美鳳提到，新黨要找年輕人參政，並問她要不要參加選舉？黃珊珊回憶當時的情形，說道：「那時候存款只有八萬塊，唯一的考量是老闆將整個事務所交給我，我不好意思離開。如果我離開，事務所就垮了，在道義上我是不能離開的。但是後來問過老闆，他也贊成我參選，他會再回來事務所接手。當時我只認識內湖南港區，我同學一家四票，但我就這樣參選了。」

黃珊珊原本想選的是自己律師事務所位址的中正萬華區，但其他人想選這區，最後就只剩下內湖、南港的選區，在沒有其它選項下，黃珊珊接下內湖、南港選區，沒想到她為這一區的民眾一服務就是二十多年。黃珊珊還記得那是

民國 87 年，當時內湖南港還沒有現在的榮景，大家都開玩笑說：「那裡除了草還是草啊！」當時為了要投入選舉，她去銀行貸款，再加上朋友們的標會，就這樣開始人生的第一次選舉，而當時的選舉助理就是外甥及外甥女，一個 20 歲，一個 18 歲，沒想到竟然會高票選上。當年還未滿 30 歲的黃珊珊既年輕又有律師專業，而那個地方都是家族政治，因此年輕又沒有家族包袱的黃珊珊，相形之下就相當突出。

至於為什麼參選？黃珊珊認為最主要的原因是，如果當一輩子律師，就沒有辦法改變不合理的法規，她想要成為能夠改變法律的人。除此之外，她覺得服務大眾比當律師還要快樂，如同她一再說道：「做人就是要做快樂的事」，這也是影響黃珊珊的人生方向與抉擇的另一個原因。

當律師時，黃珊珊常會覺得法律不是單靠律師一個人的專業就能決定的。比如說，要判決一個人的生死，作為律師應該儘量呈現真相，但是有時候，為了委託人的利益，還是不可避免地要避開某些真相。不過，在進行法律服務時，她發現可以完完全全地告訴當事人該如何盡量就事實來說話，她喜歡這樣盡本心及真實的情境來幫助人，所以當有人建議可以參選時，便發現這是一個可以進入體制內去改變的機會，因此沒有考慮太多就全心投入了。

日積月累下的「善循環」

那一次參選的過程，有很多志工來幫忙黃珊珊，因此當選後，她第一時間就向選區的民

眾承諾會提供法律服務。黃珊珊說她發出許多「法律諮詢卡」，「只要拿著這個卡，黃珊珊一定會為你服務！」那張卡到現在還有人拿著，終身有效。黃珊珊的服務處在民國87年12月25號當選台北市議員的當天成立，一直到她離開議會進市府的那一天，總共提供了21年的法律服務。每個星期二，黃珊珊在她的服務處服務約十幾位民眾，假日時還會去菜市場擺攤繼續服務，20多年來，累計服務了將近10萬人次的民眾，黃珊珊說：「透過提供法律服務的方式，我可以直接接觸到民眾，並且實際了解到他們的困難與問題。不像其他民意代表需要『跑攤』出席各種紅、白場合，反而是民眾直接來找我，我不用去找他們。」由於在法律服務裡，黃珊珊累積了令人印象深刻的市政疑難解決能力以及廣大的民眾支持度，在選舉期間，不論是掃街拜票或是參加各種餐會，常會遇到民眾主動表明支持，因為她曾幫助過這些人的某位親朋好友。黃珊珊認為這或許就是所謂的「福報」。當她投入熱情提供法律服務時，並沒有想要得到什麼回報，反而是開心地用她的專業提供服務，日積月累下來，就形成「我為人人，人人為我」的善循環。

持續做了21年的法律服務，黃珊珊的服務處目前還有一位律師固定提供法服，有位熱心的律師住在新店，他的事務所在重慶南路，每個禮拜二他會從重慶南路騎摩拖車到內湖，晚上10點服務完，再從內湖騎回新店，這樣也持續了20年，黃珊珊說：「沒有熱忱是做不久的。」這位律師還對她說：「珊珊，只要妳服務處開一天，我就來幫妳服務一天。」黃珊珊相信這位法服律師是開心的，因為幫助人會令人內心喜樂，那是一種無法形容的喜悅，沒有身處其中是無法體會，但一旦身在其中，就會令人樂此不疲，數十年如一日。

傳統市場是台北市民生活的一大特色，
每週一次的傳統市場購買，對許多上班族來說，更是一件非常療癒的事。
傳統市場的經營在現代超市及網路購物的競爭之下，
再加上疫情更是大受影響。
未來傳統市場的改建與轉型牽動著首都市民的生活，
同時也影響著台北這座城市未來的生活樣貌。

傳統市場：台灣第一線的生命力

提到傳統市場，黃珊珊的眼睛透著開心的光芒，她說：「全世界沒有辦法像台北這樣子，雖然日本、香港的傳統市場和我們的差不多，新加坡則是十分整潔，但是，台灣傳統市場的人情味真的是獨具特色，這個特色就是『商品 plus 人情味』。上一趟菜市場，會學到許多生活知識，即使只是買一雙三十塊錢的襪子，老闆都會跟你講上十分鐘關於這雙襪子的種種知識。傳統市場的店家都是純樸且認真工作的人，他們每天清晨兩、三點就出門批貨，到市場做生意到下午，有的人還會接著去黃昏市場擺攤。他們可能穿著樸素，工作起來衣服也會弄得很髒，但是你沒有辦法想像，他家裡可能栽培出兩、三個博士，那就是勤奮的台灣人！傳統市場的攤販通常營業環境不佳，無論天氣冷、熱，無論刮風下雨，他們可以在這樣的環境中工作，那得要有超人的毅力，他們都是為了生計而努力的台灣人！」

黃珊珊認為，傳統市場也是民生消息的第一線：台灣的經濟現況、物產供需以及物價波動等資訊都是走一趟傳統市場可以得到的。黃珊珊說：「疫情期間，我更常走進傳統市場。」不過她也提到，因為疫情的關係，傳統市場的人流比以往減少許多，當然消費力也大幅降低。從這裡可以明顯感受到整體的民生消費市場有下滑的狀況。

黃珊珊回憶 2016 年縣市長選舉時，柯文哲市長與她各自參選市長及市議員的連任，她和柯市長一起在傳統市場掃街拜票。而柯市長注意到一件事，並問：「黃珊珊，妳怎麼每一家店都認識？」當時她回答說：「我在這裡 20 年，如果不認識每家店，那也該去跳樓了。」

她說，菜市場的攤位常常一擺就是幾十年，提供的食物品質一定是好的，否則不會有顧客，所以即使是一家小小的涼麵店，都具有可觀的人流。就連修改衣服都是有技術、有口碑的，她認為菜市場內最厲害的就是修改衣服：「許多人在百貨公司買的衣服，不合身都是拿去菜市場修改，百貨公司修改衣服的手藝沒有傳統市場內的好，傳統市場隱藏了許多職人跟達人。」

疫情下的傳統市場：用「補助」來納管

雖然菜市場有這麼多的功能，但是它的問題也很多，最明顯的就是髒亂，攤販管理的確是一大問題。最常見的就是和警察玩捉迷藏，黃珊珊說：「疫情期間，我們就不能不管了，究竟有哪些攤位？究竟誰遇到誰？傳統市場的疫調要怎麼做？我的辦法是『用補助來納管』。也就是說，由市府提供補助經費，攤商可以來申請，做招牌或是購置抽油煙機，這樣就出現成效了。去年我們還提供紓困補助，只要你有納管，就可以申請補助。現在他們都登記了，不用再躲警察了。」

至於什麼叫納管？黃珊珊提到：「管人、管地、管秩序，最重要的是要符合我們提出來的規範。比如說要留出四米的消防通道、要乾乾淨淨不准排油煙、不准排油水，最重要的是要有公開透明的價目表，不可以賣一包幾百塊的芭樂。」她強調，用自治會的方式讓攤商納管，所有的價目標示必須清楚。她以艋舺夜市為例：「這個夜市沒有油煙、非常乾淨，而且攤販都整齊擺在兩條藍虛線中間，馬路、人行道都空出來。這樣的納管讓公部門成為輔導單位，業者只要配合就能合法經營，這也是公部門與攤商雙贏局面的創造！」

成立「攤販工作小組」，
讓傳統市場永續發展

這樣一來，除了解決疫情期間的疫調問題外，也解決了多年來傳統市場攤位零亂的問題。但是這個過程並不容易，除了要說服市長之外，黃珊珊還得跨局處溝通協調，另外，攤商是不是願意配合也是一個大問號。她說：「剛開始當然壓力很大，我知道這兩、三年來，疫情

對市場經營所造成的衝擊。但也因為市場的生意變差了，他們（攤商）才有意願做改變。生意好時，沒人想要做任何改變的。比如說每個夜市都賣一樣的產品，所以業者必需開始思考如何找出差異性？再來，就是不能再有任何負評，比如說坑殺觀光客，賣一包幾百塊的芭樂，如果還有這種情況，口碑變差，大家都不用做生意了。所以我們用補助與規範來做管理，如果有做不好的，就記點，超過三點可能整條攤販就要撤掉。」

一旦促成這樣的納管辦法，攤商們也能依照這些法規進行自主管理，他們的態度比公部門還要嚴格、認真。黃珊珊看到有心去整合協調，幾十年來無法改變的傳統市場業者也開始珍惜政府的措施，並且嚴格自我要求，她提到，有一名業者告訴她：「五十年來沒有人承認我們，妳是第一個！」除此之外，黃珊珊舉例：「水源市場旁邊那兩排攤販，我是從那裡開始試，第一次去的時候，還有人以為我是詐騙集團，怎麼可能會有人要給他們劃合法的位子？第二個案例是艋舺夜市，當地的里長也是認為我『又來騙了』。我就開始一條一條整頓夜市的攤商，結果現在里長對這計畫十分支持。」

黃珊珊認為攤商就是想要做生意，更沒有人想在台北市違法做生意，只是因為找不到合法的辦法，才會違規擺攤，只要提供一個合法的機會，他們就會有意願。為此，黃珊珊成立了「攤販工作小組」：警察局負責清點、市場處負責輔導、商業處負責行銷，大家分工，一起來幫忙傳統市場合法化及永續發展。黃珊珊說：「以前最荒謬的是士林夜市全部違法，但是台北市政府觀傳局竟然在全世界行銷士林夜市。」其實，只要用心，並且了解攤商們的需求，陳積數十年的傳統市場及夜市攤商無法管理的問題，也能快速獲得改變。

身為首都的防疫副指揮官，遭逢新冠肺炎這場前所未有的全球性大災難，

面對市民集體的恐懼與對未來的不確定性，

黃珊珊與市府團隊經歷疫情高峰，在防疫、診治以及心理安定方面，

適時提供民眾協助，讓台北市渡過這段嚴峻的考驗。

回顧這段抗疫過程，

實地了解、指揮協調、迅速應變正是黃珊珊的抗疫核心精神。

快速上升的疫情與應變：
「車來速」和「區級關懷中心」

身為副市長的黃珊珊也是台北市防疫最前線的協調者與指揮者，談到今年節節上升的疫情，她說：「春節的時候我們是有守住的，當時境外進來了一、兩萬人，那個時候我們用了非常大的力氣，我們在大佳河濱公園設了『車來速』做快篩及後續的管理。只要是回國的人，全部都到那邊去進行篩檢，當時我覺得春節假期結束總算守住了，一直到二月底境內都是零，確診案例都是境外的。不過那時候柯市長就說，政府怎麼沒有更進一步的疫情控制政策呢？每天境外案例一、兩百人，表示境外疫情擴散得很嚴重，台灣也會很危險！但是沒想到中央突然在 3 月 7 號宣布放寬隔離天數，從原本的 14 天變成 10+4 天，10 天過後就是 3 月 17 號，為什麼國內疫情是四月份爆開？因為 3 月 17 號的兩個禮拜剛好就是 4 月。我們知道約有 80% 的人會在隔離的前 10 天發病，但是還有 20% 左右會在 10 天以後發病，所以從 14 天變成 10 天的時候就有 10% 的人會傳出去。

疫情剛開始是在南部，其實台北跟新北並不是第一波，第一波是高雄。雙北本來就是人口密集的地方，高雄人大多騎摩拖車，雙北的人大部份是搭捷運和公車，所以傳染得比高雄快。當時我跟柯市長反應，每天 200 人確診仍可以進行疫調，因為我們這樣處理已經將近一年。然而一旦超過 200 人就不可能做。再者，每天超過 200 人確診，防疫旅館加總只有 1000 個房間，這樣只能撐五天，根本來不及！我馬上想到一定要開始準備居家隔離。」

當時新北已經進行居家隔離了，因為新北沒有防疫旅館。不過台北市在準備居家隔離時才發現中央並沒有準備治療的藥物，快篩劑也沒有準備，而最重要的是沒有兒童疫苗。所以 3 月 7 號放寬隔離天數的時候，是沒有做相關的配套準備就開放了。黃珊珊說：「我們一直向中央提出警告，日本、韓國、上海的疫情全部都爆發了，台灣不可能例外。我們希望中央能夠穩定地、至少等到相關配套齊備了再來開放，沒想到這麼快就放寬隔離天數。今年的 4、5 兩個月簡直就是惡夢，從數十人、數百人到數

千人……，每天看著確診人數翻倍增加，停不下來。」

疫情上升得太快，而雙北確診人數每天也呈現加速狀態，黃珊珊認為當時中央的政策完全跟不上疫情的變化，首當其衝的雙北只能自主應變。黃珊珊說：「還好我們台北市應變得快，因為從去年開始我們就在加強這方面的工作，所以有心理準備和相關的應變方法。只能說雙北真的很不容易，當時我的應變措施就是成立『區級關懷中心』。」

原本是由衛生局的健康中心來進行疫調及相關的防疫與後續的治療輔導，但黃珊珊發現健康中心的公務員都快爆肝了，他們每天工作到凌晨 3 點，「忙著打電話以及後續的醫療安置等工作都得進行，但每天確診的人數太多了，電話根本來不及打」，醫院的急診也全部爆滿，因為快篩陽性的人都跑去急診做 PCR，一般的急診患者跟快篩陽性的人都混在一起，怎麼可能不傳染？

黃珊珊去現場查看的時候，發現一邊是等著做 PCR 的隊伍，另一邊的人行道還有不少院區的行人經過，這個情況令人擔憂。當時黃珊珊跟柯市長反應，台北市現有的 22 個急診和門診不夠用了，因為民眾大排長龍，會影響醫院其它的醫療功能。那「車來速」呢？市長問黃珊珊車來速的地點該放哪裡？她想到的是位於承德路口的「北士科」（北投士林科技園區），這是個開發中的科技園區，周邊的道路都已經開好了，所以第一個對民眾開放的車來速就設在這裡。沒想到三天後這裡就滿了，於是黃珊珊又緊急協調、實際查看中正紀念堂跟木柵機

廠的停車場。但並不是找得到地方設立就可以了，還得找到醫生去進行採檢。台北市光是聯合醫院在士北科的檢驗工作量一天都在 1200 多人，還有哪些醫生可以支援呢？黃珊珊親自打電話給萬芳醫院協調，而由於萬芳醫院自己的門診和急診都被採檢的患者擠爆了，所以他們也很樂意將檢驗站轉到木柵機廠的停車場。

過程中，黃珊珊協調一切，並將硬體設施配置完備，但是木柵的車來速在開張 3 天之後也滿了，每天預約人數高達 800 人。接著，她隨即著手規劃中正紀念堂的車來速採檢站。但由於中正紀念堂屬於文資保存的建築，要在那裡設置採檢站，也遇到許多阻力。

走過嚴刻的疫情挑戰，
迎向疫情後的首都新商業契機

後來中央才決定只要快篩陽性就認定為確診，不用再做 PCR，而這是黃珊珊一個月前所建議的，如果一個月前就是這樣的決策，那也不用設置三個車來速。當時，黃珊珊說她連第四、第五個車來速的地點都想好了：「可以設在濱江或是塔悠路，那邊路很寬，不會造成交通阻塞。總之，台北市自從疫情大幅上升後，完全處於自主應變的狀態中。」

現今台北市的疫情雖然趨緩，不過每天還是有幾千人確診，社區依然有傳染風險，台北市的區級關懷中心工作也減少許多，因為大部分民眾都已經可以到診所或醫院快篩，確診後拿藥回家休息，不用再到醫院排隊做 PCR 檢測，關懷中心就以安置與生活照顧為主要工作，接下來就會減少各局處支援人力，慢慢降載工作量能。

回顧疫情上升時的應變處理過程，黃珊珊說：「四月底到現在，區級關懷中心承擔起疫情大爆發的重擔，各局處全力支援人力，到關懷中心協助健康服務中心與衛生局的業務，警察、消防員、工程人員、社工員、行政人員、義警、民防等等，都到關懷中心值班，打電話安置確診者，也接聽民眾電話提供生活照顧服務，起初非常混亂，因為『中央法傳系統』常常當機，資料錯誤百出，居家隔離書無法自動開立，造成區級關懷中心的同仁每天疲於奔命，民眾也怨聲載道。之後終於取消以 PCR 為唯一標準，且以健保系統取代法傳系統確認確診方式，才解決法傳系統嚴重阻塞的問題，**這個過程，區級關懷中心同仁承擔了大部分民眾不滿的情緒，他們也都默默承擔，暗吞苦水，我都看在眼裡，實在很心疼！現在，台北市的醫院專責病房與專賣防疫旅館量能充裕，預計六月底開始會陸續降載，我們也會保留必要量能，以應不時之需。**」

走過疫情的高峯，黃珊珊並沒有就這樣鬆懈下來，她與市府團隊正在研議振興方案，並瞭解各行各業受創情形，提出相應配套措施。接下來，邊境開放在即，黃珊珊說她與市府團隊希望能與台北市的各行各業作好準備，一起迎向疫情後的首都新商業契機。

投入台北市的市政工作長達 24 年，
二十多年的時間足以讓人從初生嬰兒到大學畢業成為社會新鮮人。
從身為代議士的市議員到進入市府團隊成為副市長，
黃珊珊認為她是一個什麼樣的領導者？
後疫情時代的台北市，
黃珊珊認為首都的市長應該要具備什麼樣的領導風格？

「不對立」的統籌與協調、
親自觀察現場、深入了解問題

擔任市議員時，黃珊珊認爲自己應該是要幫助市府的公務員解決問題，而不是為難他們。她想讓公務員能在法規與民情之間安全地處理問題，不至於觸犯法律。黃珊珊說，她不和公務員對立，「我是將各局處的人視為夥伴，只有這樣的心態才能讓各公務單位的人同心協力一起來解決問題。」也因為如此，成功解決市民問題的效率極高。她認為，如果起先就以質疑的態度罵人，那各單位的公務人員就不會告訴她還有其它辦法可想，事情也會延宕下來，甚至無法可解。黃珊珊說：「台北市許多里長都知道，他們找別的議員辦不好的，都來找我，通常我都會找到辦法。」

關於「領導風格」，黃珊珊提及一位議員對她的質詢：「有位議員說他調看了我的行程，發現我竟然視察了 87 次菜市場，然後找了 600 多人次的公務員來陪同視察，說我濫用行政資源去進行個人的選舉佈局。但是，『市場精進計畫』和『攤販管理計畫』是我跟市長建議的，所以我去查看現場是很正常的事。不過的確，依照慣例，副市長不太可能會親自下基層實地探查菜市場，即使有，也是 1、2 次，不至於 80 幾次。因此，這位議員才會質疑我跑那麼多次是在替自己的選舉預跑。」黃珊珊自認為自己是一個行動管理者，她得親眼看到，才知道如何解決問題：「我反思自己是怎麼樣一個人？當律師時，我得向當事人提出各種問題，他會告訴我案情，但是，他跟我講了半天可能還是有許多無法釐清的地方，最好的方式就是去看現場，例如，發生車禍了，當事人的車子是怎麼轉的？我要幫客戶打官司也要知道如何切入重點，正因為律師的實事求是，所以看現場已經變成我的習慣。當有民眾跟我反應他的房子被鄰居弄壞了，這樣的鄰損案雙方各執一詞，還不如直接到現場去了解各種可能的原因，不看現場如何能知道真相？」

除此之外，當議員時，每天要處理許多民眾反應的問題，「這條路口要設紅綠燈、那個路面要畫紅線，如果不看現場，請問要怎麼接受民

眾委託的案子？憑空想像嗎？」因此，黃珊珊當議員進行質詢的時候，會要求相關業務的公務員要能解釋得清楚，不能只是看照片。或許有時候可以靠幾張照片說明問題，但她認為這樣是不夠的，**對黃珊珊來說，面對問題如果不能深入了解全貌，就無法找到有效的解方。**

所以當那位議員在質詢時間：「為什麼要去市場視察 87 次？」黃珊珊說，她只有一個答覆：「一定要實地查看啊，才會知道有哪些問題是我們可以解決的，還有哪些是無法處理的。」這位議員又說：「柯市長 8 年只去了 20 幾次，黃珊珊竟然去了 80 幾次，她就是在選舉，是在綁樁。」如果害怕被指控是在進行選舉綁樁，黃珊珊說，那就什麼都不要做，在辦公室或家裡看報告就好了。「如果不親自去看，市場的自治會長根本不敢反應問題，業者會覺得市政府的市場處是他們的管理單位，他們根本不會對市場處講真話，因為怕講了，市場處的人會拿法條出來管他們。」黃珊珊一開始就向業者表明她是來幫忙的，她說：**「市場處雖然要做市場管理，但實際上應該要去幫助市場業者。」**在黃珊珊看來，遇到問題，最簡單的方法就是去現場了解問題，尋找各種不同的原因，接著就能根據實際狀況，找出解決方案。

實際了解需求與問題，迅速應變、解決問題的行動管理與領導

去年疫情爆發時，黃珊珊發現當時市府疾管科工作人員大約是三到五人在支援疫調工作，等到每天一百例時，同樣的幾名工作人員每天加班，即使全科同事都支援他們，也無法負荷這麼龐大的工作量。

當時黃珊珊就決定，不能因此就卡住防疫工

作。在那個時間點，她也下了很大的決定，她知道一定要解決這些公務人員過度負荷的問題，他們的問題不解決，事情就會呈現膠著狀態。工作人員累壞了，長官也沒有辦法幫他承擔，這事也不是副市長要管的，同仁不講、主管不反應，市長和她只能乾著急。如果不去現場問，公務員是不會反應的，他們可能認為這是他們的工作，不可以推給別人，會覺得那是他們的問題。他們是認真的，但實在是消化不了這些工作。當時黃珊珊決定去現場了解實際狀況，也因此才出現後續的協調和解決方案。

因為實際看到問題，黃珊珊快速成立了 12 個健康中心，後來被她訓練成 12 個精準疫調中心。之後隨著疫情上升，她又把區公所拉進來，做區關懷中心。如果不去現場，不清楚實際運作的工作量能，也就無法作適當的安排。對大部份的公務員來說，再多的事情都得做完，他們認為這都是自己的事，即使沒辦法消化，也不會向上級反應或求助。當時就是發現情況不對，黃珊珊說由於她和這些公務單位開了一整年的醫療會議，她很清楚這些同仁的工作量能，知道他們是撐不住的。**實地了解，一發現不對，就立即採取應變措施，這就是行動管理與行動領導。**

找出法律模糊地帶，定出明確法規與辦法

黃珊珊說：**「或許女性比較重實際，也比較細心，所以我會想要知道問題的所在，在不違法的情況下，找到解決辦法。對民眾來說，很多事情是在法令的模糊地帶，那些邊緣地帶如果沒有好好處理，公務員做起事來會有很大壓力，因為害怕不小心觸犯法規甚或觸犯法律。怎麼幫助這個模糊地帶定出清楚的 SOP，讓公務員清楚界線在哪裡，他們就能有所依據來幫**

民眾解決問題。我的做法是找出一個方法，可以有所依循，公務員就能安心做事，市民也能安心生活。不要遇到事情隨時碰到法令炸彈，要找出這些法律的模糊地帶，定出明確的法規及遇到狀況時的依循，就不會因不同的人出現不同的解法。」

而她的領導願景，則是「讓大家（公務部門）安心地做好福國利民的事，而不是每天在處理一些可能是弊案的問題」。她認為，「這樣是無法有任何開創及發展的，每天都在解決一些莫名其妙的問題。比如說都發局應該要主動設想與規劃、提出可能發生的問題並且預備好解決方案，而不是煩惱有人來抗議，等到真的被抗議了才來處理，那會永遠處理不完。」黃珊珊舉例，屬於產發局的市場處，現在進行許多傳統市場的改建與規劃，市場攤位也相對便宜出租，不過，她認為還可以做更多、更長遠的規劃，讓市場的設施更符合現代消費者對於潔淨和美觀的空間需求，也可以結合不同的商業形態進駐，這樣才能標租，讓市政府有優良的空間獲利。

黃珊珊認為，市府的許多規劃都應該朝這個方向來進行，要像公宅一樣，到某個程度就要讓每個規劃案能夠「自償」（投資計畫在評估年期內，營運之現金淨流入金額可償付投資建設成本），台北市的傳統市場改建，也應該要朝向「自償」的目標來進行規劃設計。

「創造性解決問題」的首都領導

累積了二十多年的台北市政參與和執行經歷，提及最想要在台北市推動的事務，她提及：「我看到台北市許多事情在短期內很難改，但總是要有人開始進行改變。」至於希望台北市由什麼樣的領導者來帶領，黃珊珊說：「應該是一個讓每個人都能在他的位置上發揮所長的領導者！」她認為，後疫情時代的首都領導者應該要具備「不因循守舊，能夠創造性解決問題，並且能適才、適用的領導特質。」

黃珊珊也希望每一位和她一起工作的團隊成員，都能擁有工作的成就感和快樂。她認為玩樂才是工作的最大動力，要把工作當作玩樂。再者，當人看到自己可以改變問題時，從內在生起的成就感也會令人感到開心：「看見問題、思考問題，並且創造性地解決問題。這是我的成就感，我因此而覺得滿足與開心。」

她提起之前由她促成建管處所成立的「違建爭議處理委員會」，這個委員會解決了許多過往無法處理的違建爭議。有一名建管處的同仁告訴黃珊珊說，他十分佩服，多年的問題竟然能夠在短時間內讓改變發生，並問黃珊珊「怎麼想得出這麼好的點子」，黃珊珊回答：「從表面上看，這是我在短時間內促成的改變，可是很少人知道我思考這件事也花了近二十年的時間」。

黃珊珊說，柯市長說的對，「小問題就要去解決，才不會變成大問題。」許多人會批評黃珊珊到處亂跑，但是對她而言，「如果不『亂跑』怎麼會知道這麼多事？不到處看，怎會明白問題所在？」實事求是、細心、統整各方並以協助的態度調和對立，這就是黃珊珊的領導風格。

根據社會住宅推動聯盟的統計，世界各國社會住宅佔總體住宅存量比例，以荷蘭最高佔 32%、英國 18%、法國 17%、美國 5%、新加坡 4.5%、香港 29%、韓國 5.1%、日本 6.1%，而台灣佔比則不到 1%，遠遠落後歐洲各國，也是亞洲四小龍最低。台北市的高房價，讓年輕人無法選擇居住在台北，這也是近幾任首都市長努力想要改善的一大議題。如何具體解決台北現今住屋分配嚴重不均的問題？一個公平且能永續發展的首都居住空間規劃會是什麼？

「台北居住正義 3.0」、「未來宅」的藍圖

關於台北市針對年輕人提供社會住宅的議題，黃珊珊說：「我認為台北市或任何大都市，都共同面臨到人口年齡結構及居住空間分配的問題。所以，如果要討論年輕人如何在台北安居樂業，必需要有更全面的視野，也就是要朝向『全齡社區』的方向來思考及規劃」。

對此，黃珊珊提出「台北居住正義 3.0」的理想藍圖：以「全齡」為考量的「未來宅」。想像未來宅的形式，一部分是公有土地，一部分為私有土地。如何讓私有的地主有意願拿出土地來與政府合建？或許可以考慮透過「財稅獎勵」或「地區再生計畫」來進行，如果地主可以節稅或是獲取空間紅利，甚至未來能夠有整體地區再生的土地及房地產升值獲益，地主才會有合建的意願。這樣的未來宅一定是「全齡宅」或「全齡社區」，新社區最好朝向「青銀共居」的規劃與設計。現有的老房子如果不與政府合建，也可以考慮讓上了年紀的屋主把房子交給政府包租代管，申請包租代管的同時也可以再加碼取得都更紅利，如此一來，屋主的都更意願應該會更增強。

黃珊珊提到，市政府目前正在推動 EOD 案（EOD 是臺北市正積極推動的一項重要計畫──「市有建物及用地整合運用導向之都市發展」。「E」代表的是「教育」（Education）、「經濟」（Economy）、「生態」（Ecology）、「公平」（Equity）和「進化」（Evolution）等「5E」原則）。黃珊珊認為，如果先用一個學校的 EOD 案來規劃這樣的「未來宅」，或許就可以有示範作用。

她談起對於 EOD 案示範全齡社區的想像：「剛開始周邊的地主可能還沒有意願參與合建，所以應該由市政府先帶頭蓋兩棟全齡宅，旁邊已經整合好要進行都更的先進行合併、規劃改建。接著，我們讓還沒都更改建的老房子裝修成小社宅，例如，一個公寓裝潢成 4 間小房間，出租後每個月屋主收租 4 萬元左右。這時候上

了年紀的屋主就可以搬到我們在鄰近蓋好的全齡宅，市政府收租 2 萬，這樣相抵之下，屋主每個月還有 2 萬元的收入，但是他可以住到安全又有電梯的新公寓，年輕人需要便宜的租屋，如此一來，雙方都會很開心。」

「如果由台北市政府來投入老房子的改裝費用，屋主除了不用出錢裝潢之外，還可以有房租收入。當老屋要開始進行都更改建的時候，如果屋主能加入由市政府所辦的『公辦都更』，這時候市政府也會幫屋主操持所有的改建工程與相關的事宜。屋主只需要分期償還都更貸款。如果還是不願意做都更，那也沒問題，老屋的樓梯還是讓年輕人去爬（意即繼續讓市府包租代管），屋主可以繼續住在政府的公辦全齡宅中。」

「未來宅」除了提供給年輕人合理的價格租住之外，黃珊珊說：「<u>也可以考慮朝向『租滿20 年就有機會取得房子的所有權』的方式來規劃，</u>想像租滿 20 年可以擁有建物作為資產

（土地還是政府的）。」不過，這只是理想與雛形，黃珊珊知道還有許多的細節與配套以及實施後會遇到的難題，但她認為：「<u>施政者一定要有整體及未來的開放思考，這樣才不會再繼續原地打轉。居住正義是每個先進國家都會遇到的課題，勇於面對問題、開放思考才有機會改變。</u>如果台北市的都市居住正義能往這樣的方向思考，第一步先做到讓老屋的屋主願意釋放空間出租給年輕人，台北市的居住環境才能在 20 年內出現明顯的改變。接下來，台北市許多四、五十年的老房子也才有機會改建，市容才能大幅提升。」

問黃珊珊為什麼想從 EOD 來著手試辦未來宅？她說：「因為台北市的少子化現象，學校也出現許多閒置空間與校地，將這些公立學校的校地拿來規劃未來宅與全齡住宅，並且整合鄰近社區的老舊住宅。剛開始能夠在學校改建的計畫中先放進一、兩棟中繼宅，提供給鄰近有意願交出房子給政府包租代管的屋主入住。台北市就會出現一個良好的『全齡社區』『未

來宅』的開始與示範。」

黃珊珊也認為，「未來宅」必須要具備「地區再生」、「社區創生」的理念，比如說倫敦市區的未來宅改建，都是以社區為整體去作規劃的，以活化社區為主，讓社區再現生機。台北市不應該也不能夠再任由建商整合地主，沒有整體規劃和社區生活概念，形成東一塊、西一塊，各自表述的社區樣貌。這對台北市的未來是一大傷害。整體性思考、以社區再生為主的規劃，才能讓台北市充滿活力，市民會以他所住的社區為榮，同時也會有住在首都的幸福感。

「社區再生的規劃與落實，一定要能體察在地居民所需，並且突顯社區的特色。」她以學校的 EOD 都更為例：「最重要的是實際了解學校附近的社區生活共同體有什麼樣的需求？只要是附近居民所需要、所期望的，政府就要能優先輔導建設或給予獎勵，如此一來，建商也會朝向整體需求與社區再生來規劃建案，這樣的居住正義才能快速推動。」

從老人年金發放，談「敬老」與落實「全齡社區」的願景

說到台北市的「全齡社區」或「青銀共居」的社會住宅願景，黃珊珊說一般人都認為台北市的老社區及舊公寓都更不易，是因為屋主大多為老人家，他們住在沒有電梯的老公寓，出入越來越困難，但又害怕利益受損，所以很難說服。對此，黃珊珊有不一樣的看法：「如果我們以尊重為前提，去幫老人家設想，他們沒有體力可以從工作上獲取酬勞，當然會很害怕既有的利益受損，所以我才會想，如何讓老人家拿出舊公寓，不用花錢，可以搬到有電梯的新房子之外，還可以有額外的房租收入。」

黃珊珊也提到，最近引起許多討論的台北市「老人年金」重新發放的事。她說這件事正反兩面都有人堅持。但基於依法行政的原則，台北市將從明年（112 年）重新編列「重陽禮金」。根據統計，臺北市在民國 111 年 5 月時，65 歲以上長者已達 50 萬 892 人，佔總人口比率 20%，是超高年齡社會結構，台北市的人口老化速度比全國整體還快。柯文哲市長任內 7 年將重陽禮金政策調整致送對象為低收、中低收入，以及 99 歲以上長者。這個政策是將原本一次性發放的重陽禮金預算挪做長期福利投資及布建社福設施，讓健康和失能的長者可以使用更妥適的福利。經過 7 年台北市的財政精實管理，共清償了 570 億的債務，因此今

年（111 年）在編列明年（112 年）度預算時，才能在良好的財政基礎上將還債及儲蓄的力道稍微放緩，提供敬老金發放的條件。

黃珊珊根據這些年來台北市政府的財務狀況，重新規劃明年（112 年）的老人年金，將會維持低收及中低收入戶長輩發放 1500 元敬老禮金，99 歲以上（原住民為 89 歲以上）的人瑞發放 10,000 元；其餘各年齡級距的長輩，將視當年度預算分配，訂定發放金額。以 112 年老人人口數初估，預計每人為 1,200 元，藉重陽禮金與禮品的發放尊重並感謝長者對台北市做出的貢獻。黃珊珊說：「一年一度發放的年金，象徵意義應該大於實質的意義，依市府的

財務狀況，讓每位 65 歲以上的長者在重陽節時收到禮金，老人家感到被尊重，也能帶動社會敬老的風氣。當老人家覺得受到尊重時，他們也較能夠放下恐懼，不再堅持己見。在『敬老』的社會前提下，才能落實『全齡社區』的未來宅與幸福首都的願景。」

ABOUT　黃智卿

左手寫報導，右手寫公文。喜愛觀察日常事物，認為日常生活是一種自我實踐。喜愛山、喜愛土地，關注環境、文化、社會，堅持認識一個地方最好的方式是用腳走過。

過去，敦南誠品 24 小時不打烊的書店，曾是台北市知名的文化風景，
也是觀光客必去的地方。
後來因為都市更新而熄燈，只能留存在回憶裡。
最近新聞報導，誠品信義店的房東統一集團，
因十七年來營收未如預期，
認為若供其他營業項目使用，將能獲得更佳商業坪效，
因此不再續租給誠品。

類似的狀況不只在台北發生，紐約市最著名的舊書店「Strand Bookstore」，
也在 2022 年因疫情傳出經營告急的訊息。
因疫情而蕭條的都市經濟，其中本就屬於弱勢的出版、文創、藝文表演等
文化產業所遭受到的衝擊也更大。
未來台北市政府應該扮演什麼樣的角色，
協助文化事業走過艱難時期，同時還能開創新的文化產業版圖？
這也將是未來首都市長需要重視的一大議題。

24 小時書店創造的城市傳說

關於信義誠品無法續租的問題，黃珊珊提到她和一些藝文界的朋友討論：
「大家都感到相當失望。為了坪效、為了商場股東的最大獲益，誠品退出。
但從市民的角度來看，民眾到誠品為的是什麼？他們想要參加簽書會、座
談會以及許許多多令人期待的精彩演講和藝文活動，當然還有選購各式書
籍，或是現場翻閱，了解世界排名作家與各種出版資訊。這是市民眼中誠
品書店的價值。誠品在東區，因為場租昂貴，許多文化活動也無法在寸土
寸金的信義誠品舉辦。反而台北市不少巷弄內的獨立書店辦了許多藝文活
動。」

信義誠品的 24 小時書店是台北市獨有的特色，黃珊珊認為：「如果能夠
從公部門有一些補貼，讓這個特色能持續存在，喜愛閱讀的市民及觀光客
應該都會很珍惜一個 24 小時經營的書店。如果公部門可以補貼藝文團體，
那未來為什麼不能補貼文化產業？」

「如果誠品可以找回創業之初的價值，而不是藉書店的形式經營商場，如
果誠品能持續提供一個優質的閱書文化空間，例如早期的敦南誠品深具特
色，或許反而能夠吸引更多的顧客與商機。」

黃珊珊說：「早前台北市之所以跟香港、上海不同，就是因為台北有誠品
書店，誠品帶動了整個閱讀文化與風氣。」關於如何推動台北市的藝文產
業，黃珊珊也提出她的看法：「或許反過來想，如果有一個屬於台北市政
府的營利空間，由市府來要求在那個空間要有一個書店，就像 BOT 一樣，
如果書店會賠錢，那就由政府來補貼業者、或是提供空間優惠，由政府來

推波助瀾。」

她認為，應該要用 BOT 的概念來推動藝文產業，比如說台北市要有 24 小時營業的書店，可以利用台北市的資源來協助業者，並且不只適用於誠品，獨立書店也應該列入這樣的計畫中：「市政府可以補助夜市的攤販，為什麼不能補助市民所需要的文化產業？例如說，如果一家獨立書店，每個月舉辦五場座談，就可以獲得 2 萬元的補助，那對業者會有很大的幫助，台北市也能獲得文化提升。」

文化是城市不可或缺的風景

提到城市文化，黃珊珊認為一座城市的文化實力不應該只是興建美術館或博物館，文化所涵蓋的藝術、美學、人文，都要能融入市民的日常生活。黃珊珊說：「我們從小的教育缺乏精神層面的養成，除了課業成績之外，我們並沒有從教育中學習如何愛人與被愛，學校也沒有教導我們如何相信自己的想像力和潛力。我們被成績、升學以及就業給框限了。不論是學校教育或是家庭教育，大部份的人把文化當成奢侈品，先『吃飽』再談文化。但我認為文化比物質生活更重要！我們這代人的父母經歷過戰爭和戰後的物質匱乏，所以他們教導我們要先追求物質生活，才能追求精神層面。因為這樣，我們創造出功利、現實的社會氛圍，藝文成為點綴以及閒暇時的活動。其實不應該是這樣子的，我們的社會不缺物質、人情或是溫暖，但我們缺乏美的養成以及精神層次的追尋。我們應該從幼兒教育就提供音樂、美術等藝術文化的欣賞環境。藝術文化應該和生活息息相關，我希望能讓台北市民的生活中充滿文化之美。」

黃珊珊以「台北市藝文推廣處」所舉辦的「文化就在巷子裡——社區藝術巡禮」為例：「這個計畫就是把藝文展演帶到社區生活中，原本在國家劇院才看得到的戲，我們讓它在社區演出。『社區藝術巡禮』安排了許多的藝文演出，這讓不少台北市民開始計畫，是否每個月該去聽一場演奏會、看一場表演？柯市長也一直想要推廣台北的 Live Band 以及 Live House，讓台北人下了班可以去喝點酒、聽音樂。這個我們小時候都有，那時有許多民歌餐廳或是像主婦之店的音樂餐廳，但後來主婦之店倒閉，真是可惜。類似這樣的地方應該出現在我們的生活周遭，比如看畫展，不一定要是大師的畫作，就連自閉症的孩子辦的畫展都非常有特色。」

文學與藝術的全民化

黃珊珊還提到，藝術常被擺在高貴、遙不可及的位置，我們要做的是推動文學與藝術的全民化，這些文化內容不應該和市民的日常生活有距離，政府應該提供這樣的平台，讓文化在生活中隨處可見，讓文化變成這個城市的精華！」黃珊珊也提到，她和市府團隊目前正在規劃「三貓計畫」，「三貓」就是貓空、貓纜跟動物園，因為貓纜每年虧損 1 億，18 年虧了 18 億。黃珊珊說：「觀光客到台北來必看的景點是什麼？除了大稻埕、萬華之外，我們不要忘了，台北是一個有纜車的城市，纜車的景點應該是全世界觀光客必到之處。我們投入大筆經費興建了纜車，竟然沒有辦法幫當地的業者帶動觀光和生意，多年來他們都是自己尋找出路。我們找了很多人來協助當地的人，找出創造貓空生機的特點與方案。目前指南宮已經開始讓藝術家駐村，藝術家能夠為這裡帶來靈魂與感動。優人神鼓作為國際級的表演團體，並且規劃未來推出互動式的表演，慢慢地打造出『三貓藝術祭』。如果四季都有不同的藝術文化活動，這個地方就會有人想要來、想要留著並且還想要再來。沒有藝術、沒有文化，

那就只是個看風景的地方。」

黃珊珊希望成為「文化就在你身邊」的推手，她認為，「用文化來吸引人，用文化帶動觀光，用文化讓市民的精神生活豐富，人也會因為文化而感到幸福。其實台北市的文化資產很豐富，文化人多、創作也多，但不容易被看見。政府應該搭造平台，讓更多的藝術及文學創作者被看見。」黃珊珊對於台北市的文化資源深具信心。

黃珊珊說：「為什麼市民喜歡去松菸、去華山？因為那裡有文化內容和文化精神。年輕人比我們更懂得去搜羅各式的城市文化資源，也會創造社區小文化。在萬華，有一群年輕人，他們以萬華來創作，成立自己的小商圈，成立發展協會，他們把萬華的故事詮釋得很有特色。要如何讓國際看見我們？我們有雲門舞集、優人神鼓及明華園等等優質的表演團體，如何讓國際人士為了看一場表演特地來到台北？就好像許多人為了百老匯的歌劇到紐約去，觀光客會為了什麼到台灣來？我想，我們需要國際化，但也要生活化，兩件事一樣重要。」黃珊珊再舉例說：「我們有國際級的表演藝術中心、台北流行音樂中心，將來還有大巨蛋，可以舉辦四萬人的大型演唱會和表演。那麼好的展演空間，更需要有優質的內容。

她又提到台北市的街頭年輕文化也很重要，比如說街舞就要變成奧運項目了。黃珊珊說，萬華的西寧市場有一個 200 坪的空間，她一直在找年輕人的街舞基地。黃珊珊提到，有一個團體名叫「藝青會」，是幾個充滿創意及活力的年輕人所組成的，他們做了一件很棒的事，那就是萬華東三水街市場的塗鴉彩繪。黃珊珊覺得這些年輕人做了相當「酷」的事，他們重新賦予老舊空間青春的樣貌。這群年輕人在東三水街的菜市場小吃店的鐵門進行彩繪塗鴉，改變了整個老舊市場的空間。黃珊珊說：「年輕

人的熱情和創意是城市文化不可或缺的元素，政府一定要能提供平台讓他表現。」

充滿在地特色的文化行銷

除此之外，市民生活中不被重視的區塊也可以再呈現、再創造。黃珊珊認為台北市不同的區域都有其獨特的文化，以森北路的「條通」酒店區為例，黃珊珊說：「以前酒店業者大都是違法營業，現在我們輔導業者讓他們合法經營」。除了輔導合法化之外，黃珊珊更進一步和業者討論：「夜晚降臨，華燈初上時，可以在『條通』辦什麼活動？許多人來台北會想要體驗首都特有的文化，那什麼是『條通文化』？要不要找一天來封街？『條通白晝之夜』從夜晚開始到早上六點？迎接將要湧入的日本和其它國家的觀光客，如果能夠推出『條通文化祭』，讓各地的遊客與市民體驗安全、溫暖的條通文化，那會是怎樣的文化行銷？酒店的『喝酒陪伴』也可以是溫暖、風趣，讓客人抒解壓力的地方，酒店經營搭配各式酒類行銷（比如說啤酒祭、清酒祭、法國紅酒祭），可以形成有趣又有商機的酒店文化。」

「還有，萬華的在地文化也十分特別」，黃珊珊接著說：「萬華除了是老城區之外，也是『常民文化』最豐富的區域，那裡有許多歷史悠久的廟宇、夜市、街友、甚至『阿公店』的茶室文化都被包容在這裡。萬華文化呈現的就是台北這個大都市的社會包容力，當地有許多團體在協助街友，讓地方與街友共存，甚至提供街道的清潔工作給街友，以工代賑，或是讓他們當地方導覽員，這些都是台北其它地區看不到的區域文化特色。」

而對於「阿公店」茶室的納管，黃珊珊說政府的做法不是取締，反而是先把茶室一旁的馬路鋪的乾乾淨淨，她想先讓「萬華亮起來」。茶

室納管這件事不容易進行，但因為去年疫情從萬華的茶室爆開，黃珊珊實際到當地查看，她的做法是先修水溝、舖馬路。當地的業者看到周邊環境變好了，再加上地方的輿論壓力，業者也主動拆除違建，茶室的空間變安全、乾淨了。里長和當地居民也都感到放心。

業者能提供乾淨、安全的營業空間，茶室文化提供老人家聊天與陪伴，只要不在這個場域進行色情交易，茶室文化也能與萬華的龍山寺、夜市小吃在地共存，黃珊珊說：「站在市府的立場，我並不主張取締甚或讓他們停業，我希望透過納管協助業者朝向安全與合法。」一座城市應該能夠包羅萬象並且適合各階層的市民生活，作為一個執掌市政的人，黃珊珊想做的是讓城市生動、安全，並且讓市民感到幸福、快樂。

在「儀式感」裡，體現文化與藝術

黃珊珊還提到，中山北路的婚紗街也是台北市的一大特色。這幾年因為疫情，許多婚禮被取消，業者也大受影響。接下來一切要慢慢回歸正常，然而，經過疫情衝擊，許多業者開始思考更多的營運方向，婚紗禮服以及攝影業者可以朝不同的方向拓展業務。黃珊珊舉例說：「我十分鼓勵從小養成藝術的欣賞，讓下一代重視精神文化與美感。那麼是不是要從『儀式感』來展現對文化與藝術的重視？歐美人士參加音樂會或觀賞表演時一定盛裝出席，儀式感十足，如果婚紗店業者可以和藝術團體或是表演場所合作，推出欣賞演出的禮服出租，這樣的隆重與儀式感，能讓參與者產生對藝術及表演者的尊重，『藝術家』會充滿榮譽感，觀賞者也會與有榮焉。」「想像有一天，在國家劇院或是大巨蛋表演入場前，市民隆重穿著登場，場外到處可見精心打扮的市民留影，攝影業者、記者或是網紅都以此為露出亮點，這樣的城市文化會是多麼美麗！」

後疫情時代的城市文化生活

黃珊珊說，一場疫情讓我們回歸生活，而她認為：「文化素養就在生活中」，不用刻意，只要處處留心，就可以展現出生動且豐富的現代城市文化生活。比如說，插花或花藝，一般人的印象是只有拜拜或是開店、慶賀時才需要買花，而平日的居家生活，一般人少有買花的習慣。黃珊珊說，她每星期都會固定買花，她發現買一束花放在家裡，心情也會感到愉快。她說：「進到全聯超市時，發現他們也賣花，聽說生意不錯。那表示讓空間美麗的風氣，只要有人願意帶動，就會有回響。」她相信，會買花的人就會想買畫，空間的美不一定要是昂貴的裝潢或是高級的住宅，而是生活中對美的感受力。她希望買畫不再只是有錢人的事，如果全民都喜愛藝術作品，只要幾千元，就可以買到一個藝術創作放在家中，不但鼓勵藝術家創作，也能讓我們的生活空間充滿美感。

「會表達意見的市民往往是已經遇到問題了，芸芸大眾通常是沈默無言的，執政者一定要有細緻的體察與用心，如果市政領導者能體會到市民默默期待的城市生活幸福感是什麼？自然可以用心創造值得居住與遊歷的首都城市文化與文明。」

黃珊珊希望未來的台北市是一座以文化打造的品牌城市，她希望未來的首都文化局局長能夠兼具在地觀與國際視野，無論是首都市長或是文化局首長，都能視文化為城市的靈魂，政府要能帶頭提供平台、不主導、不干預，給予文化創作者自由創作與想像力飛馳的空間。黃珊珊心目中的台北是一顆明日之星，在全世界的注視下閃耀著獨一無二的光芒。

流行音樂之後

Empower

讓更多人成為那個光——

專訪臺北流行音樂中心董事長黃韻玲

專訪　黃韻玲

KAY HUANG

03 VIEW POINT | 人物報導 | EMPOWER之後

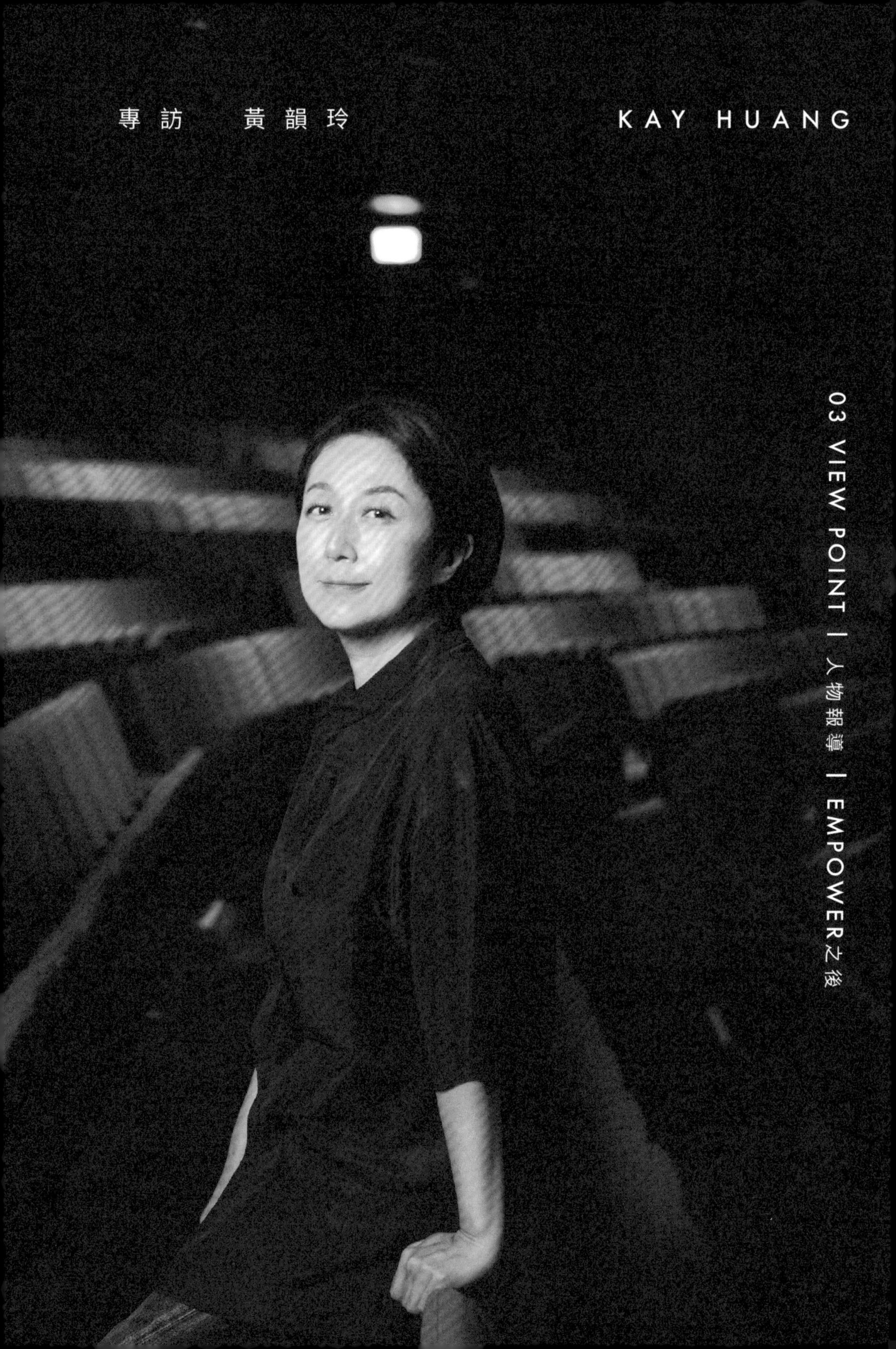

ABOUT 黃韻玲

台北流行音樂中心首任董事長黃韻玲，身為
華語歌曲資深詞曲創作人、編曲家、配樂家、
音樂製作人、電視節目主持人、廣播節目主
持人、舞台劇演員、影視演員、選秀比賽評
審及唱片公司負責人等，2013 年獲第 24 屆
金曲獎及最佳作曲人獎、2019 年獲第 10 屆
金音創作獎及特別貢獻獎等殊榮。

她用音符
寫人生這首詩

採訪撰文　杜晴惠
攝影　郭潔渝

對許多年輕人來說，黃韻玲是歌唱選秀節目中的「小玲老師」，是掌理
台北流行音樂中心的董事長，但資深歌迷永遠記得黃韻玲的本質，始終
是專業音樂人。當年在樂壇闖蕩，她並非以豔麗婀娜身材、傾城迷人外
貌吸人眼球、贏得掌聲，反倒在男性為主的幕後音樂製作群中，她以作
曲作詞、編曲製作、樂器演奏、演唱和聲，讓自己成為一九八〇年代「新
音樂運動」的一分子，猶如一彎溪水潺潺流過，散發著清新的氣息。

回顧過往，黃韻玲笑著說：「很多人都說，羨慕我認識李宗盛。」人脈
關係是職場必要的敲門磚，命理世界為人指點貴人所在，彷彿是一艘船，
能讓你輕鬆通往彼岸。尤其李宗盛是華語流行音樂教父，同時也是百萬
製作人，曾經成功打造了周華健、辛曉琪、張信哲、梁靜茹、五月天等
多位歌手。黃韻玲不諱言人脈很重要，但她說：「我應該感謝自己的行
動力，沒有行動力，是不可能有機會認識李宗盛的。」

一九七九年，黃韻玲才十四歲，想報名參加第三屆金韻獎歌唱比賽，年
齡並不符十五歲的比賽規定，但她仍日日到主辦單位門口站崗，推薦自
己的作品，試圖打動大人的心，花了一個多月時間，最後果真讓她順利

與許景淳、黃珊珊、張瑞薰組成的「四小合唱團」參加比賽，並且獲得了優勝。那一年，李宗盛剛好經歷了明新工專時期「木吉他合唱團」的歷練，在同場比賽獲得優勝歌手獎。

一九七七年，民歌運動在台灣正風行，新格唱片和海山唱片公司舉行的「金韻獎」和「民謠風」歌唱比賽帶動熱潮，其中新格唱片是台灣家電廠新力公司為了出版金韻獎得獎歌手作品而成立。金韻獎從一九七七年開始舉辦四屆，到一九八四年舉辦第五屆，而後終止。國內許多知名歌手均出自於這個比賽，像是第一屆得主陳明韶、包美聖、邰肇玫，第二屆的齊豫、李建復、黃大城、殷正洋、童安格在內的「旅行者三重唱」，黃韻玲和李宗盛參與的第三屆得獎者，還有王新蓮、王海玲、馬宜中、施孝榮、羅吉鎮，第四屆的蘇來、鄭華娟、李明德，第五屆的于台煙和姚黛瑋。

確實，當年沒有黃韻玲的堅持出賽，自然也無法認識李宗盛，金韻獎之後，她鎮日跟著唱片公司的大哥哥、大姐姐打轉，台灣藝專一畢業，進入滾石當儲備歌手，於一九八六年推出首張個人專輯《憂傷男孩》，獲得廣大迴響，讓她紅遍大街小巷。

特別的是，除了自己的唱片外，她傾注了更多的才華在其他歌手唱片的製作上，同屬滾石唱片的潘越雲、趙傳、周華健、辛曉琪等歌手，都收錄了不少她的作品，也才有了「音樂精靈」的美譽。

國內知名的作家、樂評人馬世芳，曾在他的第二本散文集《昨日書》中寫他回憶中的羅大佑，也寫出當時的流行樂壇，「『出走』去國三年的羅大佑終於返台，以《愛人同志》（一九八八）高調復出。那陣子來家裡拜訪母親的音樂圈同行，提起這張專輯，都是一臉的凜然敬畏。我在信義路復興南路口『水晶大廈』一樓的小唱片行拿零用錢買下這捲卡帶，成了生平第一次自己掏錢買的國語專輯。之後，又陸續補齊了羅大佑的舊作：《之乎者也》（一九八二）、《未來的主人翁》（一九八三）、《家》（一九八四）、《青春舞曲》（一九八五）。聽完這幾張專輯，益發飢渴，於是接著溫習李壽全的《八又二分之一》（一九八六）、紅螞蟻第一張專輯《紅螞蟻》（一九八五）、李宗盛《生命中的精靈》（一九八六）、黃韻玲《憂傷男孩》（一九八六）……它們離當時的我不過兩三年光景，卻是我來不及在第一時間參與的青春期，那原只屬於長我一兩代的前輩。是沉鬱的黑色羅大佑，開啟了這趟回溯台灣歌史的旅程。」《昨日書》收錄馬世芳從二〇〇二年開始書寫的四十餘篇散文，穿插三十多張他珍藏已久的流行音樂相關物件照，書寫個人生命卻也為台灣留下流行音樂史，而李宗盛和黃韻玲也正是名列這段歷史中的風雲人物。

從小了解自己的強弱項

抱著尋找黃韻玲創作啟蒙的想法前往採訪，談論完北流種種，聊到自己對於音樂的熱愛，她笑得很開心，「我從很小的時候就很喜歡哼唱一些旋律，別人或許是用文字語言表達意見，但我是在腦中譜出喜歡的旋律，用音符傳達自己的想法。」成為專業音樂人之後，她用音樂創作講故事，連結人們的共同經驗，產生共鳴。

但為何能從小就清楚了解自己與他人的差異，最關鍵的原因，恐怕是自己與母親的對照。「我媽媽是北一女、台大政治系畢業，她的語言表達很精確，但我不是，我們是不一樣的人。」她說，自己從小在課業上的表現一直很普通，上課時眼睛盯著黑板，腦中卻是音符的流動，外人可能以為媽媽想必為了打造她的才華，從小熏習，費盡心思，「小時候曾拿到很多黑膠唱片或日本歌唱排行榜專輯，當時我媽只是覺得丟掉可惜，不要浪費，並不是刻意熏習，只是剛好這些音樂我很喜歡。」

她的鋼琴啟蒙老師其實是自己的叔叔，他覺得黃韻玲很有音樂天分，建議將學籍遷到台北市敦化國小讀音樂班。「我小學時期真的很忙，行程排得滿滿的。」那時，黃韻玲除了課業，學了鋼琴、小提琴、低音大提琴、管樂等樂器，也參加校外「台北基督教合唱團」。這個合唱團由林福裕老師於民國五十七年創辦，與黃韻玲同時期加入的歌手，還有知名的許景淳、趙詠華。

某日，在合唱團練習時，得知當時歌壇唱將鳳飛飛的住家地址，「我從小學二年級就立定志向，長大後要寫歌給鳳飛飛唱，我是認真的，所以當我知道她家的地址後，我就到她家等她，好多天後，鳳飛飛的母親拿了她的簽名照，要我趕快回家。」

儘管學的是古典音樂，但她展露了對流行音樂的熱愛，「我會自己拿出黑膠唱片，假裝成電台主持人放音樂、錄製自己的電台節目，錄成卡帶。」幕後製作的夢想顯然與一般嚮往站上舞台發光的年輕人有所不同，但只要想到一九六四年出生的黃韻玲，從小在電視上看到的明星莫不以《群星會》佳麗如美艷白嘉莉等人為榜樣，就能理解當時要成為明星的條件是多麼不容易，她很清楚自己並不屬於這樣的族群，直到走親和路線的鳳飛飛出現，讓她有了明確的藍圖，但讓她受到刺激的是陳秋霞，

「我在電視上看見她自彈自唱，心裡想，為什麼她做了我想做的事？」比起自己年長七歲的陳秋霞，十五歲時鋼琴的演奏即具有職業水準，一九七四年高中畢業時以自創作品〈Dark Side of Your Mind〉贏得流行歌曲創作比賽作曲與演唱優勝，代表香港赴日本參加世界流行歌曲創作比賽。台灣的導演宋存壽於一九七六年以她的故事改編成電影《秋霞》，並邀請她擔綱演出，沒想到卻榮獲第十四屆金馬獎的最佳女主角，在當時創下紀錄。「我看到陳秋霞的感想是，我必須下苦功去精進我的演奏技巧。」想到小時候練琴時常常不專心，不可苦練，現在要走專業音樂之路，必須為自己奮鬥才行。

正如齊豫和潘越雲合唱的三毛詩作〈夢田〉：「每個人心裡一畝一畝田／每個人心裡一個一個夢／一顆啊一顆種子／是我心裡的一畝田」，夢想的種子必須紮實地種進田地裡，才可能開花結果。這首歌由知名編曲人陳志遠編曲，那時黃韻玲年僅二十歲，就為兩大美聲編寫二重唱和聲。

實力夠了別人自然看見

夢想的實現可行性，通常與現實生活脫離不了關係，擁有音樂天賦、敢創新又不服輸的性格、想做就做的行動力，是黃韻玲衝向流行音樂界的三把護身寶劍，一路上或許遭遇困難，但因為熱愛，也必須賴以為生，就這樣勇往直前。「很多人看我做了很多事，不完全是演唱，其實最重要的是，我有家庭，需要賺錢生活。」

「我常覺得我媽是我和兒子共同的媽，當我為了工作四處奔波時，我的媽媽幫我很多，沒有她的幫忙，我一個人是沒有辦法的。她照顧我兒子比我這個媽管得還緊。」也因為這樣，她和兒子像姐弟，也像朋友。但人生走一遭，對於兒子的音樂熏習是否也下了功夫？黃韻玲說，「不設限」是最大的原則，除了莫札特、巴哈等古典音樂外，流行音樂也在其中。

現在，兒子也進入歌壇，有時開玩笑說：「媽，你認識這麼多人，怎麼不幫我介紹？」黃韻玲說，她會很正經的和兒子討論，「我覺得只要你的作品是好的，自然就會有人欣賞，就會有人脈，並不需要我的介紹。」

走過
疫情與時代

採訪　杜晴惠、PS. 黃觀
撰文　PS. 黃觀

陽光閃耀的靜謐午後，我正在為這篇報導爬梳著黃韻玲與臺北流行音樂中心的資料，網路的發達讓我可以輕易找到對應的歌曲，無論是最流行的，或是已成為經典的流行。我沉浸於音樂中，過了不知多久才回過神來，發現自己正邊聽邊哼著，彷彿進入了時光隧道。

「臺北流行音樂中心」（以下簡稱北流）在眾所期待下成立，耗時十七年，相等於一個人從出生到青春成年的歲月。這是一個綜合性的音樂產業園區，分為南、北基地，北基地有表演廳，南基地則有文化館及產業區。而北流也是台北市第一個行政法人，當市政府在 2020 年宣布黃韻玲為北流行政法人首任董事長，當時也正是世紀疫情初始，誰也不知未來世界會是什麼樣子，所有的眼球都集中在北流怎麼走過疫情。

過了兩年，黃韻玲交出成績單，她帶領北流團隊走過疫情，流行音樂人才培育產創基地在北流已見雛型。兩年間，北流場館陸續啟用、演繹華語音樂四十年的大型常設展「唱 我們的歌 流行音樂故事展」開展、相關產業廠商進駐場館，而活動、演唱會接連舉辦。

訪談當天，在表演廳的後台，有著支持表演所需的設施，包括化妝室、更衣室、休息室、會議室、排練室等。訪談拍攝在表演廳，推開廳門，搶眼的紅黑色展演廳堂，幾乎可以聽到席間觀眾的歡呼聲。從幕後到台前，曲折的通道，就像高度複雜的音樂產業需要精密專業合作的鏈結，流行音樂產業鏈將完整規劃在北流園區裡。

訪談中，黃韻玲提到語談起公務與行政的種種，語調時而急切，時而語重心長，她述說各種北流經營實務上遇到的困難以及疫情的影響，清晰務實，柔韌細密。訪談後，我們隨著她到表演廳準備進行拍攝，她在打開門前回頭說道：「我們的表演廳正在進行數位化工程，北流將全面數位化，向世界打開，讓世界看到北流，這是未來」。如她說的「把想像變為真實，那是和創作一模一樣的事」，我想，或許北流就是一首她正在創作的歌，而且是將音樂化為場所空間的創作之路。

【北流小辭典】

●行政法人：

行政法人，為公法人的一種，當原本由政府組織負責的公共事務經執行後被認為不適合再以政府組織繼續運作，而牽涉的又是公共層面，為執行特定公共事務，依「行政法人法」設立之公法人。特定公共事務條件包括：具有專業需求或須強化成本效益及經營效能者、不適合由政府機關推動，亦不宜交由民間辦理者、所涉公權力行使程度較低者。行政法人需受政府行政機關監督，組織設有董事會、監事，由董事長或另設專業執行長進行運作。

●臺北流行音樂中心（Taipei Music Center）：

行政院從 2003 年宣布「新十大建設」，籌建流行音樂中心，帶動台灣成為華語流行音樂創作與表演中心，2009 年分流為北、南兩處流行音樂中心。2012 年由文建會（現為文化部）委託臺北市政府代辦執行，歷經討論，台北市政府 2019 年年 5 月 31 日公告「臺北市臺北市流行音樂中心設置自治條例」設立「臺北流行音樂中心」，2020 年 9 月「臺北流行音樂中心」正式開幕，歷時 17 年，計畫總經費將近 61 億。

「臺北流行音樂中心」位於台北市南港區，從捷運南港站及昆陽站步行可達，為臺北市政府大力推動的「東區門戶計畫」的重要地標之一，以市民大道劃分，上面稱北基地、下面稱南基地，北基地為表演廳，南基地分別有文化館及產業區。

表演廳是專為流行音樂展演設計的場館，有各項流行音樂表演活動，裡面有「北流四寶」，包括：

全臺最大專業場館隔音門——北流隔音門總寬約 16 米、高約 10 米，採左右對開方式。隔音門可有效杜絕場內外聲音，減低噪音污染，讓演出團隊擁有最安心的演出場所。

法國 L-Acoustics K2 音響系統——世界三大音響品牌之一，是國內外歌手愛用品牌。針對表演廳場地特性精心調整吊掛角度，使音響系統達到最完美的表現，提供各區域觀眾最高品質的音場。

母桁架 (Mother truss) 設計——為減少工作人員上貓道進行高空作業如燈光、 LED 屏幕及特效時的危險，可直接將母桁架降至一樓平面高度，架設完畢後升高至所需高度，提供安全的施作環境。

電動升降舞台——由 14 塊舞台區塊組合而成，可配合演出單位所需舞台模式事前做出對應的舞台設計，不僅可減少硬體廠商進場施工架設舞台的時間，也可減少舞台耗材，達到環保目的。

文化館舉辦許多跟音樂相關的展覽，現有常設展「唱 我們的歌 流行音樂故事展 MUSIC, ISLAND, STORIES：POP MUSIC IN TAIWAN」，也有特展，展場可對外租借；產業區未來將孵化各項產業人才，整體規劃結合音樂展演空間、流行產業社群暨育成空間、Live House 音樂展演空間，串連產業鏈，打造產業園區，是音樂產業人才孵育基地與搖籃，並有餐飲及零售商店形塑產業聚落。文化館及產業區中間有戶外廣場，作為音樂祭活動會場，可容納約 3000 人，平時讓民眾休息散步。

●東區門戶計畫

東區門戶計畫為臺北市政府自 2015 年開始推動的大型都市再生計畫，相關策略基地分布於忠孝東路南北二側寬約 4.5 公里範圍內，藉由北市府及中央投入為期 4 年之開發計畫，引動民間 8 年投資，塑造新東區願景。

資料來源：臺北流行音樂中心 https://tmc.taipei/about/introduction/
資料來源：臺北市政府都市發展局網站 https://www.udd.gov.taipei/events/f3gxcu9-10669

黃韻玲
與臺北流行音樂中心

疫情下開幕的臺北流行音樂中心

觀：從 2020 年 2 月，在臺北流行音樂中心宣布由您擔任董事長時，幾乎與新冠疫情爆發的時間點重疊，您過去兩年來如何因應這個國際局勢的大變化？無論是心情上或工作上，請跟我們分享這個歷程。

玲：臺北市流行音樂中心（以下簡稱北流）是臺北市第一個地方行政法人，成立的時候，剛好是疫情的初始，到現在已經兩年。我們有市政府支持，與臺北市議會的溝通也順暢，但一切都還在摸索中。例如預算編列，公部門預算通常在前一年就要規劃，比實際營運來得早，但北流在第一年，就因為疫情延後開幕，第二年，又再度因為疫情停止營運三個月，因此並沒有整年的收支得以進行完整財務規劃。在配合公務單位的節奏下，該如何評估年度財務，北流也都還在努力學習。

這兩年疫情反撲，音樂界也很辛苦。不論是演唱會或舞台劇的籌備，至少都需要 8 個月的時間，從寫劇本開始，也同時要進行舞台設計和服裝的準備。很多國外樂手原本計畫要來臺演出，也因為疫情而突然喊卡。雖然在政府宣布微解封後，北流的表演活動持續進行，但觀眾還是可能會因為疫情而不敢來。北流希望和大家一起度過難關，同時也配合市政府的減租政策，希望可以達到最大幫助。北流也肩負著自負盈虧的壓力，但已經盡力達成目標。

讓南北基地人流通暢，打造舒適的園區

觀：政府確實是需要預為規劃下一年度預算的。2020 年您接任職位後，提到這個場館花了 17 年才完成，它不只是一個場館，還是一個多功能、多元性的園區跟基地，有表演廳、文化館跟產業區，請您談談北流的管理營運規劃及目前進展情形。

玲：北流分為南、北兩基地，北基地是表演廳，南基地是文化館及產業區，兩個基地之間隔著市民大道。如果要從北基地走到南基地，需要過馬路，許多人會覺得太遠，中間的天橋可在南基地打開後作為連結，減少不便。北基地作為表演中心，只要有演出，就會有人潮，但即使南基地的文化館有展覽、有活動，也非常熱鬧成功，還是需要讓北基地看完表演的人們有走過來的意願。南、北基地的人行完整串接相當重要，我們也在努力讓園區有便利舒適的步行環境。

突破招商困難，
帶領北流成為「音樂矽谷」

這一年半以來，同仁都很努力地進行招商。雖然有興趣入駐的廠商很多，也都很喜歡北流的空間，但當初在興建的時候，為了讓後續的招商有更多彈性，空間的設置只有基本的毛胚和鐵捲門，因此廠商如果要做餐飲業，就需要裝設冷氣、廚房設備（例如截油槽），真正設店反而需要花費龐大的建置費來做基礎建設。

因此，北流除了演出之外，還有產業區的經營及招商壓力。以往只需要注重演出的品質，現在要把商業帶進來，這對我來說是全新的挑戰。北流產業區的商鋪空間有 25 處，原本希望用統包的方式進行，但因為周遭的人流還有待養成，加上疫情的影響，許多投資方卻步。但在統包第一次公告招標、流標後，我們就改變了招商策略，改為單點或區塊出租。我們改變成這樣的作法後，就開始有了成效，目前有將近四分之三的空間已經出租，也在 7 月中陸續開幕，希望年底可以看到北流三館全園區打開的完整樣貌。我也很感謝一開始願意進駐的夥伴，他們對空間付出相當多的心力，而我們會繼續一起努力。

我們希望進駐廠商跟流行音樂有重要的關聯。我們希望將來這裡是音樂的矽谷，是音樂的產業鏈，讓喜愛流行音樂的年輕人，或是本身就在這個產業裡的人，都能在北流完成對流行音樂的理想。這是對未來的期待。

因為疫情，思考園區的更多可能

杜：我們對北流還是很有期望的，最重要的還是疫情的影響，打亂了很多事情。

玲：對，但如果要說疫情全然打壞北流的狀況，也不完全。因為疫情，反而讓我們去思考很多可能性，例如線上活動的可能性，以及元宇宙。我們為這個空間想了很多奇異的點子，也在這段期間參考了許多相關科技和技術，進一步思索擴展未來的可能。流行音樂是很在乎內涵的，疫情讓我們去思考北流園區的可能樣貌，思考精彩常設展的保留，更思考北流整體的數位化，讓全世界的人可以透過線上來參觀展覽，透過線上看到北流。

大家可能不明白，為什麼完成空間建置要這麼久（例如產業區開館，產業區整體規劃有音樂展演空間、育成空間、Live House 音樂展演空間、零售、餐飲等）；行政法人是經營團隊，文化部是主管機關，市政府監督北流，三方簽有契約，要三方合作才能順利營運。另外，還有場館點交後才能繼續進行的事物，如聲學測試、場館震動影響監測等等，所以需要時間完成空間建置。

貢獻自己的專業，突破建置的困難

觀：北流董事長的任期，是以 3 年為一任，最多兩任。在北流初創時期，不僅是疫情，還包括場館建置及公務單位的許多行政規定，都需要耐心處理。請你談談目前的挑戰，以及北流未來的想像及規劃。

玲：我們都是有任期的，我在任期內給自己的願景和期待，就是一定要把北流建置起來，讓

場館做到好！北流正在努力將音樂的基礎設施建置完成，這是對自我的要求，也是為了提供外界良好服務品質。例如北流的表演廳有「四寶」專業設備，南基地還有 4 間 Live House，其中 3 間正在做隔音工程。北流今年邁入第三年，頭兩年我們都在做園區內外的硬體優化，邊往前走邊調整。今年全園區將開放，代表我們第一個階段已經告一段落，希望在下一個 3 年可以更往前邁進。北流是東區門戶計畫的重要亮點，東區門戶計畫是臺北市政府推動的大型都市再生計畫，未來北流周邊地區活絡的景象，將會是在北流旁的住宅區完工進住及商業機能完整後，如北流東側大型住宅開發案、南港機廠社會住宅完工進住。當居住機能完成，人聚集了之後，一定會有人潮，讓這個地方活絡起來，在未來是可期的。

我認為，如果要將音樂跟流行文化產業園區、展演空間真實建置起來，要先把場館的設備規格作出來，未來就不會偏移這個方向。每個參與的人都對這件事有嚮往，也會盡自己的能力，貢獻出自己的專業，並以自己的專業去協助北流，互相補足合作前進。當然在場館建置的過程中，會有許多沒有意料到的狀況，但我們都嚴陣以待去處理和嘗試，持續找尋最好的可能性。

以「行政法人」，推動流行音樂

除了剛才提到有許多意料之外的狀況，再加上北流是臺北地方的第一個行政法人，以前沒有實務處理經驗，我們確實遇到了挑戰。行政法人，是為了如文化、藝術、流行等，有關公共事務又需要專業的事情，這需要比政府機關推動公共事務有彈性的單位，這是設立初衷。

觀：這也是政府部門內常常談到的事情。

玲：作為臺北市第一個行政法人，我們盡力去努力。我覺得大家都很願意協助，但這跟法制體例有關，包括法令及範例的適用。未來行政法人是趨勢，各級地方政府在推動文化及藝術政策時，都可能會成立地方行政法人，所以未來有沒有可能為地方行政法人設立專法，這可以討論。

我是從產業來的人，盡力在貢獻產業的專業。關於北流，我們要有共識，中央制訂「行政法人法」就是為了要完成公共任務。我很清楚北流的任務是以一個行政法人，協助流行音樂產業的推動，以及更有彈性的去完成任務。

流行音樂不是跟隨，需要創新與提出洞見，必須即時

我們一直在說，我們是以前亞洲華語市場的龍頭，但其實是回不去了，因為那個年代已經過了。但我們到現在還有那麼多東西可以去聽、去說，其實要感謝那個年代。我們現在要創造一個全新的未來，所有的思考都該是不一樣的，所以我們（北流）現在就是要創新的往前推進，大家應該朝著這個方向。

流行音樂，時間過了就沒有了。流行音樂就是這樣。流行音樂不是在做跟隨的事情，流行音樂是一直要創新，一直要開發，你要提出你的想法，你要提出你的洞見，你必須要這樣的。

圖片提供：臺北流行音樂中心

黃韻玲
與流行音樂

「保存」流行音樂的歷史

杜：目前還在就讀大學或高中的年輕人，對於臺北流行音樂中心舉辦的「唱 我們的歌 流行音樂故事展」評價非常高，年輕人覺得這個展太棒了，他們認為流行音樂的歷史也代表著音樂人的傳承。這個展覽為期五年，時間很長，實際展出後，是否有些展出重新整理？如何讓這個展覽維持固定的曝光度，吸引民眾進到北流觀賞？

玲：當我聽到我們的展在年輕人裡有很高的評價，我真的很想哭。這要非常感謝北流籌備辦公室，他們從北流開幕前就提早籌備，而且是在這麼不容易的情形下完成。華語流行音樂真的有很多寶藏，但是為表演而特別製作的衣服或道具，在演唱會後，如果沒有繼續巡迴演出，並不會特意保存。為了這個展，我曾自己打電話去借展品，很多人不是不願意出借，而是那些東西沒有留下來。所以最後能在開展前的籌備期間借到這麼多展品，我們都很感動，也很珍惜。所以說，「保存」對流行音樂歷史來說，也是很重要的。

在常設展裡面，展品擺設的方式是「時間流」的概念，展出了從 1933 年到 2000 年的華文流行音樂史，未來五年會繼續擴展，我們會繼續努力。

他教我「聽」到了不一樣的東西

北流除了常設展，還有特展。從 2020 年進來北流之後，我就認為除了流行音樂史，還要讓大家知道，當年的音樂人是怎麼走過來的，流行音樂創作並不是騰空出世，可能是受了某人的影響，或是爺爺奶奶帶你聽的音樂，所以我之前辦了「音樂怪博士－陳志遠特展」。我從國中開始，就發現流行音樂不只歌星，還有編曲、樂手等，當時我的視線，停在「陳志遠」這個名字，他幾乎編了民歌時代所有歌曲，他教我「聽」到了不一樣的東西。「聽」，是我們那個年代的學習方式。在進入流行音樂產業職場，會發現〈天天天藍〉、〈一樣的月光〉、〈酒矸倘賣無〉、〈生命中的精靈〉、〈愛上一個不回家的人〉都是他編曲，他寫過〈天天想你〉、〈感恩的心〉，那是他的創作和編曲。他編曲大概超過上萬首，一天最高紀錄編過十二首。

在展覽裡，走進流行音樂的曾經

我辦陳志遠展，希望讓大家知道，流行音樂產業是整個幕後的產業鏈，不只有歌手，不只有舞台上的人。如果幕後產業鏈沒有形成一個保護網，怎麼有光照到身上、怎麼站到台中央、要唱什麼？透過這個特展，讓大家更知道，流

行音樂的走向、方向及曾經。看完這個展，走出去，聽到〈一樣的月光〉，你會發現已經認識陳志遠很久了。我親自帶了八場導覽，帶得很高興，因為他就像是我們的老師。

展名叫「音樂怪博士」，因為音樂也是要實驗的。**音樂需要你在音樂基地裡，不斷去實驗、揣摩。**你有錢買得到跟林俊傑一樣的吉他，你有錢買得到周杰倫的鋼琴，但是你會變成林俊傑、周杰倫嗎？音樂是在於你的想法，要去操作、要去練習，那是一個很重要的過程。

北流是提供年輕人實驗的基地。陳老師是實驗最兇的人，即使進入電腦音樂，他一定研究得比我們更深入，更透徹，所以廠商有了新機器，一定先給他。如果今天他還在，一定會覺得怎麼還在講話，應該趕快去做。一張新專輯，比如小虎隊、阿 B、林憶蓮的歌，聽到老師的音色，我大概隱約知道是來自於哪台琴，但他的琴為什麼跟我不一樣。所以我進錄音室，最喜歡的事，就是要老師去吃飯。他一去吃飯，我就跑去他的房間，透過錄音室小小的透明窗，看他有什麼新東西，思考為什麼那東西我也有，但聲音就是不一樣。

追尋音樂的足跡，打開更多可能性

北流的常設展或是陳志遠老師的特展，讓年輕的音樂人知道以前的人看過什麼，並且去追尋。不是去追陳志遠，而是透過追尋，了解陳志遠老師為什麼這樣編張雨生的曲，如果年輕人以這樣的方式去追尋編曲的足跡，那會反應在作品裡。**我們要去做的就是打開可能性，讓他們看見你的 Vision，不只透過書寫，還有實作。**

常設展以年代做區分，我希望有完整的記載，完整呈現流行音樂的時代。我們也配合展覽出書，陳志遠的書是第三本，接下來在今年 11 月我們會有張雨生特展，也會出一本書來記錄。現在有很多研究流行音樂的人，就一起來完成吧，這畢竟不是一個人的事。

好音樂的定義，就是回到時代的聲音

玲：流行歌曲，就是時代的聲音。流行就是創造，每個人都不一樣。外在的硬體，存夠錢就買得到，可是創造還是在於你的想法，以及你跟世界的關係。每個時代是真的不一樣，不過內容本身、發自於內心如何與世界溝通的內容本身是不會變的，問題在於如何跟著時代的腳步，並加入現代的科技。很多事情要回歸單純，但又無法單一的存在。

杜：你對好音樂、好歌，好的定義是什麼？又有人說，詩與歌是不可分的，可否談談您對詩歌的看法。

玲：好音樂的定義，就是回到時代的聲音，忠於自己，對於世界、宇宙發出的問號，或是喜悅也好，對於當下這個旅程，你此刻想說什麼。有的人是為作而作，但有的人是為了當下的感受。我們都有很多想像跟想法，有的人可能是文字，但是我需要一點時間，才能讓想法變成歌詞。但音樂對我來說，可以很快地把想像的畫面描述出來，用音符。而有些人則是用影像，每個人傳達的方式不一樣。

對於詩，我有跟向陽老師合作過兩次，曾有〈在詩聲歌韻中相遇：向陽與黃韻玲對談〉的活動。我是在網路上看到向陽老師的詩，真的非常喜歡。我是一個行動派，所以就直接打電話去找機會合作。另外，像 1991 年我的《平凡》專輯，我跟鍾曉陽合作，也是因為非常喜歡她的

《停車暫借問》這本書，所以主動找她，沒想到她願意賜我一首歌詞，叫做「事情本來就是這樣」。除此之外，我也曾跟一個香港的詩人合作過。

一扇向世界打開的音樂之窗

杜：我兒子正是二十幾歲的年輕人，他知道我今天來北流，出門前停下來跟我說，他覺得北流很好，希望我們有一個流行音樂的園地。

玲：北流是一個屬於流行音樂人的地方，是一個可以沉浸自己的地方。音樂的功能就是一種凝聚力。我很希望在有限的時間裡，將產業鏈完整的規劃在這個園區，我也期待北流能夠向世界打開，成為一扇向世界打開的音樂之窗。

小時候我會很積極的爭取機會，是因為那個年代沒有向外界溝通的管道，所以必須積極爭取才會有機會。一路上其實我只有一個堅定的信念，一旦下定決心，即使在過程中計畫已經和原先不一樣了，還是要去完成。或許我現在想做的事，就是把對北流的期待、未來願景跟模式建置起來，把「往下紮根」做好，提供年輕人一個實驗的基地，繼續成為那個光，也讓更多的人去找到自己的光。我在資源缺乏的時候可以做到的事，現在這麼多資源，一定更可以的。就讓年輕人去做吧！

ABOUT 杜晴惠

資深編輯人，何其有幸在《臺灣省戒嚴期間新聞紙雜誌圖書管制辦法》宣告廢止後、社會強烈渴求各類知識的 1990 年代，進入媒體傳播業，歷經 3 種載體，雜誌、圖書、報紙，編過知名暢銷書，擔任文藝營執行長，在網路時代仍恪守本分，為紙本讀者而努力。

斯卡羅之後

Empower

在天堂的邊緣，
找回純粹的電影夢

ABOUT 曹瑞原

導演作品橫跨紀錄片與劇情片，屢獲國內、外影展之肯定，
包括《孽子》(2002) 獲金鐘獎最佳導演獎，《孤戀花》
（2005）獲新加坡國際亞洲電視獎最佳導演優勝獎…等。
2014 執導國家兩廳院年度製作《孽子》舞台劇，台北首演八
場，場場爆滿，導演曹瑞原並獲兩廳院選入「名人堂」行列。

他的作品，既有紀錄片的質樸寫實，又帶著強烈的戲劇性張力。
對他來說，拍紀錄片、劇情片都是在反映導演的生命觀點；他
覺得人其實都是卑微的，但是在生命底層，都有愛、慈悲與善
良，他想透過作品裡生命的流動，傳述這些簡單但動人的人性。

擅長情緒氣氛的掌握，精準的時代氣味、豐厚的影像魅力、靈活
的場面調度與統整演員風格的能力，使其作品兼顧藝術成就與大
眾親和的企圖。

採訪撰文　侯宗華
　　攝影　郭潔渝

我首次觀看導演曹瑞原的作品，是刻劃台灣同志族群不為人知的壓抑、辛酸與悲劇
的《孽子》。當時的我或許太年輕，只單純覺得故事很沉重悲傷，這樣大膽的題材
讓我震撼不已。之後，在陸續推出的《孤戀花》與《一把青》裡，我逐漸意識到曹
導在影像裡呈現的眼淚與悲傷，蘊藏著極強烈的，對大時代裡小人物命運流轉的悲
憫與照拂。2021年《斯卡羅》播出後，我感受到他的創作經歷了徹底的飛躍與蛻變，
大量的中遠景構圖，讓觀影的體驗成了近乎客觀的上帝視角，劇中處處散發著一種
天地不仁，以萬物為芻狗的神秘與蒼涼。此時，我已經在瞬息萬變的影視行業裡打
滾數年，正在籌拍我的第一部電影。

就在我的電影長片剛剛初剪完成，繁重的工作量幾乎耗竭了我所有的氣力與精神
時，我終於有機會向曹導請益，便順勢將創作時經歷的所有困境、矛盾與疑惑，全
都化成了訪題。

見面之前，我想像曹瑞原本人應該是一個目光如炬，骨相精實，不苟言笑，無時無
刻散發出凜然威嚴的男子。採訪當天，我才發現他的身段纖瘦，渾身散發著寧靜的
氣場，語氣謙和，卻又有著毫不保留的坦率與真誠。

曹導一坐下來就說，影視行業是需要熱情的，都是為了一點點的理想，工作之辛苦
只比在地下挖礦的礦工稍微好一點啊！接著，他開始娓娓道來，在影視創作的道路
上，那些飽含著悲與喜、掙扎與超越的生命歷程。講到拍片趣事時，他顯得眉飛色
舞，笑得燦爛開懷，有時則低頭沉吟，彷彿正沉浸在拍片時，不斷逡巡流轉的聲音
與光影之流當中。接著，又話鋒一轉，談起了拍攝《孽子》時，最讓他難以忘懷的
回憶。

翻轉人生的電影與文學

「拍《孽子》的時候，阿青的媽媽流浪到歌舞團，後來生病的劇情，要找一個很簡陋的地方。我們在 101 前面找到了，那地方看上去是很不錯的大樓，可是走進地下室……哇！樓上的汙水一直洩下來，裡頭住了一些遊民和老人，他們就在那邊擦澡。我們拍攝的時候，隔天還有孤獨死的老人被抬走，好慘啊！」曹瑞原搖頭苦笑著。

那一瞬間，我觀察到他全然地活在自己講述的故事裡，不僅對當時的拍攝細節，做了極為細膩的描繪與刻畫，也對周邊生活裡匍匐掙扎的底層人物，充滿真摯地同情與關懷。接著他談到了生命裡，造就他走向導演之路的起點，與命運般的轉折。

「我記得《魂斷藍橋》是國中時去看的。以那樣的年齡，會去看文藝片很奇怪，應該看個恐龍《哥吉拉》那種，結果我竟然去看《魂斷藍橋》。我印象很深刻的是，男女主角的外型都是完美無瑕的，那種美與優雅非常吸引我。」曹導提起了年少時期在心中留下深刻印象的電影時，雙眼靈活地轉動著，如同少年般，煥發出熱切純真的光芒。

「除了《魂斷藍橋》，我覺得生命中有很多安排，都一點一滴地讓你走向某個方向。其實，我畢業時是想要做攝影的，但那時『太陽系』MTV 如雨後春筍般發展，店裡有很多影碟可以看外國電影，我就看到了一部電影。」曹導說。

「《魂斷威尼斯》？」我斗膽揣測。

「對！就是《魂斷威尼斯》。那部電影打開了我的新世界，我還記得故事是講述一個老人對一個青春男子的眷戀與遺憾。那部電影讓我開始覺得，攝影只是一個媒介，導演好像真正可以講故事。」曹導回憶著邁向導演之路的初心，感性地說。

接著，曹導述說起就讀世新大學的往事。當時，好友因找不到他而在桌上留下一本白先勇的《台北人》，從此翻轉了他的人生，讓他從一個不愛讀書、四肢發達的運動男孩蛻變成了纖細敏感的藝文青年。幾年的時光荏苒流逝了，畢業後的曹導進入影視行業，某次在因緣際會下獲得了與公視合拍電視劇的機會，便主動提出希望將白先勇的《孽子》改編成電視劇，卻因為同志題材在當時較為敏感而遭到拒絕。想不到，一個禮拜之後，曹導在餐廳巧遇了白先

勇，便主動向他表明了有意拍攝《孽子》的想法。當時，白先勇與曹導約定三天後再碰頭。那段期間，曹導向公視高層提出了《孽子》值得一拍的理由，與此同時，白先勇也因看了曹導在人生劇展的女同志題材《童女之舞》，認為他能夠處理《孽子》的細膩情感，而點頭答應。

聽見曹導的這番話，感覺彷彿有無形的命運之手，將《孽子》交付給了他，而他也不負眾望，將《孽子》轉化成同志影視題材的經典之作。2003 年，台灣舉辦了華語圈首屆的同志遊行，當年《孽子》的播出，也在台灣引起了極為強烈的轟動與反響。我深信《孽子》以影像的力量，推波助瀾地促進了台灣同志平權的發展，曹導的選材目光，精準得不可思議！想到這裡，我試圖更深入地探索，曹導創作的養成、動機與脈絡。

對人、對生命的悲憫

侯：我想，在台灣的七零至八零年代，是台灣文化非常具衝擊性的年代，不僅有鄉土文學論戰、本土意識的崛起，還有最重要的，風起雲湧的台灣電影新浪潮，這樣的浪潮貫穿了您的青年時代，在這樣的氛圍裡成長，究竟是一個什麼樣的體驗？那段歲月是否影響了您的創作？

曹：我覺得這只是一種幸運吧！那個年代可以說是台灣文藝復興的年代。我相信台灣這兩三年又會是一個文藝復興，因為經濟又起飛了，文藝的活動力又會起來。其實回顧台灣電影新浪潮，當時真正受惠的是侯孝賢、楊德昌這批新浪潮的先鋒導演，這樣的浪潮對我們來說，最大的意義就是有一個養分，然而當我們想要大展身手的時候，整個產業已經往下掉了。

我覺得民歌影響台灣非常大，因為台灣文化思維的改變，民歌是第一聲槍響。民歌之後才有所謂的新文學、法國電影新浪潮、存在主義，直到台灣電影新浪潮的崛起，開始有一種文藝青年的思維。然而台灣新電影的影響，到後來慢慢變成一種包袱，尤其在我拍《孽子》的那段時間，甚至拍人生劇展、進到這個產業開始當導演的時候，台灣的藝術與商業電影已經決裂了，侯導與朱延平雙方的電影創作理念已經完全不相容了。後來的台灣電影因為票房因素逐漸下滑，國際對藝術電影的關注慢慢轉向中國，所以就有了中國第五代導演，例如張藝謀、陳凱歌等等，而台灣的影視產業也慢慢沉寂了。

侯：台灣新電影不就是意味著對舊時代電影的叛逆與創新，為何會形成所謂的包袱呢？

曹：所謂的包袱是說，我們這一批人因為受到那個時代的影響，一直堅持一種文藝的、藝術性的說故事，可是那時候已經很辛苦了。與我同一時期的還有蔡明亮與張作驥，但他們就是完全走向電影。我一開始是攝影師，那時我走向了劇情片，而我早就看過那些經典藝術電影。對我來說，電影是最後的冠冕，不是隨便就可以去摘的，所以我慢慢拍，不急著走向電影。但後來我認為只要是影像都一樣，現在的我反而想拍什麼就拍，根本沒有太多的壓力和包袱。

侯：綜觀曹導整體創作的脈絡與安排，可以發現您反響更大的作品，往往是較具有年代感的故事。這些故事都牽涉到遷移的主題，從中國遷移到台灣的小人物，受盡了磨難，也包含社會價值觀的衝突與自我理想的衝突，例如《孤戀花》。而您這一輩與王童也不是同一輩的導演，但您又敏銳地捕捉了那個時代的感覺，我私心覺得《孤戀花》的演員表現堪稱完美，更何況您的養成又是屬於新電影，與本土意識崛起的年代，為何會有這樣的反差呢？

曹：這的確很奇怪，拍《孤戀花》時，我才

四十初頭，當時演員們看到我本人，都很訝異我竟然不是六、七十歲的老頭。影響我很大的，其實是在我開始自詡為文藝青年的時候，所讀到的米蘭‧昆德拉（Milan Kundera）的小說《生命中不能承受之輕》，同樣是大時代的浪濤下，小人物的愛情故事。我忽然發現，有史詩格局氣魄的東西都發生在戰亂、顛沛流離的年代。後來想拍《孤戀花》也是因為如此，再加上女性同志的情誼，在那個時代又是更不可能的狀態，於是很想將女性的纖細情感給架構出來。

本來我是想拍電影，但白老師說：「《孽子》那麼成功，我們再拍個電視劇啦！」其實我拍《孤戀花》也是為了練功，考驗自己能不能詮釋好女性的情感。因為在我很小時，我爸就過世，我跟著我媽和三個姊姊一起長大，小時候還曾跟著姊姊打毛線，她們甚至會把我裝扮成女性，真的是很特別的成長經驗。我在情感上也比較中性，我覺得不管男女，都有脆弱纖細的一面。

侯：您的作品《童女之舞》、《孽子》與《孤戀花》都是屬於同志題材，是因為同志在過往的年代裡不被接受，與社會價值觀的衝突性更大嗎？

曹：可能就是那種被隔絕的感覺吧！我小時候是在學校操場長大的。當時學校所有老師都搬到鎮上去住水泥房，因為學校的日本宿舍會漏雨，到處是老鼠與蛇，就只有我們一戶在住。學校最可怕的就是寒暑假，校園裡一片靜默，我現在還可以聽見當時蟬鳴繚繞的聲音。我常常爬上一棵榕樹，待在樹上一個下午。操場上，黃沙吹起又吹落了，整個世界就你一個人，很靜，說不出悲也說不出喜。

可是在拍攝《斯卡羅》的期間，我開始想找回到那時候的心靈，我好喜歡那種感覺。所以我現在很平靜，很安靜，一直在尋找那種隔絕感。小時候我們家算是大家族，有叔叔、伯伯，堂兄弟姊妹，當時的我脾氣很強硬，譬如過年過節時，看到有東西不想吃，我就發脾氣走人了，自己到山上躲起來，然後大家都在找我，就是那種孤僻的個性。

侯：所以孤僻的童年會導致您選材時，選擇相似境遇的角色嗎？

曹：我覺得是對人，對生命的悲憫。人一輩子的生命真的是太渺小、太脆弱了，人在不堪的時候，與奄奄一息的動物沒什麼兩樣。每個人為了活下去，就會有一些為了生存而產生的惡或慾望。我不相信人性本惡，我總覺得人的底蘊是善良慈悲的，是剛生下來時，小嬰兒的那種純真跟純粹，是這個世界讓他變了，有了分別與競爭，有了人定勝天、出人頭地的觀念，也開始有了慾望和驕傲。所以我現在想要找回最純真、最純粹的東西，可以讓自己就活在那裡。

只有眼淚是最真實的

侯：對「純粹」的信仰與追求，也影響了您的創作嗎？因為您曾在訪談時講過導演應該有自己的生命觀點？

曹：會的，會影響。我拍過很多人生劇展都是自己滿喜歡的，例如《少年午夢》、《記住、忘了》，還有你剛才提到的《童女之舞》。早期的時候，我喜歡意象的、抽象的，偏向冷冽、疏離的拍攝風格，你也可以說比較詩化一點。但是當你的生命經歷過很大的翻轉與災難之後，突然有一天，你會發現你已經不是真正的自己了。當你面臨很大的挫敗，你會突然發現，原來只有眼淚是最純粹、最真實的，沒有任何的修飾。從那時候開始，尤其是《記住、忘了》那部片之後，我就完全開始拍「人」了。當人走到最悲慘的時候，那才是最真切的，其他都是假的。如果沒有這樣的體悟，我可能就成了某個有線電視台的總經理了。

我結婚得很早，為了謀生，到緯來電視台擔任攝影師和導演，後來公司從有線電視要轉成無線，總經理為了拿到無線執照得到國外，希望我從拍攝轉到管理階層，那時候我三十歲，就開始做管理。其實我管理得很好，但是一年半後，我就不行了。當時我每天上班，走進公司就會碰到同事要去出班，抬著機器上電梯，然後就道早、彼此打招呼。突然有一天，我坐在辦公桌時，發現我的嘴角是不自覺上揚的，可是問題是，那個人不是我啊！「我怎麼會變成這樣的人？怎麼變得這麼世故，這麼虛偽？」我時常這樣沉思著。我覺得藝術家不該是這個樣子，所以我就離開了，跟一個朋友開始做自

己的小工作室，還鬧了家庭革命，因為當時的薪水很好。現在想想，那時候的確是虛偽，是戴著面具，可是我覺得人真的是可以善良，是可以愛的，也是可以綻放出去、非常自在的。

侯：《孽子》、《孤戀花》與《一把青》的鏡頭語言跟劇情總是緊跟著角色，到了《斯卡羅》，攝影與構圖出現了大幅蛻變，用了更多精緻的中遠景構圖，像是一種上帝視角，曹導為何會在創作的手法上做出如此大幅度的蛻變？

曹：其實一張畫、一個電影畫面、一個藝術品，以及音樂，都潛移默化地成為我生命內在的一種旋律，影響到我的構圖，但我可能不自知。就像我剛才提過的，當我經歷過很大的苦難後，才發現只有眼淚是最真實的。因此從拍攝《記住、忘了》之後，我的拍攝視角都是跟著人走，從《孽子》、《孤戀花》到《一把青》都是。然而，到了拍《斯卡羅》時，我感受到有一種無形的靈，祂照拂在那裡，祂有祂大的藍圖與想法，不是說我要一個幸福的人生，所以我要尋找祢。不是，反而是當你遭受更多的挫折與挫敗，到最後其實是祂撫慰了你，因此我在拍攝現場幾乎沒有焦躁，沒有憤怒，很安靜。

《斯卡羅》對我來講真的是滿特別的拍片過程。當你開始了解到，生命內在其實有一種很大的力量，那個力量其實是來自於宇宙，也許你可以說是來自上帝，你要去找到祂，不要甘於在你小小的生命裡頭繼續打轉。以前會告訴自己我很強、我可以，並且用這種方式激勵自己。可是現在不是，反而是「我很渺小，我很不足，求祢幫助我」，然後就讓那個更大的力量帶著你走，帶著你工作。

臣服於更大的安靜

侯：所以《斯卡羅》裡，蝶妹的死，也是暗示了一種回歸跟回家？

曹：對我而言那樣更美。當你找到一種生命的安定與圓滿的時候，它也許比你再多活個幾十年更美好。後來《斯卡羅》的查馬克老師也離開了。說真的，他是在整個生命狀況最完美、最飽滿，飾演了《斯卡羅》裡的排灣族頭目卓杞篤的人格典範之後才離開，那種離開才是完美的、不朽的。至於蝶妹，她就是一個弱女子，無端被捲進歷史的浪濤，最後犧牲生命。然而抽離了那樣的時空，就是我剛剛講的生命概念，你會發現，現實命運的悲愴與無奈，以及心靈的平靜與落葉歸根，這兩道迥異的生命旋律，錯落地交織在蝶妹這個弱女子身上。有很多傾向本土的批評者，都認為陳耀昌老師小說裡的蝶妹是隱喻台灣，是台灣的象徵，所以她不能死。那樣挺可惜的。

其實台灣人太愛抱怨了，這是台灣的悲哀。我很佩服日本人，我也佩服烏克蘭人。日本「311」大地震的時候，沒有看到日本人排隊搶物資，抱怨政府救援不足。他們依然安靜、冷靜地面對每一刻，那其實是一種成熟生命的狀態。這次烏克蘭也是，雖然講到悲傷的時候會落淚，但大部分的時候，他們的生活還是要繼續。所有公務人員要繼續上班，鐵道工人要繼續上班，消防要繼續上班。

我覺得台灣人的善良是真的，但可能是政治的譴責，讓我們有些傾國傾軋，就像我說的，一切都要回歸到最純粹的東西。因為外在的世界一定是不會更好的。生命不會更好，人是越來越老化，問題越來越多。會有病痛，沒有愛情，要懂得慢慢臣服到更大的平安與安靜裡頭去。像 COVID19，其實回到問題的核心，你怎麼把自己的免疫力顧好，怎麼戴好最基本的口罩，有沒有勤洗手，就這樣而已。那個力量比你大，你以為自己可以抗衡什麼，其實如果天真的要懲罰你，你什麼都抗衡不了，所以真的只能回到最原始的自己，那就是善良與愛。在《斯卡羅》之後，我有很大的轉變，由外向內的轉變。

我要面對的是自己的藝術判斷

侯：在編劇上，《斯卡羅》掛名的編劇只有黃世鳴，《斯卡羅》不僅是劇集又是需要許多田調工作的歷史劇，您要怎麼在田調上去跟編劇合作？似乎從來沒有看到您在影視作品上掛名編劇，您會親自下來寫劇本嗎？您會因為編劇的創作方向與您希望的有所落差，而協助修改劇本嗎？

曹：在編劇上我是一定要參與的，可是通常我不會動手改或寫。一定是我跟編劇來來回回不斷討論，等到編劇筋疲力盡了，已經完全不可能榨出什麼東西的時候，他交給我，我才會動手修。但因為中間來回過很多次，所以修的幅度不會太大。

侯：這麼多集的《斯卡羅》，是先有一個總綱嗎？

曹：先寫總綱。這很重要，因為它就是定調！如果走偏或走岔路，它就完全不一樣了。我要很清楚為什麼要拍《一把青》。那時候白老師不能把整個國民黨的敗戰寫出來，他必須用比較隱晦抽象的方式。

侯：讀他的文字真的感覺，好像有些東西深埋在文字的暗流當中，不斷湧動著。

曹：對！那樣隱晦、抽象卻又細膩感性的文字

暗流，反把整個文學推向一個高峰。可是我很想把真正的兩岸的大撤退，以及經歷過這段歷史浪濤的這群人，把他們的旋律給拍出來，我覺得該是時候了。所以當你這樣決定的時候，其實它已經跳脫出原來的短篇小說了。其次，以前我們講空軍，都會講這些男人的世界與蒼涼，這次我想從空軍太太，那三個女人的視角出發，彼此相遇，經歷了顛沛流離，甚至彼此出賣，可是到最後，三個空軍太太的那種情誼，是很真摯地存在著。《一把青》這個定調與走向，基本上就定了，就不會走偏了，《斯卡羅》也是。

侯： 以《斯卡羅》為例，您如何跟編劇參與田調？

曹： 其實田調的部分我倒沒有直接進入太多。我的副導、統籌，還有監製他們就是完全進入田調。因為我身兼導演跟製片，需要找錢、籌組工作團隊，所以我不太可能投入在某個項目裡，編劇也是。但通常我還是會跟他們一直來回，到最後定案的時候我才接手，到時所有的籌備工作，大概都已經做好了。

侯： 《傀儡花》是長篇小說，長篇跟短篇小說相比，哪個改編更容易呢？

曹： 其實《傀儡花》並非適合改編的小說，那本小說有點像台灣這一百五十年前的浮世繪，眾生相。作者憑著一腔熱情，把台灣這一百五十年前的宗教信仰、庶民文化、生活的樣貌、教育、基督教、佛教這些信仰，甚至於小吃都紀錄下來。但是要變成戲劇體的文本，是有很大的差距，所以除了史實以外，全部砍掉重練。當然蝶妹是小說家的原創角色。最初，她是代表西方人的陣營，替他們帶路尋找羅妹號案件的真相，然而她進到瑯嶠，才發現自己公主的身分，她要尋找的陣營的仇人就是自己

的舅舅、自己的部落那種掙扎、跟弟弟價值觀的衝突。血緣的牽連是主軸，再加上當時瑯嶠的閩客族群這條線。讀《李仙得遊記》、《必麒麟遊記》時，他們看到船難不是去救，而是去搶，他們在田裡工作時背著槍，充滿生存危機。《李仙得遊記》裡甚至提到原住民更有社會與倫理秩序，給我很大的震撼！

可是拍出來後，很多本土派的人就說，為什麼要把我們台灣的祖先拍得如此不堪？他們都是飄洋過海的羅漢腳，當時的諺語「六死三留一回頭」，六個人死在黑水溝，一個人會回去，只有三個人會留下來，他們為了生存聚攏在一起，連一個老婆都找不到，無法建立家族，又怎麼會有倫理與社會秩序？他們當然是猥瑣與欺詐的！你看到的是不堪，我看到的是生存。其實《斯卡羅》我最後要講的，就是珍惜，我們更應該珍惜今天的台灣。

侯： 您在改編的過程中，是如何與原著者溝通？或是，您在改編過程中是否有把握哪些重要的原則？

曹： 有時候我必須用人性，也許用創作的角度去說服他，但我不能用意識形態。我要面對的是自己的藝術判斷，不應該將意識形態凌駕藝術的走向。

侯： 《斯卡羅》在剪輯上引起了觀影爭議，我個人看了其實還滿順的，但多線敘事卻也引起部分觀眾的抱怨，能否談談這個爭議？

曹： 這部戲的確不容易看，其實我想台灣第一部這樣的戲劇，的確是會有一些負擔的，因為大家對那個時代都不是那麼理解，包括閩客的爭鬥或清朝的治理，以及美國的船難為什麼會造成這麼大的風波，這都需要基本知識。但在這部之後，後面的路就好走了，大家比較能理

解了。

侯：可能我是看串流的，所以比較順吧。或許是因為電視劇的觀影習慣就是跟著人物角色的情感走，要聽對白，劇情支線也不能太複雜，這樣如果中間漏掉劇情再看時，觀影的感受與對劇情的理解才能輕易銜接得上，不會出戲。

曹：的確，那部戲適合在串流平台上一次追完，喜歡的就非常喜歡，可是很多人就是覺得，跟一般電視劇差太多了。其實《斯卡羅》播出之後，我們最怕的就是那些歷史學家出來挑戰你，或者原住民的批評。可是《斯卡羅》完全沒有，幾乎很少，會來質疑你的反而是藍綠。我其實很驕傲的是，我們這次做的研究，比台灣中研院的歷史老師與研究員都多，包括對原住民的智慧、原住民的生命，編劇對劇情與角色刻畫的深入程度。但是，也許我們的野心過大，想把所有東西都完備，同時有五條線要疏理，直接看電視會有點跟不上，可是多看幾次，你就會找到那個脈絡。

光是燃燒自己的情感是不夠的

侯：曹導不少作品是時代劇，對您而言，專業演員與素人演員如何透過訓練，來把握時代劇文本所需要呈現的年代感、情緒以及語言？專業與素人演員的表演與訓練方式有什麼差異？

曹：我早期拍人生劇展的時候，很多都是使用素人演員。我比較不擔心素人。因為有時候專業演員會帶著框架，要打破他們的框架很耗神。我面試演員的方式是跟他們聊天，去感覺他們和我的角色是否契合，例如吳慷仁。我記得《一把青》第一天要拍的時候，他跟我說不知道如何演繹郭軫。我就告訴他：「放膽演，因為你就是郭軫，我深深地知道你就是」。他

問為什麼？我就說：「因為你夠滄桑。」他真的是夠滄桑的，十幾歲就去做板模師，做過很多工作。拍《斯卡羅》的時候，他也很擔心要怎麼去演繹一個一百五十年前的人物，我說：「你絕對可以！」因為他真的可以。他可以在大熱天打赤膊在地上滾，渾身是沙，全身弄得很髒、很黏，我承認我沒有辦法。

我也不知道一百五十年前人物的生活與樣貌，因此所有演員跟工作人員要做的功課都一樣，就是進入文史資料裡。所有人都得想像自己就在那個時代，把這些東西都架構出來。演員們進到那個環境，每天在孤山礁岩裡頭奔跑，自然而然就入戲了。

侯：所以您是透過環境跟文史資料讓他們自然地進入狀況，那演員會事先就住到那個環境一陣子嗎？

曹：我們都很希望，可是台灣真的沒辦法。大家都很趕，他想要進入那個環境也不見得可能，因為現場整個部落還沒蓋好，常常當你蓋好的時候，你也沒錢和時間可以讓大家慢慢進入，你就趕快拍吧！趕快殺青吧！

侯：關於未來想當演員的新人們，曹導會給什麼樣的建議呢？

曹：台灣的演員，需要接受更深入的方法表演，光是燃燒自己的內在情緒與情感是不夠的。表演基本功扎實，才有可能走得遠，變出更不一樣的東西。

我很多作品，都是從音樂開始的

侯：音樂方面，曹導如何與配樂師溝通？會事先把剪好的影片給配樂師看嗎？

曹：不會，有時候會怕音樂的製作時程太短，等我們的影片素材片段剪輯出來，有時候已經挺後面了，音樂需要更多製作的時間。所以我會在前面就找到一些音樂的範本，我有時候也會讓演員聽。在拍《一把青》的時候，為了讓那些男演員體會飛到天空打仗後，卻無法回頭的淒涼，我就放了《The Last Rose of Summer》（夏日最後的玫瑰）這首歌，我也給作曲家陳小霞聽。可以聽聽看這個情境，就是天上的飛機在飛，砲火轟鳴著，他們要飛往回家的路。消息傳來，機場被佔領了，油也耗盡了，飛機一架架要往下掉了。機艙裡，三位飛行員汗流夾背，暢聊著與情人相處的點點滴滴，因為他們知道自己已經回不去了，要說再見了。

侯：所以曹導在創作的時候也會用歌曲，去決定一部影片的基調嗎？

曹：**其實我很多作品，都是從音樂開始的。**可能我媽媽是音樂老師影響了我，除此之外，其實跟我爸爸也有點關係。我還記得小時候，爸爸還沒過世的時候，我們是住在日本宿舍。在那個年代，他是那種一定要把自己打扮得很優雅的人，我記得他的鞋子、領帶都是很有品味的。每到了假日（我那時候應該四、五歲還不到），他就會把日本宿舍旁邊的門全部敞開，然後會泡熱可可，全家就一起喝熱可可，邊聽著音響。我記得他的音響很大一個，印象滿深刻的。小時候我的家就是這樣子，我爸爸會放貝多芬，或者日本演歌。

追逐到天堂的邊緣；籌備中的電影和計畫

侯：我記得您在拍完《一把青》的時候，有表示接下來要拍電影，結果反而先拍《斯卡羅》，您覺得電影、電視劇兩種創作語彙對您而言，

有什麼差異？

曹：我第一次的電影嘗試是《孤戀花》，那時是 2005 年。那個時間點，對女同志議題的關注沒那麼大，台灣政治環境與氛圍是很低落的，這樣沉重的戲很難引起反響。另外，在剪《孤戀花》的時候，這麼多集的戲剪成兩小時，演員的情緒是斷裂的。電影還是要另外拍，因為說故事的方式、節奏、演員的表演都不見得一樣。我還有一次挫敗的經歷，是拍攝《飲食男女 2》，畢竟華人被李安導演的那部電影《飲食男女》的劇情與人物關係有一種既定的刻版印象，他們沒辦法擺脫，因此票房慘遭滑鐵盧，反而外國人比較能接受。但是我終究會再拍電影，接下來就是。

我要拍的故事，是從我兒子的留學經歷改編的。兒子在美國德州留學、進了監獄，父親風塵僕僕趕到德州。一開始，父親充滿憤怒，可是他慢慢明白，一個十五、六歲的小孩在異國他鄉的壓力與寂寞，等到兒子可以保釋的時候，他瘋狂地開車渡過德州沙漠，想用非法手段把兒子從墨西哥偷渡離開，這部片名叫《天堂的邊緣》。

我還有籌備一個台灣民歌題材的影集，因為那是不可複製的年代，應該用一個好的方式升級，把歌曲保存下來。還有，在《斯卡羅》之後，最大的事件就是「牡丹社」了，這個劇集也在發展。如果完成，台灣近代史的脈絡就完全接起來了。

找回電影的純粹

侯：綜觀曹導的創作軌跡與製作規模，似乎會走向越來越精良與浩大的製作格局，我相當好奇，曹導目前在影視的製作上，還是自己統籌

一切嗎？

曹：對，但有時候就是會太自戀、太自我，不太會考慮到環境與市場，就是走自己的路，但是你會知道，你想要做的事跟你整個生命歷程，一直是比較統一的狀態。

侯：影視的製作上不能免俗地，是一種商業行為，深信曹導在創作過程中不免有需要面對投資者與監製的時刻，您曾經在創作理念與投資者、監製想法有落差的時候嗎？如果有，您是如何面對、協調這樣的理念衝突？

曹：早期我沒拍電影，也是因為大部分投資者擔心的是票房。所以我想，是不是有一天，你自己有能力可以找到資金？你可以因為這些投資人真正認識你、沒有疑慮地喜歡你，我一直

在等待這樣的可能和狀態，才會拍吧。可是我認為台灣的電影，大概四、五年內就會慢慢消失，因為整個世界的娛樂形式已經慢慢改變了，在影集反而可以看到好的劇本、好的導演與表演，因為進戲院的電影都要像《捍衛戰士》這種，才有投資的可能。要堅持像侯孝賢導演這樣拍片是滿困難的，再加上未來觀影習慣的改變，要讓觀眾進戲院，要有很大的娛樂性或刺激性、群體性與話題性，否則他寧願在家看就好了。因為覺得電影會慢慢消失，所以我才會想要趕快拍。

當然，也有另一種可能。當好萊塢把電影變成娛樂產業，有沒有讓更多的人慢慢想到，要讓電影再度回到一門藝術？這樣的想法其實是非常美麗的，和詩、小說、畫一樣，是能撼動人心的東西。我認為好像有人想去找回來，譬如

這次《游牧人生》以及最近的《犬山記》，都有點在找回那樣的純粹。

侯：那曹導準備拍攝的《天堂的邊緣》，也會回歸那種純粹嗎？

曹：我希望是。其實我中間沒拍，也是因為有投資者問我，能不能將故事改成父親在黑幫當中把兒子救出來，讓戲劇張力更強。可是，人被鎖在異國的那種寂寥與寂寞，以及面對親情的掙扎與疲憊，反而是我比較想表達的。

侯：對於創作者面對投資人，我歸納了一下曹導的建議，您的意思是說導演最好累積拍攝的經驗與資歷，以獲得投資者的信任嗎？

曹：只能說，你永遠應該知道這一刻你在做什麼，要達到什麼，慢慢地就會知道什麼時候該捨，什麼時候該往前走。你的內在終究要有一個清清楚楚的，對未來的目標，而你知道現在這一刻是沒有走偏的，那就好了。即使你今天為了生存到 711 去打工，你終究知道自己還在朝著目標往前走。至少我會告訴我自己，我在711 還是可以看到形形色色的人，還可以幫助我走向目標。即使你坐在一個非常市儈的投資者旁邊，你也知道這一刻，他可以幫助你往未來走。其實《斯卡羅》拍完後，對我來講沒有什麼難的了。

中年危機與生命的信仰

侯：您已經越過所有創作的障礙與困境了嗎？在拍攝《斯卡羅》之後？

曹：也不是越過它，而是我找到那個力量了。我拍過最喜歡的一部片子，叫做《假期》。那時候我還不完全成熟，但是我清楚知道，男人到了中年會有一種憂鬱。以創作者的角度來說，你發現你不是天才，你也沒能創作出驚世駭俗的東西，未來你大概知道離原來的夢想，大概就再好一點點、多一點點，接下來只是往下走而已。你的愛情已經熄火了，對家裡也只有責任，你的小孩可能也是國中、高中，張牙舞爪的。而你的父母也慢慢老去，他們會有病痛需要你。一切的一切，都集中在那四、五十歲的中年男人的身上。

因此我拍了這部講述中年危機的人生劇展。故事講述一個很久沒休假的中年男子，在公司給的假期裡，要去國外好好渡假。但是上飛機前，他只覺得很累，哪裡都不想去，所以就偷偷回到都市，住在旅館裡。某天，他與一個聾啞女孩邂逅攀談，在溝通過程中，感受到了某種真實，於是開始約她吃飯散步。某一天晚上，假期結束了。他在女孩送他到夜間公車的路上，突然轉身抱緊女孩。其實約會的三天裡，他充滿男人的慾望，可是他守住了。最後他轉身離開，上了夜間公車。

那時候是吳興國主演的。導戲的時候我跟他說：「你在公車上的臉是充滿了痛苦，但你的肢體又非常的輕盈、非常的愉悅、非常的釋放。」當時吳興國感到困惑，我就告訴他：「這個角色這幾天都充滿了一種愁苦，因為慾望跟愛情沒有完成。之所以『愉悅』是因為，好在你沒有陷入出軌的火坑，它也是一種釋放。」然後那個女孩子看著公車離開，才發現原來這幾天是愛情，可是愛情已經走了。當時拍完我就知道，我不會再有中年危機了。

其實，我也碰到過很多挫折和失敗，可是到最後你都要感激生命。當你在一種平安跟喜樂裡，對什麼都沒有追求的時候，反而是你最快樂的時候。其實，最近我的腦中一直有一個聲音，上帝一直告訴我「Not yet」，就是還沒到。

Not yet，自在就好。回到你內在，祂一直等
著你，當你找到祂，你會發現生命其實是無限
的浩大寬廣，然後你就讓祂帶著你走，至於走
到哪裡，其實不用擔心。

魄力與遠見：台灣影視產業的未來十年

侯：您不僅跟公視合作，也跟政府合作拍片，
您也曾公開希望政府能夠正視影視產業的可能
性，那麼政府有沒有聽到您的建議呢？

曹：其實我很早就呼籲政府，不要把影視看成

ABOUT　侯宗華

侯宗華，新銳導演，獨立製片人，畢業於台南藝
術大學藝術史系，曾以《動保「吉」先鋒》獲得
第十二屆電視劇本獎佳作獎，並出版小說《一位
大師的誕生》，目前剛拍完首部電影長片《炸彈
客》，持續耕耘影視與文學創作中。

內在的衝擊、外在的接收，都是他們走向文藝
與影視創作最好的養分。我總覺得台灣年輕人
的藝術涵養、文化厚度與鑑賞能力是夠的，可
是每年一萬五六千人的影視產業科系、傳播科
系、電影科系的畢業生，他們畢業後進到這個
產業，你沒有給他們環境與機會，讓他們都可
以無縫接軌。這種教育的浪費，生命的浪費，
哪是你每年拿五六億去補助文化產業可以比擬
的。其實我們最需要的，就是遠見，而不是現
在一直說要往前追上韓國，追不上的！你如果
把遠見放在十年後趕上韓國，那是可能的，文
策院應該要有這樣的遠見。

我們可以佈局在後製，剪輯、調光、美術，ＡＲ
跟ＶＲ的技術等，讓年輕人可以進入這個產
業。讓外國的團隊來這邊剪接、調光，不是很
棒嗎？又可以旅遊，又可以吃美食。我們台灣
的企業確實都有錢，但沒人把這些資源做很好
的整合。這些年，我一直大聲疾呼影視產業改
革的重要性與急迫性，可是說真的，好累。但
我還是想趁這個訪談機會再疾呼一次，希望我
們的政府，特別是文策院，能夠開始高瞻遠矚
地規劃台灣影視產業未來十年後的樣子，拿出
真正的魄力與遠見並付諸實踐，因為再不快點
做，就來不及了。

是文化補助產業，因為影視產業未來十年，可
能就是像半導體那麼重要的經濟產值。韓國在
二十年前就看到影視產業的重要性了，台灣更
應該看到，可是台灣沒有這個魄力，也沒有這
個遠見，更沒有這個決心。台灣年輕人小時候
可以哈日，國高中可以哈韓，身邊還有東南亞
這種新住民文化，又可以接收西方文化，再加
上藍綠政治的曲折、兩岸的奇怪處境，而這些

「藝術」是無法被壓制的種子，總會找到綻放的出口

訪談結束後，我終於明白，為什麼曹導會如此鍾情於影視創作。身而為人，必定會經歷許多痛苦、悲傷跟無奈，然而影像敘事的魔法，幻化出另一種維度的真實，承擔了現實的悲苦，彌補了憾恨。影像的力量穿透屏幕，不僅洗滌，也治癒了現實。訪談時，曹導不時自嘲創作道路的艱辛，那些一去不復返的拍片資金，與文人墨客相處的辛辣八卦。凝視著曹導的表情，有無奈，更有無悔的堅持。

藝術，是無法被壓制的種子，儘管現實阻攔重重，總會找到綻放的出口。儘管從大地攫取養分，卻不斷持續地將枝枒伸向天際，擁抱銀河，尋找異化與變異的可能，為了開出獨特而璀璨的花朵，不惜與周遭習以為常，鼓吹平和與中庸的植被決裂！畢竟，面對世俗價值的舒適與安穩，以及創作的艱辛與不安全，曹導選擇了創作，而一旦踏上創作這條路，是回不了頭的。

我無法用三言兩語表達這次訪談的收穫，或許就像曹導所說的，一切都內化於無形，我只能在未來用創作去驗證。

坐在咖啡廳裡，我聽著訪談錄音，漫無目的地幻想著。幾年後的曹導，或許戴著墨鏡，穿著美式嘻哈風的 T 恤，站在沙塵滾滾的德州沙漠高原，在數以百計中西合璧的工作人員當中，拿起無線麥克風大喊：「5、4、3、2……Action！」

不遠處，一輛破舊的車發動了，引擎發出響亮的轟鳴，乘載著一個父親對兒子的愛與焦慮，在夕陽的光芒的照拂下，那輛車瘋也似地，朝墨西哥邊境徜徉而去。突然之間，錄音檔裡，曹導說出了這句話：

「一切都是因為我愛這個地方啦，我是真的愛這個土地，就是愛，那個愛不斷在燃燒，支持著我繼續在走。」

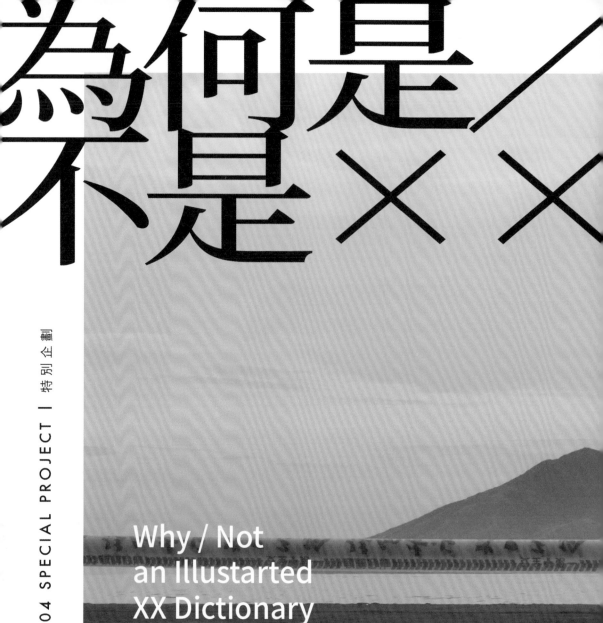

為何是／
不是 ╳╳

Why / Not
an Illustarted
XX Dictionary

疫情下的
空間與界限

註：此單元命名來自中平卓馬《為何是植物圖鑑》的變形。　　企劃／採訪　郭潔渝

圖鑑

藝術家／

Wei Xin Ye

魏欣曄

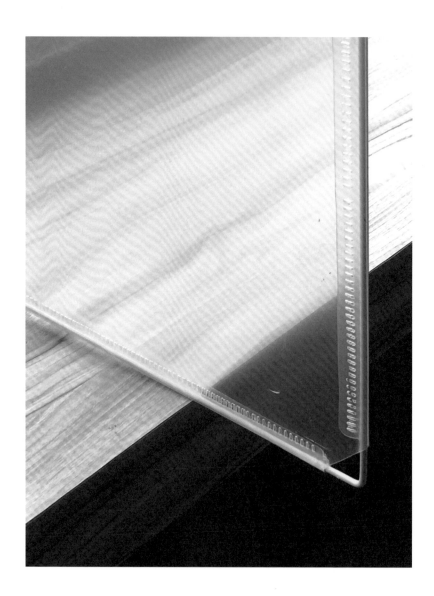

疫情下的
空間與界限

專訪魏歆曄

Wei Xin Ye × Criscent Guo

訪談　郭潔渝

Q： 是在怎樣的狀態下，想拍攝和疫情有關的題材？

曄： 在 2021 年 5 月疫情升溫的時候，當時的政策雖然沒有強制要求民眾不要出門，但其實不論是家人或是自己，都立馬意識到在家自主管理的必要性，平常理所當然的自由不再理所當然，想出門散步的時候，家人都會問你要去哪？出門的時候也要特別小心不能跟別人靠太近，就連家裡附近從一年三百六十五天都幾乎不休息的桃園夜市，竟然也是整條街的店家都已經拉下鐵門。這樣一連串的改變都讓我非常的不舒服，就像是某道無形的、有形的牆，同時阻隔你的口鼻部和你的自由。然後我也開始觀察到平常散步的路徑也開始出現許多「隔擋」的物件，例如：封鎖線、隔板、甚至口罩也是。就開始有一種想要把這種有別於以往的日常現象用攝影紀錄下來。

Q： 在這組照片裡，有許多隔板、封鎖線，看起來像是生活的路途中經過並拍下，但又呈現工整的構圖，在拍攝時有刻意選擇什麼樣的視角來看待嗎？為何採取這種策略呢？

曄： 其實沒特別採取策略，只是很直覺的用自己習慣的方式紀錄這個現象。透過直接以這些隔擋物為中心去拍攝，試圖去表達某種，也或

是抵抗心裡那強烈的不自由感。也是在拍攝的那段其間，突然意識到空間的劃分竟然是如此容易，只要拉出一條黃色的線或是一片透明隔板，空間就立馬有了裡外、左右、前後、可進和不可進的分別。至於隔板對我來說也是某一種近乎是符號的物件，好像只要在你跟陌生人之間，放一片隔板，你們就可以安全的在公共空間吃飯。只要放一片隔板在你面前，那片隔板似乎就成為你在脫下口罩之後的飛沫護衛，但其實事情沒有這麼簡單吧……

Q： 好像在人與人或空間中拉一條線、放一塊板子，「界限」感就出來了，心理上也會有變化，也許是產生防衛機制，或是安全感，在看這組作品時，真的有種奇妙的感受，會猜想攝影者當下是不是很淡漠，不帶浪漫眼光，不過這種淡漠感、或說是反高潮，在你的其他系列裡也會感受到，有時反而會是另一種浪漫，這和你的劇照作品很不一樣。你是會被眼前景物或拍攝目的（例如劇照）而改變自己狀態來拍攝嗎？或更多是出於直覺？

曄： 謝謝你把這種淡漠感轉化成另一種浪漫的可能性，好開心啊……我其實也是這兩年回望我的作品時才發現，自己拍照的時候習慣站得遠遠的，想要把整個環境的狀態都拍下來，而不是只把目光集中在事件或物件的本身，這可能

是我對我自己的一種期許，希望盡量以客觀的
角度去觀看事件，但其實按下快門的當下，客
觀性應該就著快門聲一起消失了吧（煙），好
矛盾啊⋯⋯一不小心又扯遠了。至於自己在拍
攝每個不同的主體時，心境的狀態或是拍攝的
角度跟構圖也確實是會隨著目地不同而有所差
異。但我也得說有些時候，實在是沒辦法時時
刻刻去意識到每個拍攝意識，或者是說，按下
快門已經是某種很直接的身體反應。就像是有
時候就會有，回家整理檔案的時候，看到某張
照片會說：「啊⋯⋯我剛有拍這張嗎？這張很
不錯耶⋯⋯」這種狀況。

Q：在這組照片裡，呈現的幾乎是人造景觀，
唯一一張海景的龜山島反而比隔板後貼風景印
刷的牆面更超現實、更疏離。請談談你對自然
與人工空間、景觀的看法與感受。

曄：我不太確定能不能只單用龜山島這張照片來
延伸我對自然和人工空間、景觀的看法，但這
是個非常有趣的問題，或許可以再用另一組作
品來做回應？！

憂

愛

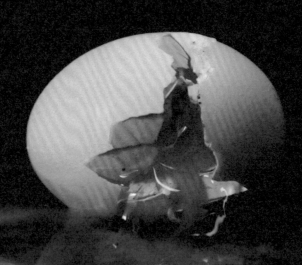

攝
影
詩

詩與光詩與光影的交會，是攝影詩最美的地方。本期，郭瀅瀅以攝影回應她所熱愛的小說《憂國》，並向日本小說家三島由紀夫致敬。本次徵稿方

向，需融合影像觸發的想像，以及《憂國》文本的精神內涵，並將郭瀅瀅為每一張攝影的命名，當詩作名稱的副標題，以此呼應攝影師的影像與文

字。而開始徵稿後，便接獲旅日學者、詩人田原來訊，提及在本期〈田原評詩・日本詩選〉裡，要介紹日本著名詩人高橋睦郎。聽聞此訊的當下我

心一震：高橋睦郎不僅是三島由紀夫的學生，同時也是情人，正好與這次攝影詩的主題相關，彷彿冥冥中的巧合似的。於是我將這組攝影傳到日

本，並邀請田原、高橋睦郎為其寫詩，高橋睦郎更肯定郭瀅瀅的攝影裡有三島的「憂國」精神。

本次投稿詩作共163首。我們初選出52首刊登月電子詩報，再從中選出25首刊登《人間魚詩生活誌》，入選率約15%。副社長石秀淨名也為此創作

二百餘行長詩。本期的攝影詩〈憂國——愛與死的暈眩〉，值得讀者細細閱讀。

—— PS.黃觀

與死的暈眩

攝影　郭瀅瀅

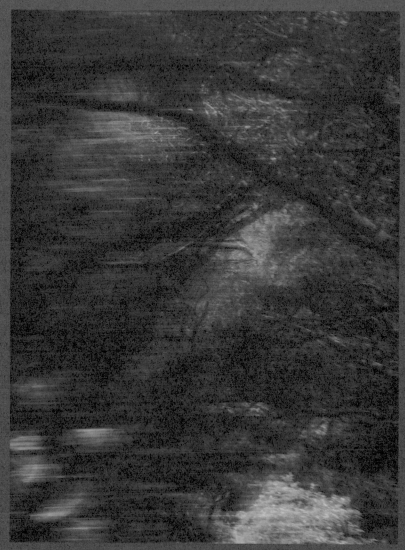

奔，天未亮

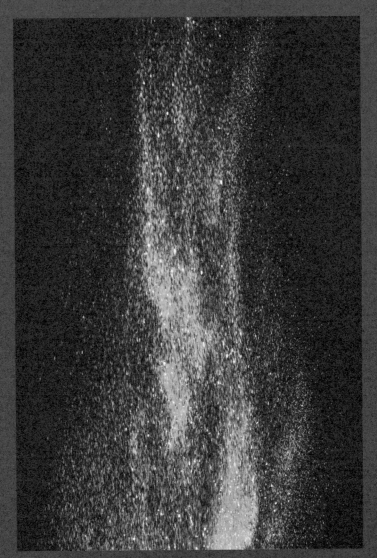

大義的光芒

騷動，最後的愛慾

死絕，暈染的痛

追隨，苦與甜

剩餘的世界

告別與迎向

文 郭瀅瀅

數月前，在世界瀰漫著一股恐懼與對國家情勢憂心的氛圍下，「憂國」兩個字就自然地浮現在意識之中，並喚起了記憶裡，三島由紀夫的短篇小說〈憂國〉，而這僅只是詞語上的連結。當〈憂國〉的故事重現在心中，當我重讀感受裡頭的字句，我一再受到愛與死亡的具體實踐、愛與美的極致追尋所震懾。在極致的激情與強烈的意志裡，有著一股作為動能似的眩暈，在愛裡、在死亡裡。眩暈推動著身體的實踐，又在身體的實踐裡，藉著肉體而反覆被精神感知。它似乎也引起了我的短暫眩暈，並引發了掩埋在深處的某個自我，浮出意識的表面。

在一種「絕對性」的追尋與實踐裡，個人與外在世界彷彿無法相容，彷彿在現象領域裡，注定是「絕對」與「絕對」之間的衝撞，是個人心理的「絕對」與他者、外在世界的「絕對」之間的抗衡，於是也勢必是毀滅的。這股無救贖性的毀滅，是三島由紀夫的小說經常帶給我的感受，而我如此熱衷，也許是它呼應了我過往的內在基調，那看似飽滿卻貧瘠的內在裡，我自己也並未意識到的，對救贖的隱隱否定。

於是這一組攝影，除了是對三島由紀夫的致敬、是某種情感的完成，也是向某個已然逝去，卻仍在隱隱作痛的生命階段告別。彷彿透過光影與色彩，將曾經佔據於內心深處的那股與文本相符的頻率，賦予了一個具體可見的輪廓後，便有了將它徹底拋擲的可能，並讓它在屬於自身的進程裡，有了抵達終點的可能。或是，讓那曾經中斷在岔路裡停滯與淤塞的，從此有了疏散並轉向的可能，而在轉向的路途裡，將不再帶著事物在心裡投下的陰影行走。於是到了最後，便發現也許無須告別，它們都是在不同生命區段裡產生的不同自我，而每一個不同的自我，既是獨立也相互融合，在每一個可見與不可見的當下，迎向更為廣闊的空無。

郭瀅瀅
創作理念小訪談

訪談　郭潔渝

Q：這組攝影作品裡充滿了金色、紅色、綠色，是如何選定用這幾個色彩表達〈憂國〉這部短篇小說？

瀅：在小說裡，「大義」像是一道時刻閃現並籠罩著主角內心的光芒，既牽繫著主角中尉與其妻（麗子）的愛與情慾，也同時是一道隱入黑暗而無形的光亮，指引彼此的去向，因此，象徵光芒的金色，以及象徵愛與情慾、死亡與鮮血的紅色，是起初就在心裡很鮮明的色彩主軸，而且勢必要是高飽和度、高對比的，才能與文本裡充斥著看似無法並存，卻在精神世界裡融合的「兩極性」相互對應，並呼應文本唯美、詩意又強烈與濃郁的情感氛圍。

我以綠色的樹作為這組攝影的序曲——〈奔，天未亮〉，僅是象徵中尉從家中奔出時，眼裡所見的模糊而晃動的外在世界，在倉皇的腳步中「有些什麼」正在醞釀與萌發，又或者是「有些什麼」正逐漸逼近，一切如處在某種交界般，正彼此交融與轉換，它不能是太鮮明的，得要是晦暗與隱蔽的，彷彿夢與醒之間的過渡地帶。而在〈騷動，最後的愛慾〉時，我也將〈奔，天未亮〉的綠色融入與愛、慾望有關的紅色，呈現主角中尉與妻子在現象世界裡的「同在」與結合，只不過，此時的綠色較為明亮，因為那正逐漸逼近與醞釀的「有些什麼」，已轉為清晰與明確，彷彿一朵睡醒的花明白自己即將綻放與落下，同時，也對不遠處的未來有著喜悅與憧憬。

緊接著，我在〈死絕——暈染的痛〉中，以鮮紅的液體自蛋殼的裂縫中湧出，用來象徵中尉的切腹過程後，便延續了沾染鮮血的紅色意象，以自己象徵女性角色自拍了〈追隨，苦與甜〉並以此意象完成〈剩餘的世界〉。我以盛開的「紅花」為影像的終結，除了是象徵兩人以死亡的方式完成生命的綻放、留存在原地持續湧出的液體是精神的延伸之外，也透過「物」隱喻一切將不再被感官凝視而持續存在。同時，影像也從作為序曲的〈奔，天未亮〉的動態感轉為靜態，隱喻現象（生、死、愛慾）的止息與超越於生命機能的存在本質。

Q：在這組攝影作品裡，除了樹林外，其餘皆在攝影棚完成，是如何決定哪些畫面要拍攝現成景觀，哪些要在高度控制下完成？

瀅：在小說裡，中尉從家中奔出並在兩天後回返家中，一切的想像、對美的強烈憧憬與行動都在同樣的空間裡上演，並在其中完成了愛與死亡。因此除了第一張〈奔，天未亮〉以外，我很自然地認為，要在室內空間完成接下來的五張攝影。除此之外，我心中設想的隱喻性畫面，當落實為具體內容時，只有在光影的「高度控制」與變因的「阻止」下才能呈現，例如象徵著永恆「大義」光芒的金粉灑落，它必須在象徵夜晚的黑背景前呈現，且不會有「風」使金粉偏移或飄落到不知去向。而些微的紅光，也讓無所不在的「大義」裡有著愛與死亡的意象滲入，不僅蘊含著中尉的主觀認知與情感，也預示著往後的具體行動，它並非純粹且遙不可及的金色光芒。

至於〈死絕——暈染的痛〉，在前往攝影棚之前，已事先在家中嘗試敲破蛋殼、讓蛋液流出的樣貌符合心裡的文學意象，並與所注入的紅墨水混合、暈染成理想的狀態。數次嘗試的過程裡，除了準備需要的小道具以外，也逐漸找到了一個時間點，不論是裂縫、蛋液流出並暈染開來的樣貌都能符合心中的基本預想。透過光影，自蛋的裂縫湧出、流淌的液體也形成了湖面一般，而作為主體的蛋，彷彿在倒影裡終於完成了自身的意欲、想像與見證。

腦裡有太多透想過靜物完成的畫面，那都是在回應我所讀過的文學、看過的影像、經歷的情感所留存在心裡的多重感受，也許比起拍攝現成景觀畫面，現在更期待透過不同素材的混合創造，來讓腦裡的想像落實，一次又一次，趨近心裡的美學。

Q：在創作這組攝影作品過程中，心中是否有詩化或文學性的語句出現呢？

瀅：過去在攝影時，我經常受到色彩或光影的感動，而內心出現文學性的語句，那通常是在隨意拍攝的當下浮現。例如，先前在公園裡拍攝花朵的時候，心裡浮現了「夢色」兩個字，即使我還不明白「夢色」的意涵，不確定是以夢為色，或是夢中的色、夢想的色。即使不明所以，它的確是由當下的色彩、光影與物在眼前的狀態所引動（也許更主要的是感知眼前一切的，當下的我。當時疫情正開始蔓延，我的活動空間由外轉向內而經常帶著睡意），

並且很絕對地，沒有其他詞彙可以替代。對我來說，透過影像所觸發的語言幾乎都是如此絕對，也許是窄化了的世界更讓我專注於細節的美，其餘一切也在心裡短暫地失焦。那一系列的 13 張攝影命名正是這樣來的，並連同文學性的語句產生了文學性想像，寫下了一系列的短文，刊於第七期的攝影詩單元「花與葉的秘密異想」。

而來到了這一次，特地拍攝心中想好的主題〈憂國──愛與死的眩暈〉，則是比較少在過程中有詩性或文學性的詞語浮現，反倒是得讓影像去趨近我預想好的文學性命名。在盡可能趨近命名所帶來的視覺美學想像的當下，鮮少有語言流動性的出現，或命定式的降臨，例如，在拍攝事先命名好的〈騷動，最後的愛慾〉時，我起先對完好、高掛著的百合花瓣，缺乏與詞語相應的感受，直到它垂落了下來，袒露著，我便覺得它如同開闔的器官，符合詞語傳達的意象，於是噴灑了水滴、專注在色彩與形式的呈現，到了最後，「語言」反倒是在心中退位了，甚至有一種逃離了詞語的過癮感。也許是因為自己大部分時間都與文字緊密連結，任何感受，也幾乎以語言文字的型態在心裡流動，而當有一個瞬間遺忘了詞語，對我來說像是更純粹地透過肢體的運作、透過感官感知眼前的一切而不必有思想，對我來說也許是一種內在的平衡。然而，這些當下一旦過去，留在心裡的，也依然是詞語。

島與湖
——郭瀅瀅的照片與三島由紀夫

田
原

有了島，三座以上的島
就有了湖
雙眼皮的湖

花朵還原血色
瀑布無聲，醞釀咆哮
眼神憂鬱而澄明
折射出自戕者的原形

時空交錯在
跟水有關的兩個名字之間
歲月定格在瞬間
記憶跌倒在時間的刀刃上

島一直堅挺著
與天空交媾
湖是濕潤的盆地
等待星辰傾注

是誰坐騎蜻蜓
飛往虛幻的島
又是誰划著小船
游向湖心

在島上，在湖邊
我想變成螢火蟲
躲進抓緊大地的馬齒莧裡
照亮生者的面龐
和死者的幽魂

2022 年 6 月 19 日 寫於日本

湖と島の写真 ——郭瀅瀅と三島由紀夫

田原

島があり、三つ以上の島があり
そして湖ができた
二重瞼の湖

花が血を本来の色にする
滝が音もなく咆哮を醸し出す
まなざしは憂いに満ち澄み切っている
自裁者の原形が映し出されている

時空が交錯する
水に因む二つの名前の間に
歳月は一瞬の位置に留まる
記憶は時間の刃の上に倒れる

島はずっと硬く聳え立ち
空と咬合する
湖は湿潤な窪地
星が降り注ぐのを待っている

誰が蜻蛉に乗っているのか
幻の島へ
また誰が小舟を漕いでいるのか
湖心へ

島で、湖辺で
私は蛍になろう
大地をしっかりつかむスベリヒユの中に隠れ
生者の顔を照らし出したい
死者の魂も

捕鼠器，無窮無盡 ——郭瀅瀅的照片 所想起的

高橋睦郎

劉沐暘　譯

陰鬱天空下的捕鼠器　冰凍的水將其浸透
把它扔在地上　像是兩隻已僵硬的老鼠的
這兩個物體是什麼？嘶吼著「為了＊＊！」
（＊＊被淹沒在外面的怒號聲中 聽不清）
是自己剖腹的男人　和追隨他的年輕人的
只不過　緊接著被砍下的兩具頭顱　被縫合
下腹部的傷口露出的腸子　也被塞進去　縫上口子
當然　那是驗屍後的遺體　馬上就被火葬
作為證據有照片被拍下　才流傳至今
五十年後的我們　憑藉那張外傳的照片
討論這場不合規則的相對死亡究竟是男人引誘還是年輕人逼迫
我們直言不諱　唾沫橫飛互不相讓　但兩人的眼睛
是看著完全不同的方向　還是根本沒注視任何東西
若是相信於招魂者身上顯靈的年輕人的說辭
則斷言　現在兩人正置身於不同的幽暗之地
這也可以說是「無理心中（一起自殺）」者的決定
如果無理心中者是各自被拋棄的人的集合
那幽暗的淒慘　幽暗的孤獨便理所應當
原由中　陰鬱的天空　冰凍的水想必也是如此
天也好　水也好　都夾在看不見的捕鼠器中
那個捕鼠器　夾在更大的看不見的捕鼠器中
被拋棄　其淒慘無窮無盡　孤獨亦是

ねずみ捕り どこまでも──郭瀅瀅さんの写真から思ったこと

高橋睦郎

暗い天のねずみ捕り　凍てつく水にずぶ漬けにして
地面に放り出した　硬直した二匹のねずみのような
この二つの物体は何？＊＊のため！と絶叫して
（＊＊は外の怒号に消されて　聞こえない）
自ら腹をかっ裁いた男と　後を追った若者の
ただし　直後に刎ねられた二つの首は　縫合され
下腹の傷口から食み出た腸も　押し込め　縫い込まれ
むろん　それは検死後の死体で　じき火葬されたが
その前に証拠として撮影されたので　現在まで残った
五十年後の私たちは　その流出写真を手がかりに
この変則相対死は男が誘ったか　若者が追いつめたか
侃侃諤諤　口角泡を飛ばして譲らないが　二人の目は
まったく別の方角を見ているか　何も見ていないか
降霊者に降ろされた若い方の言い分を　信じるなら
いま二人はめいめい別の場所にいるのだ　と言い
それは心中者の決まったありよう　ともいわれるが
心中が　それぞれ棄てられた者の寄り合いなら
めいめいのみじめさ　めいめいの孤独さは当たりまえ
事情は　暗い天も　凍てつく水も同じだろう
天も　水も　すべては見えないねずみ捕りの中
そのねずみ捕りも　さらに大きな見えないねずみ捕りの中
どこまでもみじめで　孤独で　棄てられている

無世間的謎底
─── 我讀憂國

石秀淨名

1. 奔，天未亮

「中尉跳起來默默穿上軍服，佩上
妻子遞來的軍刀，衝向天色未亮的
飄雪晨間道路。」

腳下奔向晨間
形同風火的急切，我在道途中
這是道途，意之所向不見飄雪
頭上輪轉輪迴
暈眩的星空，濛濛亮、憒憒的
這個時代
我們的距離，我們的故事所有
一概以刀
錯開，不！挫開。伊肅靜遞來
我，佩上，我們是誰？誰？有
有個什麼
為什麼不是無
畢竟是無

意識？語言和思維不都在表象之下
隱藏，道途根本無法把握猶如軍刀
我腳下之所奔向
目的是⋯⋯

是誰的口鼻末後
儀式之為物，蛋，醞釀死亡而破殼
終究掩上血之華

1. 之前

或許我已經滿足
或許我已該滿足，在床邊的書架
導演椅上，後頭直立滿滿姑婆芋
更遠的遠山翠綠，我愛的直立窗

人傻活在清閒的，日子裡，瘟疫
在山下城市肆虐，「這遙遠的死
亡之苦精煉了他們的快感。眼前
沒有痛苦與死亡，似乎只有自由
寬闊的原野一望無垠。」這是她
愛的小說。

為憂國而切腹！「身為軍人的妻子
該來的日子終於來了。」中尉左手
持軍刀，右手拎著脫下的軍帽，他
英勇站立庇護新婚的妻子，柳眉下
晶亮的雙眼，豐潤的嘴唇，白色的
袖子底下有著握扇的玉指，夕顏的
紅蕾宛如，站在金屏風之前的一對
璧人彷彿看穿近前悄然露出的死亡

2. 大義的光芒

「二人之間不為人知的正當快樂，
被大義與神威、被無懈可擊的完全
道德所守護。」

「不能留下沒有刮乾淨的鬍渣。刮
過的臉再次閃耀年輕的光芒，甚至
照亮了昏暗的鏡子。」

麗子的身體白淨莊嚴，隆起的乳房
展現強力抗拒的貞潔，可一旦接納
就會泛出被窩裡的，絲絹似的溫軟
溫柔；同時有個意象浮動，暗黑中
灑落的金沙即便在彼此激烈的激烈
狂態中，容人屏息的金沙
從暗黑中的天上灑落，美麗的雨後
明月更加，耀眼
正當的快樂沒有絲毫不純粹的成分
這些全是合乎道德的，戴上夜視鏡
一般，也實踐了教育敕語夫婦相和
中尉有自信，當兩人目光交流發現
正當的死亡，彷彿他人連根手指頭
也碰不到的美麗與正義
樓下神壇除了神符也供奉天皇皇后
御照，清水是每早換過的，那楊桐
楊桐樹枝常保新鮮。

這將會成為遺容！
是的！那是大義的光芒。金沙中的
血之華，兩人決定赴死的喜悅……

「等我洗個澡，喝完酒……聽話，
妳先去二樓鋪床……」

3. 騷動，最後的愛慾

「尚未感到的死亡之苦，這遙遠的
死亡之苦，精煉了他們的快感。」

六月桃過後，是水蜜桃，飯後我在吧檯
這看的是中午的枕頭山，不是得回眸的
直立窗後頭的翠綠遠山，是更濃郁有著
山凹陰影的……

曾經的古戰場。

毛髮茂密的謙虛腹部，這裡即將被
被殘忍地切開……
中尉悍然起身，用力摟抱妻子因為
悲傷與流淚發軟的身體。兩人瘋狂
互相廝磨左右臉頰……
叫喊！從高處，跌落地獄，從地獄
得到翅膀，又再次飛翔……
猶有青色刮鬍痕跡的臉頰閃耀柔和
的燈光，粗壯的脖子，隆起的肩膀
彷彿兩枚盾牌合在一起，他的壯碩
的胸膛，橘紅色的乳頭，體毛柔軟
敏感地叢生，香花
燒焦似的氣息，伴隨現在不停的搖
搖晃……

最後一次交歡，中尉把檯燈的罩子
往後推開，把燈光橫拖
這行文字彷彿
以隱形墨跡寫滿虛空，無形無相的
一切從美人尖
安靜，冰冷的額頭開始，最後一次
交歡

4. 死絕，暈染的痛

「在不似自己體內的遙遠深處，宛
如大地裂開迸出滾燙的熔岩，湧現
可怕的劇痛。」

這氣息的甘美，是
似乎蘊藏著青年死亡的實感，中尉
很明確的抽身
不是因為疲倦，是
怕會減弱切腹
所需的大力氣，是
怕自己貪心有損最後的甘美，回憶

暖爐的火熱讓他們一點也不冷光著
身子，交纏的是手指頭，一起凝視
又像靈視，昏暗的天花板，這一帶
的夜晚很安靜，連車聲都已絕途。

護城河內側車聲的
迴響在森林的遮蔽之下，傳不到這
他們想著老房子的
陡峭樓梯吱呀作響
的甜美，至少這是中尉的懷想吧！
兩人的舌頭一處處打探對方的渴求
猶如被一滴新星，不！雨珠子強力
穿鑿的新鮮，痕跡
那個凹陷的肚臍兒，他們想著無盡
接吻的滋味，每一下肌膚
滾燙的快感，頭暈眼花的
高處（以及落下的地獄）

怎麼昏暗的天花板
已有死亡探出頭來，還交纏的指尖
即將失去如這世間

我，必須拿出勇氣，主動抓住
注視著我的木紋裡現身的死亡

中尉這時卻快活地拉開壁櫥的
紙門把被子收進去，關掉暖爐

中尉看了一眼
拖到角落的紫檀木桌，「我們
以前常在這裡喝酒，和他們。」

「很快就會在陰曹地府與他們
相見，看到我帶妳一起，肯定
會被奚落。」

曾經握扇的玉指如今按著墨條
冰冷的金箔，硯池如烏雲散佈
一下子變黑了。「那麼，我們
走吧。」中尉腦海只剩下一身
一尊純之又純白色無垢的美麗娘子

5. 追隨，苦與甜

「身為軍人之妻，該來的日子終於
來了。」

「丈夫痛苦的臉上，頭一次出現令
人費解的東西。這次自己將揭開那
謎底。」

「對於丈夫深信的大義，麗子覺得
這次自己終於也能嚐到那真正的苦
與甜。」

在如此劇烈的痛苦中，可見的依然
可見，存在的依然存在，真是不可
思議。她極力抗拒跑過去的衝動，
她必須親眼看著丈夫死去。世界在
她丈夫臉上落幕！隔著一張榻榻米
的距離，死亡分毫不差的
正確現在眼前

他最後的清明與發現……
那不是現象的不可思議，她，吾愛
如何看見？就在生死一線間，念念
之間，不是世上華麗風華的這一切

他的眼睛已失去往日的光輝，動物
小動物的眼睛一般天真恍惚，痛苦
就在妻子的眼前恍若夏日艷陽的血
燦爛花開，越高越大，越向上延伸

接下她發現，那是一堵無情的高聳
透明玻璃牆，似無，隔絕的無世間

粉身碎骨的悲嘆是不痛的，他曾經
在痛苦中存在，她，卻在悲嘆背後
找不到自己存在的，確證……

而我存在嗎？他將不存在？榻榻米
整片血紅濡濕，白無垢的膝頭飛來
一滴血如小鳥，歇息……

腸子歡欣鼓舞的滑出來，他肩上的
符碼閃閃發光；吊線人偶淺淺淺淺
的動作，刀尖空虛的一再瞄準咽喉

6. 剩餘的世界

她以袖子抱起他的頭，抹去他唇上的血，送上最後一吻。坐在她距離中尉遺體一尺之處，從她白無垢的腰帶取出她的匕首，凝視著乾淨的刀身，忽伸口一舔，磨過的鋼有種微微的甜。她曾經單純的思索片刻是不是該打開門鎖，那是昨晚丈夫為自殺鎖上的門？現下，她很歡喜終於可以加入他已佔領的無世間的謎底。

至於這個有的，剩餘的世界，不妨刀尖刺穿咽喉？

6. 之後

詩成，面對枕頭山
古戰場未雨的烏雲，我猜想轉身
便會是黑夜的降臨

之後，我剩餘的世界不是血之華
而是另一個被打開的靈魂
以書裝幀的世界，記得要吃要睡
Empower 自己，先道晚安

無世間的謎底
──我讀憂國

蛹之生
──奔，天未亮
──王恭瑩

曾經你在彩虹下尋找影子
怎麼也無法配對隨行
每一道正色都像你，也都不是你

黑影休止符喧嘩著生命力
在驚鴻墨綠芽間藏身
夢與現實戮力對焦
你雙手捏緊勇氣
便能灌出翅膀飛行
那裡終於沒有是非題

綠色
──奔，天未亮
──七日海

綠色攀爬多情的
記憶沙灘
枝椏佈滿嘆息的重量

委屈說別喧鬧
一閃即逝青澀
中間灑滿拼命的微風
捕捉以命運為個體
兼具美感的身軀

綠色，還是憂愁的代表
只怕灰心找上門來
一起觀望星空的漆黑

睡了——奔，天未亮
—— levant

趁著天未亮
夜崩
染成一片翡翠
睡了河邊骨
猶似夢裡人深閨

趁著天未亮
夜奔
織成綠色絨毛毯
躲著馬立波萬人塚

趁著天未亮
夜繃
剛縫製的迷彩裝
藏在大地
埋葬所有的血腥

睡了
睡了
層層的山巒
那兒是我們不歸的故鄉

睡了
睡了
綿綿的山丘
那兒是我們母親的搖籃

睡了
睡了
彎彎雁翎刀
那兒是我們兄弟的吻別

此後——奔，天未亮
—— 趙啟福

風打翻了青春
此後
輕盈的光隱身

模糊的霧色急急奔來
替一生的汗水
覆蓋一層漸漸
崩解的陰影

電光交錯 ——大義的光芒—— 陳意榕／華文版

不知來歷的言語，用他
指指點點的手法
覆蓋我們軟弱的心
那夜的梅雨
令健忘的我，再次
全身淋得溼答答
在騎樓瑟瑟發抖
以為，嘴甜的你
會永遠是我堅強的依靠。
閃亮亮的煙火
一瞬間就消逝
乾涸的大義，壓得你
無法喘氣
第一次，你的肩膀看起來
這麼的窄小
你用飽滿的愛
不動聲色的在我的心中播種
我是裂開的蒲公英
跟著你到處飛，不知最後一站
要飛到哪裡？

相拍電[1] ——大義的光芒—— 陳意榕／台文詩

毋知底系[2]的言語，用伊
指指揬揬[3]的手路
覆罩[4]咱軟洴[5]的心
彼暝的黃酸雨[6]
害無頭神[7]的阮，又閣
沃甲規身軀澹糊糊[8]
佇亭仔[9]跤咇咇掣[10]
掠準[11]，璇石喙[12]的你
會永遠是阮儼硬[13]的倚靠[14]
金鑠鑠[15]的煙火
一目瞌仔[16]，拍交落[17]
焦涸涸[18]的大義，硩[19]甲你
袂當喘氣
頭一擺[21]，你的肩胛[20]頭看起來
遐爾仔[22]料小
你用飽滇[23]的愛
無聲無說[24]，踮阮的心肝內披種[25]
阮是煏開[26]的小金英[27]
綴你颺颺飛[28]，毋知後一站
是欲飛去佗位[29]

註：
1. 相拍電 sio-phah-tiān：原意為電線短路，這裡引申為兩者交會的光電反應。
2. 底系 té-hē：指人的來歷、背景。
3. 指指揬揬 ki-ki-túh-túh：受人指指點點。
4. 覆罩 phak tà：覆蓋。
5. 軟洴 nńg-tsiánn：軟弱。
6. 黃酸雨 ńg-sng-hōo：梅雨。
7. 無頭神 bô-thâu-sin：健忘。
8. 澹糊糊 tâm-kôo-kôo：溼答答。
9. 亭仔跤 tîng-á-kha：騎樓。
10. 咇咇掣 phih-phih-tshuah：因寒冷而身體發抖。
11. 掠準 liàh-tsún：以為。
12. 璇石喙 suān-tsio̍h tshuì：鑽石嘴，比喻嘴巴甜。
13. 儼硬 giám-ngē：堅強的。
14. 倚靠 uá-khò：依靠。

15. 金鑠鑠 kim-siak-siak：形容閃閃發亮的。
16. 一目瞌仔 tsi̍t-ba̍k-nih-á：一瞬間、一眨眼。
17. 拍交落 phah-ka-la̍uh：遺失。
18. 焦涸涸 ta-khok-khok：乾涸。形容非常的乾。
19. 硩 teh：壓。
20. 肩胛頭 king-kah-thâu：肩膀。
21. 頭一擺：第一次。
22. 遐爾仔 hiah-nī-á：那麼。
23. 飽滇 pá-tīnn：充足飽滿。
24. 無聲無說 bô-siann-bô-sueh：不聲不響、不動聲色。
25. 披種 ia-tsing：播種。
26. 煏 piak 開：裂開。
27. 小金英：蒲公英。
28. 颺颺飛 iānn-iānn-pue：胡亂飛揚。
29. 佗位 tó-uī：哪裡。

火
──大義的光芒

語凡（新加坡）

你總是以流火之姿
閃爍在我的眼眸
即使置身塵土
並以燃燒炙熱之舞
恆溫在我的膚下
即使身處嚴冬

我自燃如燭炬
如曠野裡的篝火
你如少年的江流
洶湧綿延我們的故事
我們交融似水，似火

我在你的鏡裡看見昔日
有些火漸漸熄滅
我在眼睛種下火苗
某一天又會重逢
我遇見自己年少的臉孔
遇見聲音，遇見背影
時間刻有大義
接續未完的光芒
一切都是，多年以後

不存在的大義
──大義的光芒

林振任

抽象的影像
自戀發光
跟風跳舞
對雨嘆息
向上奔流的金沙
熊熊燃燒
吸引無數飛蛾
投身自以為是的大義
最後
連灰都不存在

神性——大義的光芒 —丁口

遠遠的河在歷史中流動
不見天色黯淡為雲
勞動的人因汗水而喜悅
生而平等的國度，四處尋光
需要一方桃花源的情調
青山綠水是生命的格局

不該說話的時候，靜靜的
等侯，節日捎來的賀卡
歲月靜好的字跡，無所求
閱讀自己與他鄉的圓融
塵埃在光中舞動
流逝的事物放置於心底

我們學著笑的姿態
永遠記得助人的樂趣
滋養歲月的皺褶
溪水流過夢境
孩子的好奇探頭詢問
一道金光送來誰的願望

疫下的雙眼如此明亮——大義的光芒 —謙成

是誰在危城中留下一幅沙畫？
縱線是傳世的警語，橫線是訓誡
兩線交錯，在他
業績考察的格子裡畫上一個叉

鶯飛蝶舞，春寒料峭讓他窒息
造謠者，亂了
社會秩序，圍城逼走五百萬
倉皇出逃的鼠疫

這世界亂了套，他的雙眼緊閉
被安排在安詳的睡夢中
領一面勛章，授予青睞的眼光
加諸，精神分裂，各種表彰
頒一個烈士的名堂
價高者得，八百萬工傷補償
是為民族的脊梁

是誰靈巧的耳目，在危城中
佈置一個圍場？
這一幅沙畫，金燦燦，彰顯一雙眼睛
如此良善。對照組，是背景
慣性地，焰火在前，邪惡戰勝一切
世界是一片蠻荒
人啊！在清醒前就已經陷入
一片黑暗

如是，我看見的是眼睛的光芒
黑暗，鬼影幢幢
兩種面向

最後的饗宴——死絕，暈染的痛
——謙成

「啊！別走陽關。」

唇分，春分。整一整衣冠
坐等你換一身鮮紅色的雲裳
我倆就跳一支圓舞曲吧，寓意
安好，一切圓滿
醉意都安排好了，就差琴韻
就差你撥動琴弦的樣子了
就差一點，遺憾

假裝，將要辭別四十年家國
三千里地江山
這一身裝束興許參雜了一些慘澹
那就歌一曲吧，給我
壯一壯形色，壯一壯膽

你滴一滴清淚，就此裝滿我的酒囊
別，別別別，別哭斷紅腸
是造化啊！只要你一笑
這一次出行，無量，就此功德
圓滿

閉幕式繼續行進
這一杯我敬你，說好了
乾

死絕——死絕，暈染的痛
——語凡（台灣）

輪廓、形影
押滿死亡的甜美
迸裂出的血泊輝映著正氣
一種凜然的哲學節概，在
風裡形塑成一股顛簸不破的典範

岸邊細雨
一顆拒不隱晦的心，正與
反覆拍擊燕鷗的海潮對話
訴說起堅毅的浪濤
不因浪逝而消聲匿跡

絕死後的殷紅
揮舞著一階階的動詞
鑿刻在每一節的人性裡
意識流也開始穿過時光逆旅
劇痛瞬間轉為極美的存在

並彎──死絕，暈染的痛
──江郎財進

包覆晶黃滑柔的真愛汁液
在妳圓嫩的左心房
流淌著無怨無悔的酸澀。
妳白無垢的身影
跟隨夫婿脫韁野馬的鋼鐵意志
揮鞭。急策。勒令。醞釀掀開
即將來臨懵懂未知的
煙塵漫漫的鮮紅簾幕。

簾外，細雪潺潺紛飛
窗框斜睨的邊角，枯枝上
烏鴉的啼聲
響徹深瀨昌久的影像
夢幻的聲紋，觸碰
觳觫死亡的不思議
諦聽核心的陰影
乍現一具幽微昂然的天命之眼。

你弟兄們期待的眼神
在心坎盤旋
皇命浩蕩，壓在天靈蓋，難散
軍服在旁，至誠在上
遺書的墨香味，凌空聞風
刀如楓紅的葉尖

穿刺你堅毅的信仰。
身上潔白的裹布
彷彿瀑布的借代，刀柄翻飛
噴濺一坨坨鮮紅的極痛天命
實踐你灑落殘酷死的極致
暴烈美學。

道德高地與愛的迷離
糾纏妳綿綿的淚滴。
軍戈鐵馬的雄壯威武英姿
已隨血濺，遁去，昇華，無痛。妳凝視
大忠和大義並彎齊驅
你噴灑兩全的滾燙熔漿
感戴蒼天垂憐
你已拋掉薛西弗斯日夜懲罰的頑石
甩開普羅米修斯肝啄肝回的鐵鍊
勇哉！巍峨而頂天立地的夫婿
妳將義無反顧隨他而逸
讓詩韻高歌，
夫唱婦隨的肅穆甜蜜。

熔爐——死絕，暈染的痛
Chen Chen

彷彿跌落到灼熱的岩漿裡
在痛楚中奔騰，崩裂
鮮豔卻又，如此破碎
恐懼嵌入那流動的浪潮
在徬徨與暈眩中融化
煙霧倒映在瞳孔深處
綻開、分裂、從高處墜落
如萬紫千紅的煙花
猶如花開燦爛
轉瞬間躺在紅色山體
分解、糜爛
潛入大地歸隱
那是最接近死亡的時刻
熾熱而優雅

活——死絕，暈染的痛
顏瑋綺

脆弱，薄如蛋殼的生命啊！
醫院診間男女老幼，等
跳一號，再跳一號，等
握拳，深呼吸，疼痛
濃稠的我的血，被裝入試管
儀器過後，數據讓人皺眉或舒一口氣
堅韌，以一種共存的信仰
活著難，難著活
別忘記，你是最初的贏家

一顆受精卵，開始一切

活著，在凋零時——死絕，暈染的痛

——陽子

我聽到體內
一個陌生的聲音
從那個裂開的洞口
高聲地尖叫
令人恍惚眩暈的疼痛
使我的存在
此刻
前所未有地真實

我選擇的命運
將我帶至盡頭
只要時間再將我往前推移一點
我便將墜入深淵
以自由人的身分迎接
命定的結局

那些因實踐自由意志而
被撕裂的神經與
洶湧而出的艷紅暖泉
予我以溫暖強烈的疼痛
向我嘶吼同在的心意
而這也是我此生最精采的時刻
我的靈魂與肉體將在完美的合奏之後
從容分離

在生理的疼痛之外
我無所畏懼
因為在凋零的同時
我已領悟存在的真義

追隨，苦與甜

——語凡（台灣）

身首異處
是痛與苦的連體嬰
是重生與甜蜜的開端
山嚎與海濤依然
空了的心開始收納餘緒

血泊在眼眸裡打轉
終於了解紅的意義
花紅 葉紅 山紅 海紅
斷然的紅，
是一切結束也是一切開始

追隨到此
透晰痛與甜蜜
你筆下的每一頁冊
都是憂國底沉重
血已騰空了你的心
我盈滿了你的愛

風在樹叢裡穿梭
我在你的靈魂裡思索
那永不屈服的正義

月正高——追隨苦與甜

林篤文

妳的眉頭輕鎖
眼中的水色交疊我透明的心
緋紅的唇似花瓣，落下
不眠的聲音

我無法放任更多的蔓藤滋生
我要前往戰火
為你截取一片藍色的天空
安放生活靜好

夜裡的竊語懸在妳的髮梢
我想為妳梳理明天的光
馳馬而去
無論前方多霧或是煙硝

請繼續為我燃燒火焰
勇士的氣味會再次圍繞妳的頸
妳是熾熱的花朵
貼在我崢嶸的胸前

無續之續——剩餘的世界

語凡（新加坡）

我隨你去，自那以後
天地休眠，時節未醒
那個世界沒有紛亂
沒有記憶，沒有戰爭

你若是盜墓者
當在重重機關里
找到錚錚白骨的快樂
死神的敗走

你若是時間的賊
當會鄙夷拜金的愚昧
把偷得的一時片刻
在山水間與影子共飲月色

那時花開不謝
我們的舍利放在博物館
掛在某人的脖子
是某對貓的定情之物

在剩餘的世界
走累了，也看過太多
時不待我，接下的詩句
由時光續寫

關上有形的門——剩餘的世界——陽子

我忽然擁有能使時空凍結的魔法
代價是眼底珍藏的星子
萬物漸漸靜止於
我不再熠熠生輝的瞳眸
如同你黯淡眼中
靜止的我

我望向你離去的門
門前有你蛻去的肉體與揮灑的赤紅體液
構成一幅暖色的畫
像夕陽

門扉虛掩
我想你記得
我不願如那些無意義的其他被你餘下
我以體內的紅
融入你之內
畫於是變成更暖的畫
像夕陽灌溉出一朵嫣紅的花

當我吐出最終一息
星子燃盡
魔法生效
我輕盈起身
摘下那朵永恆之花
將剩餘的世界關在門後
奔向你
我唯一的萬有引力

血海——賭落來的世界

Tōo Sìn-liân

咱所有的記持閣賭[1] 偌濟
想欲捎[2] 煞袂赴矣
纓纏[3] 的思念先暫時綴風睏去
吐莓[4] 的季節是一片美麗的血海
佇咱心肝頭咧流，嘛流過咱行踏過的所在
海佮天的空縫會當加寡向望？
過無偌久，野草就欲來爭奪你的目箍
緊起來
爭奪變形的明仔載
閣有向望
就是遮？你倒落去的所在
閣有你影
所有的溫柔攏成做拍殕仔光[5] 前漸漸散去的夢
我毋敢倚[6] 過去
驚現實收集我的目屎
寄送大海，記持嘛綴咧看無著光

註：
1. 賭 tshun：剩。
2. 捎 sa：拿。
3. 纓纏 inn-tinn：糾纏不清。
4. 莓 m̂：花蕾。
5. 拍殕仔光 phah-phú-á-kng：黎明，拂曉。
6. 倚 uá：近、靠。

血海——剩餘的世界——
Tōo Sìn-liân

我們所有的記持還剩多少
想要捕捉卻也來不及了
糾纏不清的思念先暫時跟著風睡去吧
花蕾大開的季節是一片美麗的血海
在我們的心頭流過，也流向我們走過的地方
海跟天的隙縫可以加些希望嗎？
過沒有多久，野草就會來爭奪你的眼眶
快點起來
爭奪變形的明日
還有希望
就是這裡嗎？你倒下的地方
還有你的影子
所有的溫柔都成了黎明前漸散的夢
我不敢靠過去
害怕現實收集我的淚
寄送給大海，記憶也跟著看不見光

銀魚——剩餘的世界

崽三

1.
販子賣掉最後一塊銀魚
那銀魚的樣子，不同尋常

我看她的顎，有刺
我聽她的腮，有鼓
聞她的皮，有人煙
吃她的卵，有呼吸

她原是通透的鱗，通透的水
又和瘸子，和貓生活

入夜，船只帶走了她——
浪花，駛向地球

繞黃道，十幾個世紀
維京和女神殘破地流入汨羅

蒙妖精憐憫，給了幾張銀紙
她就想起飢餓，想起瘸子
想起貓和小墓園

2.
日出，漁村的人都來
看不見船，看見一縷晨

看尖尖的銀色的鰭剖開泥水
以左無始，以右無終

屈公提筆（那名古怪的瘸子）
畫絕望和重逢，畫起伏的尾
畫漩澴，畫成美麗的大圓

日中，夏炙，清澈
妳的蒼白滲進我的蒼藍
滲進同一張皮，同一顆心臟

風雷鳴鳴，水草做見證
敞亮人間的魂曲
大王又嫉妒，又害怕

是神，是禍——
得要嚐嚐那肉

3.
日落，月亮和燈泡都還黑
純潔的銀魚，美麗的銀魚
成了缸中的砝碼，秤上的血塊
轉不動的陰陽的眼珠子

江口，屈公縱身朝西——
留下布衣、哀淒和舌骨

我的同類啊。

忘不了的，就到水裡去找
找不到的，就到輪迴裡去要

江湖又說去串星宿和油米
祭愧，祭鬼，祭這個日子

千年久別，再拜。

願所有的理想——
都死得其所。

碑石流著火鶴一樣的淚——憂國
汪窩窩

鐵馬金戈，將凝脂化為泥
鉛黛殞落復何有，青塚黃昏路
終沒到萬里黑山擁抱長河
遍尋不到春天紅色的鶴
由鬱鬱的苦霧引誘

無邊際的灰濛
穿刺流光的記憶在人間的時光
隱在無言的憂傷裡
如輕淺水紋說我們要遺忘

那早晨的太陽叫醒陌桑的綠
雲煙深處盪來一縷微風
吹過霓衣飄飄，我先
以嫣紅畫一方城池
注目那些犧牲的英靈
繼續扮演著世界呼吸的命運

山崗照著太陽的影在晦明裡
彈出了歌聲在人們乾涸欲裂的唇間
我們的世界久存在我的眸
不用詩人們的呢喃祈禱
豎成萬座不帶名姓的碑石

愛與死的眩暈——憂國
王鵬傑

愛　紅綠
死　黑白
半規管 天真輕鬆盪鞦韆
地轉天旋的旋轉木馬

松果體語言區切片記憶
記憶為回憶之母
歷史拓印在腦下垂體，發光發亮
夢迴午夜沉潛分娩日記
每日片段鑲上密碼鎖

為願望習慣購入一本厚厚上鎖
鎖住每頁最真切最赤裸的真我
你看見日記本的本我欲動蠢蠢
我聽見日記盒的鑰匙孔飄出一縷思念寂靜

煽動
——憂國

——汪窩窩

夜月一簾　天未亮　雁過倖存的沙場
西風半榻　刀賦詩　踏來踏去也青青
有你奔馳如浮萍
腳步是如此的雜沓
自此而東無涯的可能逶迤曲斜襲來
不老的傳奇逕自唱開於水湄高山的百合
花開花謝潛入時序深處
瀉盡時間的默然在流雲轉動中

不可能並存的私慾與大義
於最終性愛濺出昨日之雲雨
美與死亡交纏於血泊裡流衍
物哀，不過是一種變的獨立
向時代死諫的男人之死
煎著民族主義的沸油
遍地的左翼腐骸如何凶醜
文藝家極盡寵犬的職分
那是遺敗的夜，以冥界般聲響
倚靠在撕裂神經的黎明上
他呶呶而語，在戰鬥結束之前
黃濁河水空地上訕笑
死是他唯一的喊聲，真實的安息

踱步的武士如櫻已凜凜滴在
大腦皮質和海馬迴
一起激發的細胞接在一起掙扎
輾轉難眠的意象竟無抵抗

晦澀與魔幻的超現實細胞集群
失序喧囂，激發神經再編碼
六百八十億個神經元
每個神經元有一萬五千個樹突
沒有突變的基因演算
在反覆的疊代下
收斂至一個平衡的機制
讓身骨歸於天地
不沾紅塵，獨自風流，不垢不滅

至於麗子，一簇震懾的長髮
落楓染紅耳垂下滲全身
愛戀流過臉頰鎖骨乳房臂彎鼠蹊
蛇一般竄向腳踝
任憑虛妄交疊
在張弛的霾霧裡磨蹭困惑迷離淪陷死亡
軀體相互撫觸彼此的快感，再
鋪開事先準備的空間
以簇擁的花叢裝束
在放縱的侘寂下也全不改本色
以絕美的風姿伸向四方
驅散雙頰的香粉如此放肆
花邊也訴說盡這瞬間的永恆
在草上，在沙漠和石塊上
煙火綻放後成為灰燼瞬間
海和月光正以你無法想像的錯速
在末日漲得飽滿

撲朔迷離——憂國

江郎財進

天未亮的墨綠樹梢
有你奔馳腰間的刀光劍影
攝影師的野百合已經花開花謝
花間的涔涔汗滴，也已烘乾。
窗框外，烏鴉的啼聲
有潔淨楓紅的落葉和聲
落葉飄滿了大地
飄滿了一攤一攤的血紅。
歌頌至誠的死絕藝術迷戀
飄滿所謂大和的武士道精神
或許你可以避免
掌葉蘋婆的花開，隨後
會在世紀末的未來
飄散，豬屎的惡臭味。

個體經濟唱完
現在換總體經濟登場。
利率竄升的刀尖
是對治惡性通膨的仙丹妙藥
昔日直升機撒錢的搖頭丸
猶如撒向你和麗子性愛極致的
歡愉迷魂藥。
狂歡過後
噴濺、沽名、殘紅、寂滅，如影隨形
二二六事件的震撼
你以憂國包裝的殘酷死與暴烈美學
終究要面臨泡沫破裂的檢驗。

往事如煙
仿佛高鐵疾駛窗外的景致
一幕一幕快速滑過。

金閣寺，假面的告白，潮騷
東大全共鬥、近代大猩猩
你現實人生的情節，貫穿全局
推演悲劇性的幻滅美學。你倡議
「自己尊敬、自己犧牲、自己責任」的
武士道精神，宣示你
激進復古民族主義精神
而走向非小說的現實人生
走向盾之會的發動兵變
你「七生報國」字樣的頭巾
實踐腸子從傷口汩汩流出來的悲切靈魂
噴濺你「救國妄念」的遺害。

我以南國福爾摩沙的角度
審視再三
並不認同你
極右翼的民族主義刀鋒
這刀鋒，不如我南國
自由民主法治的普世價值。
你染紅的丁字褲破口
就像我故鄉龜山島吐出的硫磺味
既辛且辣，其腐難聞。
這一點，你或許會很困惑，很難理解
那就讓我以洛夫共飲李賀
喝完一拖拉庫花雕
酩酊大醉後的詩句做總結：
「我要趁黑為你寫一首晦澀的詩
不懂就讓他們去不懂
不懂
為何我們讀後相視大笑」。

跨越

Yuan

田原 × 高橋睦郎

×Muts

詩 Takah

時間的歌

Tian

uo

ashi

田原評詩・日本詩選

ABOUT 田原

田原，旅日詩人、日本文學博士、翻譯家。1965 年生於河南漯河，90 年代初赴日留學，現任教於日本城西國際大學。出版有漢語、日語詩集《田原詩選》、《夢蛇》、《石頭的記憶》10 餘冊。先後在臺灣、中國國內、日本和美國獲得過華文、日文詩歌獎。主編有日文版《谷川俊太郎詩選集》（六卷），在國內、新加坡、香港、臺灣翻譯出版有《谷川俊太郎詩歌總集》（22 冊）《異邦人——辻井喬詩選》《讓我們繼續沉默的旅行——高橋睦郎詩選》《金子美鈴全集》《松尾芭蕉俳句選》《人間失格》等。出版有日語文論集《谷川俊太郎論》(岩波書店) 等。作品先後被翻譯成英、德、西班牙、法、義、土耳其、阿拉伯、芬蘭、葡萄牙語等十多種語言，出版有英語、韓語、蒙古語版詩選集。

全才詩人高橋睦郎 | 文　田原

　　在日本現當代詩人中，高橋睦郎是我至今翻譯的作品相對較多的一位。

　　我與高橋睦郎的友誼建立於 2005 年（當然在此之前斷斷續續涉獵過他不同題材的作品）——一起應邀去參加在新疆南疆舉辦的國際詩歌藝術節。當時，一同參加的還有日本當代著名超寫實主義畫家野田弘志。那場由幾十個國家的詩人和藝術家齊聚一堂陣容龐大的藝術節，為他們倆留下深刻印象，不過從返回日本高橋發表的文章中不難發現，給他們留下更深印象的好像是遍游南疆時維吾爾族人美麗親切的笑容，和挺拔在沙漠「千年不死、死後千年不倒、倒下千年不朽」的胡楊林，以及燃燒在地平線盡頭那悲壯的落日。為了那場詩歌藝術節出版摺頁冊，我第一次翻譯了高橋睦郎的幾首詩——這也是高橋睦郎的詩得以被漢語讀者認知和接受的契機。自此之後，我也開始有計劃地系統閱讀並著手翻譯高橋不同時期的作品。

　　在日本當代詩壇，高橋睦郎可能是唯一被公認的文學全才，在現代詩、俳句、短歌、小說、隨筆、批評甚至古典劇本「能」的創作領域都頗有建樹。毫無疑問，高橋睦郎首先是作為現代詩人被廣泛認知的。其實，他對文學的萌發始於少年時代，中學生時開始給當時公開發行的《每日中學生新聞》投稿，不僅發表現代詩歌，也發表俳句、短歌和散文，從這一點不難發現高橋一開始就是各種文學體裁的齊頭並進者。22 歲即將從國立福岡教育大學國語系畢業時，罹患肺結核休學在療養院，籌資出版處女詩集《米諾托，我的公牛》（私家限定

版 1959 年）。36 歲出版第一本俳句集《舊句帖》（湯川書房 1973
年），這本俳句集由當時影響巨大、號稱日本歌壇（短歌）「前衛短
歌三雄」（另外兩位是寺山修司、岡井隆）的歌人之一和評論家塚本
邦雄寫序，不少文獻資料都記載了這本俳句集出版後的反響，有意思
的是這三位都以寫作的多面手著稱。之後高橋的文學生涯除了經歷了
為期不短的蕭條期之外，他的寫作一直是多管齊下，至今已出版 40
本詩集、10 多冊俳句集、30 冊隨筆和評論集，另外還有幾部短歌集、
小說集和繪本等。高橋在當代詩人中獲獎頗多，包括現代詩的現代詩
人獎、評論集的鮎川信夫獎、俳句的蛇笏獎，甚至中篇小說《看不見
的畫》1985 年還入圍過第 93 屆芥川獎。

　　高橋在 33 歲出版的自傳體小說《十二的遠景》中，曾提及在他
的幼年時代，母親撇下年幼的姐姐和他，跟情人私奔——在天津的日
本租界生活過多年這一事實。當然，僅從這一點遑論高橋與中國古典
文學的關係難免過於牽強附會。大學畢業后，高橋睦郎通過努力自學
能自由自在地徜徉在中國古詩中，並與屈原、陶淵明、李白、杜甫、
李賀越過語言的障礙遠隔時空對話，在日本當代詩人中確實很難找到
第二位。在此，如果說對中國古詩造詣頗深的高橋與中國古代詩人的
淵源係前世所為也許就不那麼誇張了。這一點也是他與其他戰後詩人
區別開來的重要依據，單憑此，當下的日本詩人中幾乎無人能與他平
起平坐。

　　出生三個月父親和大姐在兩天內相繼去世的高橋睦郎度過了悲
慘的童年，居無定所，顛沛流離被寄養在不同的親戚家。貧困、饑餓、
孤獨、缺乏愛的呵護與溫暖。據他的自傳記載，在上小學之前，從天
津返回日本的母親因無法忍受食不果腹、痛苦無助的生活，曾絕望地
尋短，把年幼的二姐和他關在房間服用安眠藥尋求一起自殺，碰巧被
前來串門的舅舅和舅母及時營救才得以倖存。記憶中這種特殊的生命
經歷為他的作品塗上了永不褪色的灰暗色調。或許自幼失去父親和缺
乏父愛的緣故，高橋的作品中充滿了更多對男性和男性世界的想像與
渴望，這種文本和詩人姿態在日本當代詩人中頗富有傳奇色彩。這一
因素又增添了他在日本詩人中獨一無二的存在感。

　　高橋睦郎的詩歌語言越過日語與生俱來的曖昧性，乾脆直接、
率真和正直，直言無忌地直抵詩意的核心和詩歌的本質。在他的詩歌

中，無論把什麼作為書寫物件，都帶有強烈的「反世界和批評性」。剖腹自殺之前曾與高橋交往六年之久的作家三島由紀夫，在高橋睦郎第三本詩集《沉睡、侵犯與墜落》的跋文中，深深為高橋的第二本詩集《薔薇樹，偽戀人們》「著迷」，並稱「它衝擊我長久以來所思考的思想血肉」。三島不愧為大才縱橫，他對高橋的評價獨到、犀利、準確、一語道破。三島還在跋文中寫道：「詩人如蝕刻法讓『表面』精緻地腐蝕，詩人在此熱衷的是讓這一『表面』深深陷入存在的內部。這既是詩人所創造的『靈魂』，亦是他的精神性」。三島的概括涵蓋和預言了他自殺前後高橋的詩歌寫作：「高橋的詩歌世界中毫無曖昧，毫無出於興趣的，毫無情緒化，甚至毫無抽象性。 一切都是用無比正確的肉感描線而構成，語言如乾果般排列。」

多年來，曾不止一次聽國內詩人和研究現代詩的學者說，高橋的詩與以往讀到的日本現代詩歌有很大不同。我非常清楚他們所說的「不同」的內涵。簡單概括，就是高橋的詩歌基調或日詩魂具有與眾不同的厚重與深遠，這種厚重感與他作品中的一貫「灰暗」密不可分，「灰暗」也許是最能全面概括高橋詩歌色彩或詩歌本質的一個詞語。他的詩歌中，無論長詩還是短詩，常常出現富有物語性敘述的作品，這些帶有物語哲學思考的作品大都是以歷史和想像為舞臺，融入神話傳說，貫通古今東西，再用其獨有的表現方式展開敘述。從某種意義上講，高橋是以個人的努力緩解了現代與古典之間的關係，尤其是他一直堅持的俳句和短歌寫作，這種創作行動緩和了日本現代詩與古典傳統詩歌斷絕血緣的「隔閡」和對峙的「緊張關係」。他的詩在傳統與現代之間進行了有意義的嘗試，為現代詩新的寫作方法和新的詩歌秩序提供了可能。他的整體詩風穩健、機智、厚重，並帶有一定的悲劇意識。以上這些都是他在戰後日本現代詩中獨樹一幟的最大理由。

高橋睦郎詩歌的「厚重與深沉」既是他本能的發露，也是他生命的底色。這一點或許跟中國詩人的「嗜好」較為接近吧。我對「厚重與深沉」有兩層解釋：一是置身於特殊的人文和自然環境，生命承受生活之重，身心受到極度壓制，無處釋放因而進行抵抗、挑戰、顛覆和訴求，詩人有意或無意流露出悲情，也許會無意識渴求「厚重和深沉」承擔起這種寄託。另一層解釋則是「厚重和深沉」來自身為創作者的詩人及其作品本身。總之，從早期創作到當下新作，高橋的作

品都如影隨形地忠實地勾勒出了詩人的命運軌跡，詩歌是高橋的忠實伴侶，真實地記錄他的生活方式和生命印痕，再現出漫長人生中各個時期的煩憂與喜悅、沉默與呼喚。當然，詩人絕非單純和輕描淡寫地把人生經驗轉換為詩歌形式，而是透過語言和意象，充分展現自己的想像力，以質感飽滿的語句構築起自己的詩歌王國。

詩歌是時間的藝術。詩人傾盡一生無論創作了多少作品，若沒有一定數量的（幾首甚至更多）穿破雲層如高山般屹立的名作支撐，很難被時間記憶。這句話我想應該適用於每一位詩人。高橋睦郎已經用他的不少高山詩篇回應了我們，相信讀者會從他的詩歌中找到與自己相對應的銘刻於心的詩句。

高橋的詩歌無論是從日語的外部（即漢譯或其他語種）還是內部來閱讀，均不會產生太大的落差。這也是他的作品被置換成漢語後受到好評的重要原因。

高橋的詩歌不僅能夠跨越國界，而且也能跨越時間，同時被時間證明。

高橋睦郎

Yuan Tian x
Mutsuo Takahashi

詩歌選譯

田原、劉沐暘　譯

手指

被幾枚
被幾枚羞怯的花瓣包裹
正沉睡的是我的拂曉

遲早，會有一根閃耀的手指
從被密雲封鎖的昏暗天空降下
打開我噴濺四方的
瑰色清晨

曾被幽禁
令我喜悅的靈魂
也會化作山間悠悠回聲
填補天地間的空隙吧

在髒衣服和骯髒的夜裡
我在酣睡中做夢
清晨會到來吧
就像恩寵的一片麵包

此刻，那根手指
豎在遙遠黎明
大海般的混沌中央

✕ Mutsuo

信

寫信
給你寫信
可是，在我寫信的時候
明天讀信的你
還尚未存在
你讀信時
今天寫了信的我
業已不復存在
在尚未存在的人
和業已不復存在的人之間
的信函存在嗎？

*

讀信
讀你的來信
讀業已不復存在的你
寫給尚未存在的我的信
你的筆跡
用薔薇色的幸福包裹著
或者浸泡著紫羅蘭的絕望
昨天寫信的你
在寫完的同時
是放棄存在的光源
今天讀信的我
是那時沒有存在過的眼睛
在不存在的光源
和沒有存在過的眼睛之間
的信的本質
是從不存在的天體
朝向沒有存在過的天體
超越黑暗送到的光芒
這樣的信存在嗎？

*

讀信
昨天不存在
今天也不存在
遙遠明天的他讀著
沒有今天的昨天的你
寫給沒有昨天的今天的我的信
接受著薔薇色幸福的反射
或者被紫羅蘭絕望的投影遮住
不存在的人
寫給未曾存在的人
另一個未曾存在的人眺望的光
從無放射到無
折射後，再投向另一個無
光所越過的深淵
它真的存在嗎？

Takahashi

旅行的血

我們的來由古老
古老得看不到源頭
我們緊緊相抱
悄聲地，在時光的皮膚下
接連不斷地流自幽暗的河床
我們時時刻刻都在旅途中
在旅途涼爽的樹陰下
由於你被懷抱的猴崽惡作劇地咬傷
我們暗自流進你的肉體
在你的每一根血脈裡洶湧
讓你的每一個細胞發熱
衝破你每一個臟器的皮膚
洪水一樣漫溢而出的我們
潰決並流經你這個客棧
或者把你的聲音和氣息
刻印在每一個人的記憶裡
我們將繼續沉默的旅行
沒有歡悅也沒有悲戚
勉強地說
只有無休止的愛

對話
── 凌駕幽明之境

──⋯⋯⋯三島先生、三島先生⋯⋯⋯

──⋯⋯⋯是誰，剛才叫我的傢伙？

──是我，高橋睦郎。久未謀面。最後一次見您還是在那天的一周前，已經過去四十九年了吧。

──從你們生者的時間概念上來看是這樣。死者實際上是沒有時間的。我們死人無論何時都是現在。

──啊，怪不得您的聲音還是跟那時一樣。我上了歲數，那時我只有三十二歲，現在已經八十一了。

──不過，對死者而言的時間也會影響到與之相對的生者。對於四十五歲死去的我，你仍和那時一樣，只有三十二歲。

──原來如此。那麼，在想到您的時候，我還可以是那時青澀的模樣。

──對了，叫我出來是為何事？

──是想跟您好好細聊一次。仔細想想，生前幾乎和您沒有過單獨談心的機會。黑暗中您和我都默默無言，光明中也總有外人在場。

──好像是這樣。那麼，話題就從你開始吧。

──您現在在哪兒呢？身在何處？

──說成什麼地方好呢。哪兒都不是的某處──勉強說就是荒野吧。

──啊，您是說您在《來自荒野》中寫到的、那位青年闖入者自稱從那兒來的「荒野」嗎？

──如你所知。

──從上下文來看，那位青年應該是您的分身。所以您從生前就一直住在那片荒野。您的家人朋友認為您藉以棲身的家庭其實是幻影，您真正的棲身之處是荒野。換言之，您家中的書齋在您每晚開始執筆之時，便成了荒野。

──說下去。

──這樣的話，我偶爾見到的您，也不過是虛假地走出荒野的幻影

罷了。

——是這樣嗎？

——那時我和您在新宿二丁目的同性戀酒吧喝酒，到了某個時間，您就說「我回去了，你們隨意喝」，把我們的那份兒酒錢也付了，然後坐上叫好的計程車回家。您那時的表情看起來既充滿厭煩，又似乎是鬆了一口氣。那其實是源自您要回到原本棲身的荒野時的安心感嗎？

——…………。

——既然如此，直到步入耄耋之年、肉體腐朽，您只要一直居住在荒野便能安然度過餘生，卻為何又特意拋棄荒野來到人界，甚至闖進自衛隊東部方面的總監室，和您楯之會的隊員們一同面見總監，並將其五花大綁，站在陽臺上用沙啞的聲音高呼檄文，還在總監面前剖腹自殺——您為何要做這樣駭人聽聞的事呢？

——大概是對往來於人界與荒野間的持續表演徹底感到疲倦了吧。

——您是說書齋這一荒野也僅僅是幻影中的荒野嗎？

——活著不就是這回事兒麼。

——比起幻影中的荒野，您最想去的是真正的荒野吧？

——也許吧。

——為此您選擇切腹，讓您最愛的年輕人砍下您的頭顱，還讓他也切腹，並讓另一個年輕人砍下他的頭顱……您這樣是不是太過刻意了？

——…………。

——說起來，如果我的記憶沒錯，應該就在那次事件之後，地方都市的巡迴展會場有個年輕人割下了自己的陰莖。他應當是看穿了您切腹的本質——我當時對此有種神奇的認同感。

——你記得的真是些奇妙的事情。

——您自己動手切腹，並讓人砍下頭顱——這是事實。可是，我那時猛然醒覺，您真正想砍斷的、或者說想讓人替您砍斷的，其實是您的陰莖。不，這並不只是您一個人的問題。只因對佔人類

一半的男性而言，自身存在的理由繫根於此，恐怕為詩之人的存在理由也在於此。您不過是比任何人都更敏銳地感知到這一點而已。

——…………。

——若是這一推測屬實，那麼它算是一種自我懲罰嗎？或者說是一種針對塑造自己的超自然的、黑暗的惡作劇的抗議嗎？

——那不過是你的推測。

——而您真實的想法呢？

——問這個又有何用？

——我自己也將渡過晚年，在這一意義上務必想一窺究竟。

——這毫無意義。

——為何毫無意義？

——因為那不是我的想法，而是你的想法。

——唉？

——你不懂嗎？你現在面對的我，也只不過是由你喚出的我而已啊。

——所以？

——總而言之，你認為的我——現在面對的我，只是你精心準備的幻想罷了。

——那麼，過去我見到的您，是不是也根本就不存在？

——那要看各人心裡怎麼想了。

——《豐饒之海》的結尾，聰子——不，是老門衛的臺詞。那不正是您真正構想的續篇嗎？

——不是我的。借用你的說法，是塑造我的、黑暗的超自然的構想。

——但您的《豐饒之海》仍肅然存在。

——它也會有跟這個大宇宙一起雲消霧散的一天。

——但至少此刻它存在。

——「總有一天會消失」和「此刻便不存在」沒有區別。

——那麼，此刻與您對峙的我也不存在。

——那也要看各人心裡怎麼想了。

——各人的心，也不存在……。

——甚至不存在「不存在」。

——所以，這段對話……也不存在。

從棺槨中

我從棺槨中出來
那是渡過黃泉水的船狀臥棺
棺槨被放置在冰涼的暗夜底部
蓋子上落了一層隱蔽的灰塵

漫長的時間
棺槨被放置在地窖的石地板上，與門成直角
我沿著棺槨蓋的條紋躺下
沉入血的睡眠

我出來了
銀色黴斑微微搖動的石階
沉澱的冰冷暗夜猶如幕布搖曳
壁虎從我的腳邊逃跑

打開頭上的石蓋時
刺眼的光使眼球裂開
我蒙上雙眼，血卻從指尖滴落
流淚的眼睛一次次地疼痛

我在頭暈目眩中
看到向天空伸展無數枝丫的樹
片片葉子在閃光的風中顫動
小鳥在光芒中飛來飛去

我還看到褐色的孩子
孩子們一看見我便四散離去
我邊落淚邊站在那兒
在光明中獨自感受了奇妙的自由

Mutsuo
Takahas

ABOUT 高橋睦郎

高橋睦郎（Takahashi Mutsuo，1937~）日本當代著名詩人、作家和批評家。生於福岡縣北九州市，畢業於福岡教育大學文學部。從少年時代開始同時創作短歌、俳句和現代詩。21 歲出版的處女詩集《米諾托，我的公牛》為 14 歲至 21 歲創作的現代詩作品集。之後，相繼出版有詩集和詩選集 36 部，短歌俳句集 10 部，長篇小說 3 部，舞臺劇本 4 部，隨筆和評論集 30 部等。其中除部分作品被翻譯成各種文字外，分別在美國、英國和愛爾蘭等國家出版有數部外語版詩選集。2000 年，因涉獵多種創作領域和在文藝創作上做出的突出貢獻，被授予紫綬褒章勳章。詩人至今獲過許多重要文學獎：讀賣文學獎、高見順詩歌獎、鮎川信夫詩歌獎、蛇笏俳句獎等。

詩人高橋睦郎用自己的創作行動，緩和了日本現代詩與古典傳統詩歌斷絕血緣的「隔閡」和對峙的「緊張關係」。他的詩在傳統與現代之間進行了有意義的嘗試，為現代詩新的寫作方法和新的詩歌秩序提供了可能。其整體詩風穩健、機智、厚重，並帶有一定的悲劇意識。在戰後日本現代詩中獨樹一幟。

Yuan Tian × Mutsuo Takahashi

母親的墳墓是我的記憶
——日本詩人高橋睦郎訪談

訪談、翻譯　田原

田：1959 年，您在 21 歲出版的處女詩集《米諾托，我的公牛》的後記裡記述到該書收錄了您 14 歲以後創作的作品。能具體談一談您是從何時，且是在怎樣一種狀況下開始詩歌寫作的嗎？您最初的寫作是讀了別人的作品受到了啟發，還是自發性的抑或本能性的開始寫作呢？

高橋：我的第一首詩大概是在上小學二年級的冬天老師佈置的作業。從這層意義上講是老師強迫的結果，也可以說是年幼時被寄養在姑姑家，長期積累的孤獨感得到機會噴發所致。上了小學四年級以後，每天上午的兩小時自習時間寫下了大量的類似於童話的東西。寫詩成為一種習慣是中學一年級冬天之後的事。總之，在貧寒和孤獨中，語言應該是能輕而易舉供我玩耍的唯一工具吧。

田：我第一次讀到詩人谷川俊太郎為您的第二本詩集《薔薇樹、偽戀人們》寫的序文時深受感動。那的確是一篇有質感的漂亮序文。這篇序文讓我再次確信谷川俊太郎不僅是一流詩人，而且是一流批評家。稍後，我又讀到 1965 年 40 歲的三島由紀夫為您的第三本詩集《沉睡、侵犯和墜落》寫的序文時，真的很羨慕您。三島和谷川都是日本現代文學的巨擘，人和作品也將永遠會被時間和歷史記憶。谷川俊太郎為您寫序時也不過 30 出頭，當時，您和他是什麼樣的一種交往？這本詩集的序為什麼不是別的詩人寫，而是谷川俊太郎？

高橋：可能是在北九州上高中時，讀的谷川俊太郎的詩集《二十億光

Yuan Tian
× Mutsuo Takahashi

年的孤獨》給我留下的印象太強烈的緣故吧。另外，還有一個原因，高二那年夏天，我把用鉛筆寫滿了詩歌的筆記本冒昧地寄給了大名鼎鼎的詩人三好達治，沒想到很快收到他懇切鼓勵的回信，也許這也是對與三好的序文一起橫空出世的詩集《二十億光年的孤獨》的作者產生親近感的理由吧。大學畢業因肺結核病療養推遲了兩年，之後在東京的一家廣告公司就職，參加工作的第二年，正值準備出版詩集的時候，去當時號稱前衛藝術根據地的草月會館電影院看電影時，在觀眾席裡發現了詩人谷川俊太郎，就鼓足勇氣上前做了自我介紹。我懇請谷川能否看看我的詩稿，谷川讓我把詩稿寄給他，並答應寫序，這就是詩集《薔薇樹、偽戀人們》裡谷川序文的由來。這本詩集出版後寄給了一些人，其中接到三島由紀夫的電話。他請我在銀座的高級中華料理店吃飯時說：「谷川俊太郎的序文是不錯，不過如果是我的話，我會用別的寫法寫。」正巧，當時我正好隨身帶著第三本詩集《沉睡、侵犯和墜落》的書稿，我從挎包裡掏出書稿說：「如果您能撥冗賜序，將十分榮幸。」接過書稿的三島隨口道：「因為是我主動想給你的書寫序，你可不能送我點心啊。」十天後收到了三島的序。接下來的詩集序是由澀澤龍彥寫的。現在仔細想一想，自己有著多麼幸運的開始啊。儘管後來也有人把我嘲諷為（谷川＋三島＋澀澤）÷3＝高橋。

田：在與您的個人交談中得知您的父親在您出生不久就去世了。那麼，父親不在的少年時代您是怎樣度過的呢？我總認為少年時代對於每一位詩人的成長都是十分重要的。某種意義上，少年時代決定著詩人以後的寫作方向和作品質感。

高橋：我出生後的第一百零五天父親過世，第一百零六天大姐夭折。我二姐被沒生育孩子的姑姑抱走。母親把我交給爺爺奶奶去了遠方的城市打工。因為爺爺奶奶工作到很大年齡，就用母親每月寄回來的生活費的一部分把我託付給姑姑和別人家。在幼年絕望的孤獨中，我學會了幻想和用語言玩耍。雖

說每天過著地獄般的生活，但大自然帶給我的美麗記憶是無法忘記的。上小學前，母親從中國天津打工回國，之後一直到我長大成人都是與母親相依為命。但由於長久以來沒和母親在一起生活，所以我與母親之間存在著一種距離感。可正是這種距離感導致的孤獨，引領我走進了詩歌。

田：在戰後日本現代詩人中，我想再也找不到能像您一樣同時創作俳句、短歌、歌舞伎劇本、小說、評論和隨筆的詩人了。這一點您可以說是鳳毛麟角的存在。您的詩歌中既有俳句的凝練，又有小說的敘述性，甚至還帶有戲劇的荒誕性。那麼，請您談談創作現代詩與創作俳句和短歌的區別在哪裡？

高橋：因為從很早就開始寫自由現代詩和短歌、俳句等定型詩，所以很自然形成一種生理習慣。在產生寫作的衝動時，那種衝動會自然地選擇表現形式，所以我從來沒有考慮過用哪種形式寫，散文也是如此。不知道這樣回答你是否滿意。

田：去年，受中國一家出版社的委託，您把李白的古詩翻譯成了現代日語。在我讀完您的譯文後，深感這種傳神的翻譯非您莫屬。作為日本詩人，對於通曉中國古詩的您來說，中國古典詩歌是何存在？戰前的日本詩人當中，有不少不僅對中國古詩瞭如指掌，而且還能寫一手地道的中國古詩，這當然跟他們所處的時代使他們受到了良好的漢學教育有關。比如出生於仙台的詩人土井晚翠（1871—1952）就是其中一位，讀他的詩能一下子聯想到中國古詩的影響。他們的寫作或許太依賴於中國古詩的意象和典故，再加上日語語言本身的變化和更新速度的加劇，不足百年，現在再讀他們的詩，會產生一種過時感。當然這裡不排除他們作品時代的局限性。兩年前，中央公論社出版了您的《漢詩百首》，這本書我看得非常認真。您對中國古詩解讀的有趣之處就在於您同時是俳句、短歌和現代詩的寫作者。您的漢學修養遠不低於那些漢學大家。但讀您的現代詩作品，卻感覺不到中國古詩的影子，您是怎

樣消化和吸收中國古詩的？

高橋：土井晚翠這一代日本詩人在擺脫俳句和短歌、確立新體詩的過程中，摸索和嘗試了各種方法。晚翠是漢語風格，島崎藤村是日語風格。可理想的詩歌形式應該是森鷗外早在 15 年前翻譯的詩集《面影》。他把德國的尼古拉斯・萊瑙和英國的拜倫等詩人的作品按中國古詩體翻譯，又把中國的高青邱（明朝詩文家。田原 注）的古詩翻譯成日語風格。通過森鷗外的翻譯我們也許能發現日本現代詩的理想形式。雖說戰前的土井晚翠有些過於依賴中國古詩，但我還是為戰後日本詩人徹底捨棄漢語的資源財富而感到惋惜。儘管我的努力已為時太晚，但還是希望能恢復漢語資源，豐富日語詩歌。我並不認為自己已消化了中國古詩，只是覺得其實它離我們很近，跟日本詩歌是血脈相連的。

田：在與您以往的閒談中，您曾談到受波赫士的影響很大。其實，波赫士最推崇的是美國詩人弗羅斯特簡潔樸實、寓意深遠的詩歌文本。總之，綜觀您的整體作品，確實跟博學的波赫士的跨文本寫作有不少相似之處。能具體談談您最喜歡波赫士的什麼地方嗎？除波赫士之外，影響過您寫作的外國詩人、哲學家、批評家和藝術家還有哪些？

高橋：我對波赫士的理解是：世界和自己都是一種虛妄，也正因為是虛妄，自己和世界才得以存在。我覺得這正是波赫士詩歌的出發點，這一點對我有強烈的吸引力。除此之外，我還喜歡里爾克、特拉克爾、荷爾德林、馬拉美、巴雷拉、洛爾迦、馬查多、烏納穆諾、狄金森、龐德、葉慈、愛倫・坡、莎士比亞。同時我還喜歡古希臘的詩人和哲學家、中國的古代詩人和思想家，以及日本古代的大伴家持、紫式部、清少納言、世阿彌、松尾芭蕉。

田：在最能留下重要作品的中年時期，您為什麼沒有寫下太多的作品？如果從那時完全遠離詩歌，您現在還會活在這個世界上嗎？即使活在這個世界，請想像一下自己現在是什麼樣一種生存狀態？

高橋：27 歲到 42 歲的 15 年間是我創作的最大蕭條期，即使這樣我仍沒放棄詩歌。這是因為，即使放棄了詩歌，我也很難對別的事情產生興趣。而且我不想輸給與我同時起步的詩人。就是因為這兩個形而下的理由，放棄詩歌

田原，旅日詩人、日本文學博士、翻譯家。肩上為高橋睦郎飼養的鸚鵡。

高橋睦郎，日本當代著名詩人、作家和批評家。

這種事，連想像一下都是可怕的，所以根本不可能想像。但在這 15 年間，我閱讀了大量的古今海內外的古典名著，在國內外的旅行中，觀摩了許多境內境外的舞台藝術。這為我後來的復活積累了很多有益的東西。不過，當時我還是拼命地寫了。

田：如果重新誕生，您會選擇什麼樣的性取向？還會和現在一樣選擇同性嗎？

高橋：性愛面向異性、同性、異生物、無生物、觀念。甚至可以面向虛無。現在的性愛對象只不過一種偶然，什麼都有可能成為我的性愛對象。即使重活一次，情況應該也是一樣的。

田：在與您的閒聊中，我非常震驚的是您的母親過世後，作為喪主您沒有出席她的殯儀。請談一談您當時的心情和出於什麼原因。之後，仍是通過閒談我了解到您從年輕時代開始，幾十年如一日往家裡寄錢，貼補母親的生活。尤其讀到您剛出版的詩集《直到永遠》寫給母親的那首詩〈奇妙的一天〉裡的最後一句：「我至愛的、唯一的母親」這平易的詩句時，非常感動。終於覺得您原來也是一位大孝子。儘管如此，還是無法忘記當初聽您說「連母親的墓在哪兒都不知道」時所受到的震撼和衝擊。讀完這首〈奇妙的一天〉後，我突發奇想，地球也許就是您母親的墳墓。

高橋：沒有出席殯儀是因為我知道母親信奉的宗教不會接納我這個非信徒，所以沒去出席那個宗教式的葬禮。我當時覺得既然是母親自己選擇的宗教，把母親託付給那個宗教應該是最合適不過的事。後來，在繳納了永久佛事費不久，收到通知說「以後可再也見不到你母親的骨灰了」。母親的墓是我的記憶。懷念者的記憶就是死者的墓地。看得見的墓地不過是形象化了的外形而已。

田：您的詩歌好像隨著您年齡的增長在成長。一般而言，詩人的創造力到了一定年齡都會衰退，您雖過古稀之年，每年仍有不同的作品出版，請問，隨著年齡的增長，您是怎樣保持創造力的？

高橋：每一天的到來都讓我感到不安，可能就是這種不安使我和世界保持著新鮮的關係。每天遇到的人、物、思想、語言等全都因不安而新鮮。所以，我沒工夫使自己更成熟。

田：跟您一起參加過不少次詩歌活動，也一起去過幾次國外旅行。不管怎樣，我對您旺盛的食慾非常好奇。現在想一想，這也可能跟您旺盛的創造力成正比吧。因此，我在想像您跟我完全不同性興趣的私生活是不是一定也很激烈和旺盛呢？請允許我觸及您的隱私。

高橋：人的性慾與其說是肉體莫如說更多是來自心情。如果說肉體，我也許是弱的一類。如果說強烈應該是心情方面更強烈。不管怎麼說，性都是深深的黑暗，能夠醞釀萬物的黑暗。我預感，對性的探求將會成為我今後的一個重要工作。

田：您認為詩和性是一種什麼關係？

高橋：人是通過性行為誕生的，正因為人的一生無法脫離性意識，詩往往會透過性來表現。也正因如此，我覺得有時忘掉性的存在是必要的。

田：生與死是文學和藝術表現的普遍主題。讀您的詩，我發現您好像更偏愛死亡這種意象。而且始終貫穿著您詩歌中的死亡也是極其沉重的。當然這跟您的生命經驗、生死觀、世界觀和價值觀有一定關聯。某種意義上，人從出生那天，就已經向著死亡靠近。死亡在平等地等待著收割我們。以前我曾在飛機極度顛簸後的一萬米高空上問過座位旁邊的谷川俊太郎是否害怕死亡，他「一點都不畏懼死亡」平靜的回答讓我大為震驚。後來我想了想，哦！他是超越了死亡的詩人。您比谷川俊太郎小六歲，都出生於 1930 年代。您害怕死亡嗎？為什麼？

高橋：對我來說不怕死是絕對張不開口的。可是，與其說是可怕不如說是痛苦吧。理由是活著儘管包括不安，但活著還是太美好了。與沒有達到極其美

好的人生訣別是十分痛苦的。

田：在我對戰前戰後日本文學有限的閱讀中，總認為三島由紀夫在日本文學家中是至高無上的天才。但也願意努力去理解文藝批判家加藤周一所言及的「他是美國文化的犧牲品」。三島與靠努力寫小說的作家不同，讀他的作品，感覺好像是小說在寫他。中國在七十年代，曾作為批判的反面教材翻譯過他的作品。但令人啼笑皆非的是，他的作品一經出版，便很快被許多讀者所熱愛。三島可以說是給中國作家帶來決定性影響的日本作家之一。他比那些靠什麼什麼獎進入中國的日本作家更受中國讀者的喜愛。但是，至今仍有不少學者和讀者認為他是一位軍國主義者和右翼作家。三島對於您來說，我想無論是文學還是精神和肉體都是繞不過去的存在。他到底是一位什麼樣的人？他的作品中您認為最好的是哪些？三島讓您無法忘卻的往事又是什麼？

高橋：以前也針對這個話題寫過一些東西，我覺得三島自己是缺乏活著的真實感的人。所以為了獲得真實感，不斷發表有衝擊性的作品、做令人震撼的行動。這樣，被媒體報導後，他可以通過大眾的反響，獲得一瞬間自己存在的真實感。可因為這種真實感維持不了多久，他只有不斷製造新的話題。也許唯一獲得真實感的是最後剖腹時的劇痛吧。但那種真實感也是轉瞬即逝。不管是好是壞，能最大程度反映作者自身的應該是處女作和遺作。那麼三島的《假面的告白》和《豐饒之海》四部曲正可以說是這樣的作品。不戴上假面具就無法告白，或者說戴著假面具時最真摯的告白才有可能，這正是《假面的告白》所揭示的。

而《豐饒之海》則描述了月面上滴水不見的窪地，在那裡發生的事情實際上是什麼也不可能發生。我和三島交往的六年中有很多難忘的記憶，其中印象最深的是他自殺的幾個月前曾談道：「日本沒有自己獨創的東西。可正因為沒有獨創的東西，日本這個熔爐在吸收外界各種有獨創性的東西並攪拌後，排出的是與原來完全不同的東西。這個內部看似虛無的熔爐實際上正是日本的特色。」他說的這段內容將成為我以後永遠的課題。

田：您用一句話概括現代詩的定義是什麼？

高橋：如果直面現代這個時代去追求詩歌，誕生的自然而然是現代詩吧。如果故意地把現代性強加進詩歌中，我覺得只會產生出貧乏無力的作品。

田：我曾經拜訪過您依山傍海有著一百多年歷史的家，那獨特的空間感令人難忘。您的家裡沒有電視。稍後又知道您不用手機，不碰電腦。簡直就是在反抗現代文明。現在，不論是中國或是日本，詩人、作家給雜誌、報紙和出版社寄稿大都是通過電子郵件。手稿儘管珍貴，但反過來，也恰恰是給編輯帶來額外的負擔和麻煩。某種意義上，您像是生活在現代社會裡的古代人。這是為什麼？

高橋：我並不是電腦的抵制者。我只是覺得用鉛筆寫作的速度和思考的速度同樣而已，而且也沒有聽周圍的編輯說過為收到我的手稿感到為難，對我而言，用筆寫作是最好不過的狀態。但是，我非常滿意被你稱為「生活在現代社會裡的古代人」。不涉及外在的條件，我想作為一個最真實的人活在這個世界上。

田：現代詩最難的地方在哪裡？

高橋：把超越現代作為詩歌的目標去寫作應該是最為困難的。

田：請描繪一下您百歲時的自畫像。

高橋：如果年齡的肉體和精神條件允許的話，我仍想鼓足勁頭埋頭寫作和閱讀。

田：創作對於您來說意味著什麼？

高橋：創作是一種表現，表現不是自我主張，而是自我解放。向著廣闊無邊的「無」的那種自我解放。

田：詩人應該在現代社會裡承擔什麼樣的角色？

高橋：詩人應該通過自己的寫作讓所有的人都認識到：活著不是自我主張，而是自我解放。

田：每個國家的現代詩壇甚至都面臨著這樣一個處境：詩人變得越來越邊緣和孤立。當然，我不完全認為原因都在詩人這一邊，欣賞力下降的讀者也應該承擔一部分責任。但主要責任還在於詩人自身。想像力和創造性的衰退、語言的拖泥帶水、在創作上的「集團思維」的相互複製和「集體聲音」和思想的空洞化，甚至通過詩歌標榜自己的知識和思想等是讀者遠離現代詩的主要原因。在此，我想問：您是怎樣處理詩人與讀者關係的？

高橋：先不說我怎樣處理詩人與讀者的關係，一般而言，是創作者和閱讀者雙方共同深入並忍耐孤獨把作品完成的吧。

田：請您簡潔地描述一下日本現代詩的發展軌跡。

高橋：日本的近代詩和現代詩的父親是歐洲詩歌，母親是日本和歌和日本語。由於它們的結婚和私通誕生出近代詩和現代詩並促使了它們的成長。或許也跟衰弱的歷史有關。

田：我個人覺得世界上的現代詩大致來自於地球上的資本主義國家、社會主義國家和殖民主義國家這三大版圖。詩歌因它誕生的文化環境、自然環境和

政治環境以及宗教環境的不同會產生一點點差異，但具有超越覆蓋性和視野開闊的詩人在表現的主題上基本沒有太大的差別，無外乎是面對人類共通的問題意識和喜怒哀樂抒發自己的情懷和發出自己的聲音，而不是局限在自己狹隘的自我中心式的個人恩怨。因此，他們用自己的詩歌超越了自我。這也是我想問您的一個問題：詩人怎樣才能超越自我？

高橋：並不是詩歌為詩人存在，而是詩人為詩歌存在。剩下的詩歌會替我們來思考吧。

田：您詩歌中的「我」是離現實中的「我」近，還是離想像和虛構中的「我」近呢？

高橋：即使我認為是現實中的「我」，但作品誕生後，它說不定已經變成虛構的「我」了。

田：中國古典詩歌和日本俳句甚至佛教禪宗中「無」的境界怎樣才能有效地被現代詩所採用呢？

高橋：我從來沒想過把「無」採用到自己的詩歌寫作中。虛心讀書、虛心寫作。「無」不是刻意地去採用，而是需要它自己體現出來。

田：您理解的詩歌的本質和詩人的本質是什麼？

高橋：詩歌存在於遙不可知的地方，是無法預先知道時的突然訪客。如果問詩人必須做的是什麼，那就要不斷地錘煉自己，以便能隨時做好迎接它突然來訪的準備。貪得無厭地到處搜尋詩歌的材料，我認為對詩人來說是可恥的。

田：日常生活中，對您最重要的是什麼？

高橋：是我在日常生活中碰到的一切。脫離它們詩意的棲居是不可能的。正是因為磨練在日常生活中碰到的一切才使我們的生存有了意義和內涵。

Yuan Tian
× Mutsuo Takahashi

·朱介英·曾美滿·王　勇·林宇軒·陳寧貴·曾美玲·

名家

詩選

07 FEATURED｜名家詩選

朱介英

詩是語言工具中最高境界的類型。
詩的比喻來自意象疊加;詩的象徵淵源於符號糾纏;
詩的精髓直指抒情與言志;詩的本質維繫生存意識;
詩的涵蘊貫穿生命奧義。
詩應該書寫集體潛意識,
個人的素材其實是集體潛意識的最大公約數。

關於名家
about

朱介英,民歌手、唱片製作人、作曲家、編輯人,參與民歌運動。創作曲「紙船」、「三月思」、「金縷鞋」、「蘆歌」等。著作詩劇《囚室》、《現代色彩學》、傳記《孫雲生與張大千的歲月交集》等。曾任儂儂雜誌主編、現任 WAVES 生活潮藝文誌總編輯。

量子新詩〈寂寞的平行線〉

把青春的臍帶剪斷
把童年歡笑連根拔起　瞬間
跌進宿命的胡同
無法與光速競走
追不回昨日
只能塗抹傷懷
在等待的留白處
加一層補色

不期望加入
互相擁抱的星群[1]
期望加入
只是你我相隸屬的
離散聚合體[2]

光陰的捕快　習慣婉延逶行
有效地追捕奔闖不已的懸念
通判手中　鐵筆一揮
送半輩子迷惘銀鐺入獄
夢與想像
彌補著靈魂的躍遷組態
時間並非只是單行道[3]

我摘下一朵花啊
希冀移動遠方那顆星球[4]
只要你偏離航道一點點
兩條寂寞的平行線
總會在交叉點上擦肩而過

註：

1. 本句緣自哲學家格雷林（A. C. Grayling）的一句話：「經由大自然的相互作用力，行星與星體等所有物體都被擁入一體的懷抱中。」（Chown, Marcus. 2019:049《重力簡史》）

2. 薛丁格指出：「一個系統的本質是不連續狀態組合的能階結構。」也就是一種緩慢變化的「態」，薛丁格稱之為「任意組態」（configuration），換句話形容人際的情感關係為「離散聚合體」以之自洽。

3. 愛因斯坦稱時間是物理第四維空間，意識是時間的尺標，夢與想像印証了意識的扭曲特質，因此，時間並非只是一條單向道。

4. 本句脫胎於英國物理學家保羅‧狄拉克（Paul Dirac）的名言：「在地球上摘朵花，你就移動了最遠的星球。」（Chown, Marcus. 2019:113《重力簡史》）。

曾美滿

famous

—

願字為針，縫合或鑴刻生命故事，
有傷痕有悲喜，以詩歡笑以詩療癒。

關 於 名 家
about

雲林人，筆名阿蠻，國立中正大學 台文研究所畢業。作品散載於報紙、詩刊，雜誌。著
作《月光女孩》華語詩集入選雲林作家作品集。作品曾榮獲臺灣文學獎、台中文學獎等
等文學獎包括台語詩、小說、報導文學等多獎項首獎、國藝會創作獎助等。

她在看一場電影

她帶著故事與哀傷
走進電影院
後排冷清位子掛著黑影
無聲的安置了
一個人 獨角劇情

情緒隨樂音微顫
鏡頭景深幽暗
凝結的空氣蕭剎張揚
啾－槍聲劃破沉鬱的場景
女孩驚懼眼瞳如燈豆
虹膜映出血色紅字，定格在
「1950 年 11 月 28 日校園」

是怎樣的年代
記憶色階是灰濛
白色劇情鋪梗黑色腳本
青春名字，一抹血痕
以罪，眉批了痛的歷史

依稀記得那個地址
「火燒島流麻溝 15 號」
她著藍布衫蹲縮角落，靜的
像座碑立在遠方的雕像
鏽蝕鐵窗拓視墨色夜空
記憶浮移快閃
將短暫身影與苦難一次次標記
新竹憲兵隊、西本願寺、軍法處
直到這座隔世的海島
聽不盡的濤聲
夜夜剪斷希望

那晚月光憂愁
暈開的昏黃，擱置在
未完的信箋上

她返校了
鐘聲不再敲響……

〈詩寫白色恐怖受難者新竹女中傅如芝〉

註：
傅如芝（1932 年－1956 年），新竹女中高二學生，白色恐怖時期受難者。

「流麻溝 15 號」是綠島思想犯共同戶籍所在地。

2019 年熱門國片「返校」片中女主角方芮欣的原型人物就是傅如芝。

林宇軒

famous

詩除了要反映現實，更要創造現實。

關於名家
about

1999 年生，臺大臺文所、北藝大文跨所就讀。
每天為你讀一首詩成員，2021 臺灣文學基地駐村作家。
曾獲優秀青年詩人獎、香港青年文學獎、臺灣詩學研究獎等。
入選年度《臺灣詩選》與《新世紀新世代詩選》，著有詩集《泥盆紀》。

如果羅福星

一九一三，如果在西岸
太陽沒有落地，各方的商人
還幹著古瓷破裂的生機，小小黃花崗
黑暗已經成形。一九一三，如果羅福星
不和人密謀一座城，只看公共汽車在市町
聽誰下令（法國出產，現代的象徵
來往於小島的後頸）如果革命黨
沒有趕上那班車，如果躁動聲不夠響亮
二次革命只是一場夢，一九一三
沒有誰清醒，撿起民族一地的碎心
向著對岸擲去——處處皆沙場
如果誰正商討第十三次人世
喇嘛的《聖地佛諭》裡：僅僅一個人
就左右整個民族，血的流淌
如果那時沒有誰撐起西藏

一九一三，如果坎培拉
沒有得到澳大利亞，澳大利亞
也沒有得到坎培拉——
世界格局歸零，連一片拼圖
都不空乏。如果此時，羅福星
怔住，暗地裡隱忍，一語不發
像布袋裡的老鼠，看槍口瞄準
吐出一發致命的秘密，向著宋教仁
一九一三，如果錯失良機
在大湖支廳裡，警官沒有發現
消失的槍彈：生命終於共時

總督府裡星叢閃閃，一九一三
誰的腳下正銬著島鏈——如果彼岸人間
善後沒有大借款，如果美國不承認
國民政府，像一顆句點。如果國民政府
對羅福星信守諾言，準備渡海
當他打理好小店，在搖旗的瞬間

一九一三，如果羅福星
問自己：我是哪裡的國民？
如果他問，公學校裡哪個台灣老師
能憑著良心回答？什麼都不用怕
如果臨時法院星羅棋布，一場殺戮
只一本黨員名冊，一把議事槌
就讓同一種保甲風行在兩個國家，一九一三
如果孫中山沒有討伐袁世凱，如果大總統
想要活著，從巴達維亞到廣東
苗栗到台北，跋涉的路程
困難如巴爾幹戰爭——如果戰爭沒有結束
沒有誰飛越地中海，只看著天空
所有人在底下徒手接子彈，一九一三
如果羅福星安分守己如二十年後的《首與體》
太陽沒有落地，三十年後，成為皇民的他
就不會被槍斃。如果，如果羅福星
什麼也沒做，一百年後誰會代替他
出現在歷史課本裡？

陳寧貴

famous

嚮往明月松間照， 清泉石上流的如禪詩境。

天下

凌空飛起，將天地
任意顛倒過來，將風雲
飛成一雙，翅膀

俯視我的山河，洶湧在
雙眸。自以為已統治
無邊無際的天下

直到時間冷笑，派遣衰老
追逐而來。頓悟，我不過是
天地間一片，落葉

關 於 名 家
about

陳寧貴（195401—）以華客雙語創作。曾任
出版公司總編輯。曾加入主流、陽光小集、
華文現代等詩社。著有詩集暨散文集十餘
冊。作品入選現代文學大系、年度臺灣詩選。
獲優秀青年詩人獎、教育部詩獎、聯合報散
文獎等。

曾美玲

famous

沉默是含苞的花
言語是盛開的花
至於半開的花
是一首耐讀的詩

慾望

一條條玲瓏花蛇
款擺舞孃的腰肢
眼睛瘋狂竄出
愛憎的火苗

旋即佔領
空洞的頭腦
露出征服者
得意的笑

不聲不響
各自返回心的暗房
日夜纏鬥
搖擺不定的靈魂

關 於 名 家
about

曾美玲，著有《午後淡水紅樓小坐》、《終
於找到回家的心》、《相對論一百》、《貓
的眼睛》和《未來狂想曲》等詩集。詩〈糖
廠〉與〈印象溪頭〉，2016 年與 2017 年，
民視飛閱文學地景，拍攝成影片播出。

黃 徙

famous

若是詩，千捶百練過，閃爍的字影，見血封喉的叫聲！

肉粽角食法

台灣東海岸
太平洋食肉粽角，用吞的
吞袂落吐出來
吐出來閣吞落，吞甲
海底的嚨喉哽著夕叫
風颱來

西海岸風湧食肉粽角
用舐的，舐一下吐一下喙舌
吐一下喙舌
舐一下，舐甲
惜別的海岸
賭喙瀾

澎湖海水來風櫃
食石頭用哎的
哎一下噴一句話，噴一句話
哎一下，哎甲
石頭開喙，喝你！哇靠
喙角全全泡

註：喙角全全泡 (pho)：嘴角全是口沫，台語口
頭禪，暗喻謊言。

關 於 名 家
about

台南一中高二開始創作發表新詩。
著作：
《台江大海翁》台語詩集，2019 年台南市作
家作品集，2020：台北遠景出版社。
《迷魂芳 __ 倚海邊植物台語詩》詩集，
2020：台北遠景出版社。
《千翼 __ 台灣野鳥變奏曲》，國家文化藝
術基金會 2020 年〈台語詩集創作計畫〉獎
助，2021：台南金安出版社。

王　勇

famous

心中有意象，信手拈來皆是詩。
生命激情、生活積累、生死感悟，成就詩意棲居的人生。

有淚

閉著眼，聽雨聲
雨大時似批判
雨弱時若嘮叨

睜開眼，看雨勢
雨強時似明箭
雨小時若指點

在閉眼與睜眼的瞬間
雨從眼中激射而出

關 於 名 家
about

王勇，一九六六年出生，現居菲律賓馬尼拉。
出版詩集、專欄隨筆集、評論集十三部。曾
榮獲菲律賓作家聯盟（UMPIL）《巴拉格塔
斯文學獎》、《2018 亞細安華文文學獎》、
《世界華文微型小說 40 年貢獻獎》等。現
任世界華文微型小說研究會副會長、菲律賓
華文作家協會副會長、菲律賓安海經貿文化
促進會會長、馬尼拉人文講壇執行長、《薪
傳》與《詩菲華》主編、《世界頭條．菲華
作家》策劃人。

賴文誠

famous

以詩為梁，建設出意象的豪宅。

關 於 名 家
about

曾獲得數十項文學獎現代詩獎項，作品入選各種重要詩選，著有「詩房景點」、「詩說
新語」、「詩路」、「如果，這裡有海」與「這個城市，有雨」等詩集。

舊信三則

（一）致 J

始終，善於遺忘某些事
始終將瑣碎的痠痛
捻成細線
穿過尖銳的脊椎炎
縫成妳最堅強的輪廓

我即將成為
一件妳偶而想起的作品
以多色系的友誼
細細拼貼

（二）致 W

你以英雄的重量
行過所有黑色的江湖
豪情，依然擲地有聲

我們都知道
彼此不會回頭
水裡，火裡
只有你能看清我孤獨的背影

等浪濤停止
等風雲藏劍入鞘之時
我們再來煮熱一鍋勇氣
狂論，寂寥與人間

（三）致 H

豐盛的單純
將妳的生活耕墾得很遼闊

在某些時刻
記得掌握住有機自然的心態

任不安的風雨過後
妳仍能破土而出
看盡
飛鳥、流雲
與為妳保留許久的
這片湛藍的天空

蔡富灃

famous

留得青山明月在，幾度滄桑更多情

關 於 名 家
about

蔡富灃，陸軍官校畢業、佛光大學宗教所碩士，國立高雄師範大學國文所博士候選人。
曾任軍職、教職、文化工作。曾獲文學獎，著有數本著作。

似僧相識

腳踏蓮花步履東南西北
手指天地十方法界
誰是我我是
誰迷了是凡夫輪迴
六道開悟離苦
得樂不離方寸三界
唯心花開就是
真實的極樂世界

悲心宏願。圓成佛道。發菩提心。入五濁世。
隨機教化，智慧增長，轉迷為悟。悉德安樂。

曙光照亮了大千
世界黑暗轉個彎就過了
邊緣沒有距離
只有姹紫嫣紅不繫
於心不忍眾生
苦不離眾生
心一念不忍聖教就此衰頹

體解大道。發無上心。深入經藏。智慧如海。
統理大眾。一切無礙。識心達本。解無為法。

追尋世間萬象
沒有一個說得清楚
只見煩惱如鏈障礙如山
妄念如水潺湲
行到水窮處
紅塵再無可戀六塵
再無可愛輕輕跨過
山門一掬清涼

金刀剃除娘生髮，除卻塵勞不淨身；
圓頂方袍僧相現，法王座下又添孫。

剃去群樹獨留圓頂
一座山跨過時間的逆流
向幽暗的心底
鑿一個引光的小洞
聽與不聽間
跟千年的黑暗抗衡
行腳求悟指月花開時
一襲袈裟
幾番水月似僧相識

靈 歌

famous

我 在 爬 升 的 機 艙 裡
寫 下 微 不 足 道 的 壯 志

關 於 名 家
about

靈歌，野薑花詩社副社長，創世紀、台灣詩學同仁。獲 2017 吳濁流文學獎新詩正獎、
61 屆中國文藝獎章（新詩類）、洪建全兒童文學獎。作品選入《2015～2018 台灣詩選》。
著有《破碎的完整》、《靈歌截句》、《漂流的透明書》、《夢在飛翔》、《雪色森林》、
《靈歌短詩選》（中英對照）、《千雅歌》（三人合集）等詩集。

薄霧穿花

1.
霧裡看穿
水花的跌宕與消磨
在雨中歪斜
在風裡蒸薄
削過刀鋒

2.
他在巡航往復的字詞裡
建構迷宮
只因一瞬誤觸而啟動
千巒疊翠

3.
向我敞開
你胸中映畫奔騰的岔路
我會勒馬
借問風沙的行止

4.
這是邊界
斥候的極地
所有外擴的逃亡必須
再往圓心集結

5.
鄉愁嗜讀書
也嗜寫詩
月光穿線的古籍
在異鄉簷下川流不息

6.
人生其實可以更淺
就無需跋涉艱難

7.
在靜物素描裡
確認炭筆的聲線
過多對白塗黑了
夜的瞬息萬變

8.
跨越換日線
體腔內的時區
向東或向西
加法旭日，減法黃昏
臉部光影正盛
髮線黑白狂奔

9.
戰火披掛
我們腳掌喚醒的路
在默禱中沾黏沾黏
沒有淚的神蹟
都是血的地獄

梅　爾

famous

詩是像行走在天地之間的一片雲與生命蒼涼地相遇。

關 於 名 家
about

梅爾，原名高尚梅、生于江蘇淮安、詩人、實業家、1986 年開始寫詩、作品發表於各種報刊並
被收入多種選集、1992 年赴北京求學創業、現從事教育、地產、傳媒、旅遊等產業。
曾獲中國文藝獎章（詩歌類）、現任秋水詩刊社長。著有「海綿的重量」、「我與你」、「十二
背後」等詩集。

沉沉的家書

我把整個屋子郵給你們
親愛的爸爸媽媽
這裡聚著我四年的呼吸
所有的艱辛與淚水已經晾乾
而且我精心拭去了憂鬱的灰塵

家中好嗎
那片瓦藍的天空和屋後純靜的小蔥
還有金針葉夏日的豔黃
爸爸媽媽你們默許我的遠離了嗎
那些豆角地裡架起的歡笑
那些沉默的菜籽地裡父親的無言
現在我除了這件病態的屋子還有什麼呢
我不能收穫城市的霓紅郵給你們
我不能握著那一襲繁華
我是你們一成不變纖細瘦弱的女兒
那些郵給你們的照片只穿了城市的外衣
那些彎彎的蒜苗是否還青光發亮
那些累累的青椒是否墜彎了腰
最牽掛那顆我走時剛栽的果苗
是否已梨花滿樹綠葉飄搖

是否媽媽
您已忘了那些爭吵
在河灘與深夜對質油燈中
我懷揣理想聽不進您的嘮叨
我無法按您劃定的軌跡踏入生活
我無法在您劃好的圖景中飛入天空
可是如今我在遙遠的都市疲憊不堪
曾有的理想也黯淡流失
那些與您爭吵的理由變得無著無落
媽媽原諒我
您是否會為這些與我重新爭吵

我把那些金星飛舞的日子藏在腋下
我把那些痛苦無著的愁雲握在掌心
我要長成爸爸的一棵樹媽媽的一面旗
爸爸媽媽我為你們裝扮這座小屋
在郵出之前
在刷上一層嶄新的色彩
我要讓你們在遙遠的田邊
因絢麗的晚霞裡健康的植物而驕傲

可你們不會知道
在郵出小屋後的夜晚我孤伶伶地陷入寒冷
最後向一片無家可歸的雲
癱在都市的空中

蔡清波

famous

以詩為搖籃，輕盪文學歲月精彩路程。

關 於 名 家
about

中山大學中文碩士。曾獲師鐸獎、木鐸獎、教育部文藝創作獎、高雄市文藝獎。
現為掌門詩學社社長、高市文藝協會理事長、亞洲兒童文學大會副會長。
曾任高市中山、楠梓、普門中學校長。
專書著作：台灣古典詩詞自然寫作研究等十四冊，藝文創作、評論等百餘篇。

玉石詩　峭峻太魯閣

濛鴻初開 萬仞千山
立霧溪流 嘎然穿越
峻峭天險 闔閭洞開
巔嶺直插雲天
山風襲亂頑石
飛鳥插翅
難以飛過頂顛
劍峽仙道灘水急
石門兩旁禿立
磅礡氣勢
只見浮雲停棲
峭壁天險
俯瞰崖深
山巖揚於晴空天際
逐鹿川谷低地
歸路難去尋尋覓覓
步道穿雲行走
尋幽訪勝
靜謐巧見斷崖
雲靄掩日月
遙望太魯閣景觀
曲徑蜿蜒
步道隱現通雲峰

PEOPL

金　像　獎

詩　人　們

專　　　　輯

08 SPECIAL PROJECT ｜ 特別專輯

POETRY

在生活的
倒影裡，
看見詩意的
光亮

—— 第二屆金像獎詩人頒獎典禮印象

文 編輯部

「第二屆人間魚詩社金像獎頒獎典禮」於光點台北舉辦。

在 2020 年入圍金像獎詩人時，胡淑娟在頒獎典禮上道出了自己步入癌症末期，滿腹壞水、身心承受著苦痛，而支撐著她一路走到現在並保有內心寧靜的，是對創作的熱情。台上的胡淑娟真誠而坦白，她的聲音也隨著內在的波動顫抖著，而哽咽在喉間的，是對寫詩滿滿的愛與情感。從入圍到得獎，一年半的時間內，胡淑娟持續累積了許多情感豐富、以近在眼前的死亡為底蘊寫成的詩作，不僅意象新穎，當中的悲愁、淡然、對死亡的坦然，觸動了讀者與評審。與胡淑娟鶼鰈情深的余師丈在代為領獎的當下說：「我到庭院抬頭看天空，我要找一塊白雲，告訴她（告訴淑娟），妳在天上應該也感到高興，因為妳終於得到很棒的一個獎。」台下的參與者，也隨著余師丈的含淚而啜泣著。即使為沒能親自將獎項交給胡淑娟而感到遺憾，她深刻的詩句仍會在讀者心裡不朽地活著。

本屆另一位金像獎詩人澤榆，來自馬來西亞，目前旅居新加坡。因疫情而無法邀請他前來參與，獎項由總編黃觀代領。而澤榆在直播線上向與會來賓分享：「『人間魚詩社』是我最早開始投稿的其中一個台灣平台，一路走來，從一開始沒被收錄，到電子月刊、到紙本的季刊、到最後得

下午的時候，我站在一攤淤泥上，它映出了滿天的雲。
當下我覺得，病魔雖然像淤泥一樣，但是我仍可以從中
看到滿天的雲彩。

──**胡淑娟** <small>（2020 年第一屆金像獎詩人入圍感言）</small>

余師文代本屆金像獎詩人胡淑娟領獎，獎座由評審
藍藍頒發。

本屆金像獎詩人澤榆線上參與活動並分享得獎感言。

到了金像獎，像是記錄了我的成長，也是努力的果實。我想，只要堅持
下去總會有收穫。」在詩作投稿的「長跑」裡，澤榆的創作量豐沛，他
的詩意來自於對生活的感性情懷，即使在生活的碎屑裡，也看見微微透
出的光亮。他的語言青澀與成熟並存，情感細膩且蘊藏理性與自省的目
光，在如水般清透的詩作質地裡一再蛻變，且總有新的可能。他也在直
播鼓勵所有創作者莫忘初心、持續創作：「有些詩像迴旋鏢，寫出來、

2022 年 4 月 16 日「第二屆人間魚詩社金像獎頒獎典禮暨詩電影首映
會」當天，播放了三部風格迥異的詩電影，分別為改編自詩人游鍫良詩
作的《權術》、改編自詩人曾國平（語凡　新加坡）詩作的《本月》，
以及改編自副社長石秀淨名詩作的《大見解》。詩電影導演郭潔渝透過
其獨特的影像語言與聲音的演繹，細膩傳達了三首詩作不同的主題，以
及對三首詩作不同的情感。接下來，人間魚詩社將繼續籌資及籌拍第一
屆金像獎詩人無花的詩作，以及第二屆金像獎詩人胡淑娟、澤渝的詩作，
也將繼續邀請郭潔渝導演執導。

拋出去的時候，可能不懂，可能有點朦朧，但你不知道它哪一天、什麼時候會突然就飛回來，擊中自己，再擊中讀者。」

我們不僅受到兩位深愛寫詩的人所感動，也看見了透過詩、在對詩的愛裡，一切都有相遇的可能。頒獎活動當天，我們也同時舉辦了將詩作改編為電影的「詩電影」首映。詩電影的創作文本來自於詩作本身，由影像工作者郭潔渝以她自身對詩作的感受力，將其影像化，成為另一種創作與演繹，如她所說：「製作詩電影，是對詩的再詮釋與二次創作，過程中不斷推敲、思索詩人的用意，彷彿撥開掩身的草，尋找通往終極答案的絕對路徑，然而再怎麼貼近它，都會如同星體與我們永恆的時間差，每瞬間都在偏移；但也因此，詩作脫離詩人預想的樣態，成為影像創作者靈感的養分，我汲取它後成長，將果實交還給詩人，與觀眾。」

在春末夏初的早晨裡，空氣裡不僅有著溫暖的氣息，也有著詩人對詩的情感、來賓對詩的執著與熱愛，而詩意的音聲與影像，迴盪在藝文薈萃的「光點台北」空間裡，是對詩的理想與實踐，也是人間魚詩社對金像獎詩人的美好致意。

金像獎詩人頒獎典禮暨詩電影首映、映後座談結束後，活動在評審、詩人、詩電影導演、來賓們的合照後圓滿落幕。

胡淑娟

SHU - JUAN HU

詩選

Poetry Collection

胡淑娟

胡淑娟高中就讀北一女時，就受到其國文科范其美老師的引導開始寫作，大學就讀師大英語系與畢業執教的空閒時間，也都持續寫作短文與雜記，曾多次獲登於各大報紙的副刊。直到最近十餘年因罹癌而體力不濟，才改寫短篇新詩，因為她對文字的敏銳，所寫的新詩也頻獲好評。

淑娟是個柔弱但堅強的女子，抗癌十餘年間，猶不忘藉用她的文字才華，將血淋淋的傷口化為閃亮的詩篇。如今她已歸返天家，希望她所留下的文字，能像陽光一樣溫暖大家。

胡 淑 娟 詩 選

Poetry Collection

穿過日影的翅膀

來時是風
橫身以翅翼擦過薄霧
追逐高空的日影

然而仰視這樣的圖騰
解構所有意念
距離涅槃還遙遠的很

隱約聽見
宇宙蕩著亙古回音
每個生命都是練習的死亡

夢是一尾魚

午夜迴轉
不停餵養著夢
成一尾魚
在荷花深處的湖心
潛泳
倏地　雨聲滂沱如刃
刮去全身的鱗片
赤裸醒來
滿是傷口的呻吟

5

床畔送行

妳是傳說中的月光
蒼老失語
費力垂釣一尾記憶
像個啞謎

然而時間是乾涸的蛇蛻
任由記憶的鱗片鏽蝕
雪地裏休眠
動也不動

這一生自鼻翕張闔的開始
死神，就像個無臉之人
在妳身邊沒走
虎視眈眈，仍在逗留

如今妳悄無聲聞，更漏盡了
欲擺度無極彼岸
星光黯然，宇宙遂為妳
舉辦一場銀河喪禮

那是末日燃燒的極致明亮
死亡的另一端
將有新生
妳預見了飛翔的逆光

空

生命的舞台
正上演荒謬的劇場
音樂流漾着
一首黑白的詩歌

背景晃動着
導演吐出的菸圈
神祕的劇情
沿著滑軌迴轉

布幕前
彷彿空無一物
除了鏡子
形成孤立的道具

孰料時間將之擊碎
露出了兩個空洞
這應該是觀眾的眼睛
看見靈魂從縫隙鑽了出來

長著肉墊的詩人

落日在世界的盡頭
打嗑睡
城市在荒煙裡傾頹

已經忘了走多遠的貓
是躡足的詩人
綠瞳警醒，踽踽獨行

以柔嫩的肉墊
踩踏　如碎玻璃的光影
秘境竟成了斑斑血路

住院

囚禁於病房
時光彳亍無聲
遂剪裁幾張灰暗的椅子
與床緣默默對話

沒有人語
仍還有鳥鳴
在窗沿吱吱喳喳
探訪妳的病情

而妳，已是無悲無喜
虛空的肉身
沐於寂光
即將焚為風　煉為灰燼

幻想

天　其實是　換一種規格
顛倒過來的海

雲是不同呎吋的浪花
風　則是溫暖的洋流

遙望　灰色的棉絮糾結
似貴金屬般的沈甸
又有柔軟細膩的質地

孤獨的海鷗
是一切陌生悠遠的滑行
跨越了浩瀚時空
只為深情熨貼我的心靈

告別

生命之河已到了盡頭
靈魂最後的御羽
成雲天
前面斷然，已無風景

回首前塵
往事如淤塞的污泥
沉積於
河岸的中段

蜿蜒一生的河
終將轉身
優美地
向人間　告別

波光黯然
星空寂滅
靜謐黑暗的宇宙
再也沒有春天

準備好了

妳終於覺悟
生命如巨大的蛹
停駐於凋敝的花心

迅速孵化繁殖
然後
像幽靈一般消失

其實妳早已
準備好了
等待一道祥光的接引

來世，妳願做永生的鳳凰
讓風成為有力的翅膀
撐起整座天空

給逝去的妳

聽說　離開我的妳
去了很遠的地方
但很遠的地方到底是哪裡
相隔有多少的距離

妳誤入了
時間的岔路
還沒察覺指針停止跳動
生命就已經離開

妳到了一個
光無所不在的地方
好通透好明亮
妳可以來去自如
不受綑綁

這名叫天堂的地方
沒有眼睛
看不到人間的淚水
也沒有耳朵
聽不見　憂傷的哭泣

在光的國度
妳的靈魂生出了翅膀
飛昇成為
抬頭仰望永恆的星辰

直到一個夜晚
模糊的夢
見到清晰的妳
原來妳一直　在我的夢裡

妳散發的香味
仍然熟悉
伸手搭妳的肩

回眸微笑就是魅力
妳調勻的氣息
應和著我的每一次呼吸

我已經知道
只要思念的時候
妳就是感應的蝶翼
直飛我的夢裡

遂寫一封簡訊
對妳說
思念是一種幻痛

陌上已經花開
為何不化為
一隻魂魄歸來的蝶

寫完
丟進夢的語言信箱
因為那是
最接近天堂的地方

胡 淑 娟 詩 選

Poetry Collection

金　　　像　　　獎

詩　　　　　　　人

SHU-JUAN HU

胡淑娟

以詩凝視，
向著死亡的當下

余師丈眼裡的胡淑娟

Ying-Ying Guo × Mr. Yu

採訪撰文　郭瀅瀅

余師丈與胡淑娟兩人經常彼此分享、交流創作想法。
（照片提供：余師丈）

幾乎是帶著淚讀完一首首胡淑娟的詩。在她筆下，處處是「疼痛」在生命裡烙下的印痕，有徬徨、有感傷，也有著超越了疼痛當下的詩意眼光，如同置身於生命中，卻又將生命當作客觀性的「舞台」觀看，觀看脆弱與有限的肉體在舞台裡循環上演與更迭。

在生命的輕重交織裡，她優雅凝思並寫出了一首首質地細膩的詩，在裡頭，看不見對生命的對抗，而是對磨難的接受性，並在詩的語言裡，穿越了每一個日常當下的迷障，直到生命的盡頭。在生命的盡頭，她先後寫下了一字詩：「痛」、「空」。身處疼痛，又彷彿看穿了肉身的有限性與虛幻本質，並早已準備好將自己交託於無限，如與她鶼鰈情深的余師丈（余世仁）為她拍下的照片裡，她的神情總讓我感覺有著超越於現象向度的觀照與信仰。於是訪談裡，我請教了余師丈，胡淑娟的「信仰」是從何而來，以及體悟了生命有限的胡淑娟，創作之於她的意義。希望透過余師丈的視角與回顧，走進胡淑娟的詩與情感、她與余師丈的日常生活、她透過詩延伸至無限的深邃與寧靜。

有限時間裡的生命信仰

郭：在您為胡淑娟老師拍下的日常照片裡，我經常感覺到她的內在裡有著一種堅韌的力量，那似乎是來自於對生命本身的信仰，能否請余師丈談談胡淑娟的「信仰」，以及您眼裡的她？

余：淑娟是個標準巨蟹座，十分熱愛這個家庭，而她祖籍福建，在台灣出生，我則是土生土長的本省籍，所以我們的婚姻初期是受雙方家長反對的，但由於淑娟個性溫柔、有耐心，她慢慢融入了本省家庭，也順應了拜媽祖與祭祖的習俗。當她在生命中遇到難題，就會前去廟裡上香參拜，或許也從中獲得了靈感或頓悟，因此每當從廟裡回來，她的生活總會出現新的改變。

當淑娟罹患了不可治癒的癌症之後，因為知道生命時間有限，初期她得了憂鬱症，而在經過醫生的診治與鼓勵、好轉後，她開始閱讀佛學相關的書，並相信靈魂只是借助肉體，當未來肉體亡故時，靈魂將往新的地方進駐。於是，癌症帶來的死亡陰影漸漸在她心裡消除，她開始以樂觀積極的態度去生活、去過每一天。

「寫作」是她最喜歡的嗜好，每天空閒時，她總是在手機上打字作文、作詩，除此之外，她心裡有很多想去的地方，不論是曾在電影或書裡看過的故事場景，她都想親自走過。因此，每個月我們都會安排出國一趟，近如日本禮文島，遠如福克蘭群島或加納利群島、冰島、王子島……她都去過，完成了她的心願。

ABOUT 胡淑娟

胡淑娟高中就讀北一女時，就受到其國文科范其美老師的引導開始寫作，大學就讀師大英語系與畢業執教的空閒時間，也都持續寫作短文與雜記，曾多次獲登於各大報紙的副刊。直到最近十餘年因罹癌而體力不濟，才改寫短篇新詩，因為她對文字的敏銳，所寫的新詩也頻獲好評。

淑娟是個柔弱但堅強的女子，抗癌十餘年間，猶不忘藉用她的文字才華，將血淋淋的傷口化為閃亮的詩篇。如今她已歸返天家，希望她所留下的文字，能像陽光一樣溫暖大家。

註：此單元的畫作皆為詩人胡淑娟的作品

「她總會在某個角落跟我揮手」

郭： 能否請余師丈談談淑娟得了憂鬱症的過程，您是如何陪伴她的？

余： 淑娟得了憂鬱症並在台大看診時，醫師曾把我叫到旁邊跟我說：「淑娟心裡住著一個小女孩，幼稚天真，她現在的樣子是另外一個她。」當時，醫生要我扮兩種角色：一個是疼愛妻子的先生，另一個是寵愛小女兒的父親。因為這個提醒，淑娟的憂鬱症狀快速好轉，也才能讓她的寫作與旅遊都能如她所願，一一達成。

郭： 胡淑娟在詩的創作量十分豐沛，余師丈有無特別喜歡的一首詩？談談您對這首詩的感受或理解，以及，有無對您而言能夠特別作為紀念的詩？

余： 我最喜歡的一首詩是〈星星寫詩〉：「星星寫的詩／橫著唸／豎著唸／懸著唸／倒著唸／都是她對亙古／千迴百轉的思念」，這首詩是淑娟在 2016 年寫的。每當夜晚抬頭仰望星空，看見繁星點點、浩瀚廣末，各式各樣的星座無數……。淑娟把無數的星星讀成詩句，短短 30 個字，就道盡宇宙千萬顆星星、千萬年的相思之情。現今的我，想念淑娟的時候，是白天看雲、夜晚看星。我知道在天國裡，她總會在某個角落跟我揮手。彼此的遙望就如過往未曾消逝的牽掛，一直深藏在心底。

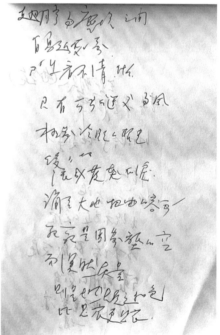

胡淑娟詩作手稿。

在寫詩與繪畫裡忘我

郭：淑娟老師也有許多油畫作品，在您對她的了解裡，繪畫與詩這兩種不同形式的創作，對淑娟老師而言的意義是什麼？

余：淑娟自小就喜歡塗鴉，但從小家境並不好，因而沒有接受正統訓練，一直停留在原本的水平。直到 2003 年從教職退休後，才去參加社大美術班學習油畫。而淑娟也喜歡寫作，高中時經由國文老師帶領學習寫作古詩，大學畢業後開始寫雜文、遊記，罹癌之後因為體力下降，才改成寫新詩。

<u>繪畫與寫詩在她罹病之後，成為她最好的精神寄託</u>。只要是沒有化療的空檔，有自由的時間時，她幾乎都在忙創作。當自由的時間較短時，她就寫詩，一字一句記錄在街上看到的場景，作為創作的素材。當她有較長的自由時間時，她會去畫油畫，而一幅畫的完成至少需要三天，可以分擔她對疾病與對化療的焦慮。<u>寫詩與繪畫成為她癌病當中的輔助治療，淑娟在創作時，她是完全的投入、全然的忘我，所以這個時段她感覺最快樂、最滿足。</u>

病痛裡的新詩創作

郭：您剛才也提到，胡淑娟老師在高中時在國文老師的帶領下學習寫作古詩，而在入圍第一屆年度詩人金像獎後，胡淑娟老師也曾在第五期《人間魚詩生活誌》「頒獎以後，詩的未來」單元裡提及自己在開始使用臉書後，才開始接觸到新詩。能否請余師丈再談談您對網路詩社的觀察，以及臉書對胡淑娟創作歷程或演變的影響？

余：在有了臉書後，許多文學社團開始成立，讓熱愛寫作的人有了作品可以發表的機會，於是更有鼓勵創作的效果。<u>自從淑娟生病後，她的身體狀況變差，大部分的時間也都在醫院，因此她寫作的方式也不得不改變</u>。新詩創作所需要的文字較少，結構也比較簡單，而淑娟腦中的意象豐富，加上她對用字的敏銳，剛好最適合拿來寫新詩與截句，因此也就開啟了她寫詩創作的路，而且她全心全意的投入，並在各個詩社頻獲好評，於是正向的循環就此展開。而她在病危前兩天，仍然分別寫下一字詩：「痛」與「空」。

心目中的詩電影：唯美與詩意

郭：胡淑娟老師為第二屆人間魚詩社年度金像獎得獎詩人，請教余師丈，您對於未來詩電影的拍攝有什麼看法或期待？

余：「詩中有畫，畫中有詩」這句國文老師曾教過的成語，就是說：一首詩文字所描寫的景象，可以讓人看到詩句中的畫面，再經由畫面的導引，產生共鳴而在心中有相同的感動。詩電影就是這個概念的延伸，重點在於，<u>如何在短短的詩句裡找出其中的劇情，繼而拍成動態影像，再經編輯剪輯精華，讓讀者不僅感受文字的美，也能看見詩中的畫面與故事。</u>

每一首詩，不同的人讀了會有不同的感受，每個人想像的畫面也會有差異，因此很難以有限的畫面來囊括所有可能的意境。每一首詩的故事性也是各人領會不同，也很難經由單一的敘述就能全部包含。我認為詩電影最好的參考範本就是電視上能看見的那些拍得很唯美、很有詩意，又有故事性的精品廣告，除此之外，可以讓人想看第二次、一看再看的廣告，基本上就算成功。

在「一起走過的風景」裡寫下內心的故事

郭：余師丈您出過一本攝影集《大地綻放如詩》，在您的鏡頭下景緻壯麗遼闊，能感受到您對自然的愛與感動，而淑娟老師在臉書上，詩作的呈現也經常會搭配您的攝影，能否請余師丈分享淑娟老師是如何選擇您的攝影來搭配她的詩作？您們會互相討論攝影和詩，以及兩者的互文嗎？您與淑娟老師在攝影與詩的交流中，讓您印象深刻的記憶或感動是什麼？

余：淑娟早期也有拍照，近十多年來，每年都出國十次，每次我們出去總是各帶相機，她喜歡拍美麗的裝飾藝術，而我專拍大景。我們拍完後，彼此就當場查看影像效果。她發現我拍下的都是她當時沒看到的，因此感到很驚訝，明明兩人一起同行，她怎麼都沒看到那些景緻。後來淑娟就不帶相機了，影像紀錄交給我，她負責以文字記錄人文、心裡的感受。

每次回到家中，我就會在攝影社團貼照片，淑娟看到她喜歡的照片，都會拿去當參考並寫詩，寫下她當時在風景裡的想法與感動。所以<u>我的照片會與她的詩成為配對，原因就是我們一起走過這些風景，也一起經歷所有旅行過程的酸甜苦辣，她以風景照片為基本，喚起當時的內心故事並寫下詩句，因而有情感，不只是文字的堆疊。</u>這是我對她的了解。

另外，她隨時都帶小 memo，對於在外面遇見的人事物，她有任何想法或點子都會馬上簡短速記在紙上。她在用字上會斟酌，也會詢問我意見，<u>我總是她詩作的第一個讀者，</u>當然要讀懂並提供意見。有時她會採納一部分，但是大多數情況下，她會認為她使用的文字意境比較高遠，總之，兩人討論過後，她就會將詩作定案存檔。她每天的點子都很多，也不停在創作，常常因為寫作而耽誤做飯，於是我們就吃便當解決。她認為自己的生命時間有限，所以非常努力創作，渴望能有一些好作品留下來，讓後人懷念與記憶。

ABOUT　余世仁　余世仁早年以繪畫進行藝術創作，後因對攝影的熱愛，進入專業攝影的藝術領域。他行腳遊歷全球，遍覽各地自然美景，其作品遼闊中隱喻詩意，細微處顯化禪境。

「人間魚詩社年度金像獎」評選過程力求嚴謹，第二屆入選資格，除了一整年投稿詩作必須通過《人間魚月電子詩報》的初選刊登，還須再經「複選」、被選入刊登於《人間魚詩生活誌》達6首以上，以及「編年詩人」體例詩作至少3首、一首40行以上「長詩」投稿。詩人必須紮實長跑、多元創作，才有機會入圍。

在最後的決選階段，評審老師們收到的稿件皆為隱去詩人姓名、只有編號。本屆（第二屆）年度金像獎詩人評審會議由社長綠蒂擔任主席，與詩人蕭蕭、孟樊、楊宗翰以收到的匿名稿件評選投票，選出金像獎詩人。本次符合資格入圍者只有二人，評審討論決定，由兩位同時獲得年度金像獎。由於編輯部同仁一力堅持頒獎當天才能揭曉名單，評審們也以編號來撰寫意見與點評。

詩人編號 02 · 評審意見

困厄，直面相對

文　蕭蕭

第二屆人間魚金像獎評審結果已確認，由編號 02 與編號 03 獲獎，得獎編號公布後，評審委員各擇一位撰寫推薦文，我選擇編號 02 作為推薦對象，因為金像獎評審資訊中有一項「編年詩人」，請詩人以編年方式來詩寫自己，人間魚詩社「除致力於尋找優質、美好的詩作，也希望詩人本身被看見」。所有參賽者在這欄目中大約只提供三首詩，編號 02 卻提供了四十七首，連同近一年刊登於《人間魚詩生活誌》的十五首詩作、以及一首四十行以上長詩〈給逝去的妳〉。這六十三首詩環繞著生死、恩愛、情義、及其無窮的糾葛，化身為妳、為我、為眾生的可能形象，遍及花、鳥、蝶、鯨、竹筏，甚至於節氣，從未重複的意象，迴旋著死亡（不一定是哀戚、也不一定不是哀戚）的旋律。清醒的慧眼，時或譫妄的意識，交錯而行；鬥士的意志，仁者的心懷，忽沉忽浮；時而正觀，時而斜睨，逼視的永遠是生命的懸崖風光。

最後名單揭曉，編號 02 的作者是胡淑娟老師，剛在 2021 年 12 月 13 日過世的我北一女的同事。

胡淑娟這完整的一輯作品可能是她生前最後整理的重要遺作，值得細讀，值得想方設法為她出版，值得以微電影的方式攝製紀念影像，希望詩人、詩作、生死之交心靈飄飛的跡痕被看見。

胡淑娟十多年的抗癌意志，抑制了癌的囂張，十多年的寫詩生涯，增強了詩的生命力，祝福詩人胡淑娟的作品從容優游在人間。

你離開了、詩還在

文　綠蒂

參加第二屆人間魚詩社年度金像獎評審，擔任評審會主席。
評審作品時只見詩作，未知作者。評審結果始知今年入選者
為編號 02 詩人，其詩作意象清新，文字簡練，不會讓讀者晦
澀難解，如〈幻想〉一首中寫：

天　其實是　換一種規格
顛倒過來的海

雲是不同呎吋的浪花
風　則是溫暖的洋流

她寫〈給逝去的妳〉詩作，因為那是最接近天堂的地方，應
該是寫給自己的吧？

很遺憾的我們已知編號 02 詩人已於 2021 年 12 月因罹癌辭
世，我想不管生命旅程的長短，她一直有詩陪伴，她是幸福
的，願她一路好走，在天上，她也有詩的溫暖向陽的位置。

她離開人間，但詩還在。

生與死的互斥與共振

—— 淺談胡淑娟詩創作的特質

文 林廣

一、前言

一首詩最可貴的是原創力，原創力的本質是「異」；但這「異」不僅是與眾不同，還包含了真誠與創新。

失去創作真誠的初發心，只一味在技巧的求新求變下功夫，終究無法臻於詩的極境；沒有創新的氣魄，只耽溺於自己熟稔的意象處理，也難以開創出新氣象。個人的生活觀照、自然觀察與生命思維，當是創作最重要的三維，形成了詩特殊的立體形象。

胡淑娟的詩裡也具有這三維，搭配她的語言表達方式，形成了她個人的特質。這幾年，由於癌症的威逼，讓她不能不去正視死亡的嚴酷議題，尤其徘徊於生與死的交界，對生活的觀察與生命的思維，更顯得深沉而厚重。但在她的詩中，看不出絕望，更多的是對自我的反思與對生命的關懷。

我不認識她，但讀過她很多詩，也跟她私訊對話過，因此對她不算陌生。然而我卻不願以「生命鬥士」這樣的詞語加在她的身上；她留下來的詩，已經足以讓我們走入她的「異」世界，領略藏在她意象裡的生命圖騰。

她曾告訴我：「對我來說，寫詩就是一種召喚與回應」，我了解她的意思，還有甚麼比原始的召喚更動人的呢？生命總不免死亡，但有詩留下來，就是對世界與眾人的美好回應。

二、自然意象的虛化

胡淑娟的詩大半來自她的生活。她的詩很少歌詠自然，但自然的天象、物象，卻閃出另一種光，與她的生命緊緊連結在一起。例如〈懺悔〉：

> 滿床的被是一座藍色的海洋
> 翻飛著浪花
> 浪花喚醒了永夜
> 撈起沉睡的星光　　（第一節）
>
> 黎明的罅縫裡
> 窸窸窣窣
> 生起了熒熒的火苗
> 一隻蝶痛醒
> 幡然悔悟振翅掙脫　　（第三節）

海洋、浪花、永夜、星光，用這樣的意象連結來寫睡眠，滿奇特的。但這只是一個

引子。在第二節，「躺著的兩個島嶼／被沉默隔開遙遠的距離」，寫夫妻兩人因沉默漸漸隔開距離。只有在沉睡時刻，才能「自深潛的礁底／浮出水面／褪去匿藏的影子」。這個比喻雖指向不再匿藏，卻透露出深沉的無奈。

因此第三節，在黎明的隙縫裡，她化身為「一隻蝶」，被黎明的陽光「痛醒」，她才「幡然悔悟振翅掙脫」。在此，用了一個巧妙的「移覺」。本來前三行寫黎明的陽光，應屬視覺意象；作者卻先用形象化筆法，讓黎明有「罅縫」，而且從「罅縫」中「窸窸窣窣／生起了焱焱的火苗」，將視覺轉為聽覺，再回歸視覺。正因為將陽光移轉為窸窣的火苗，才能更貼切的連接到「痛醒」。

如果沒有首節海洋等溫暖意象的襯托，恐怕就無法顯現出「痛醒」的深沉。這也是作者寫詩的一個特色。

另一首〈人生〉二、三節：

幻覺裏，飄過的不是雲煙
而是縈繞的鄉愁
有那年荼蘼無法了結的花事

光的屋簷下，有片潮濕的陰影
時間划過靜止的月色
讓星星退守為永恆的沉默

詩中用了不少自然意象，但實指者少，虛用者多。例如「雲煙」與「鄉愁」，「荼蘼」與「花事」，「光」與「陰影」，「時間」與「月色」，「星星」與「沉默」等等，都是藉由虛實相襯、相生的筆法，來暗示自己的心情。

在這五組中，大多是先實後虛，唯有第四組是先虛後實。如將此句改為：「靜止的月色有時間划過」，時間流逝的動感就減弱了，整體來看也變得比較呆板。

再看〈如雪〉末節：「自夜霧的缺口／風吹向風／雪進入雪／悲傷帶走春天的視線」，表面上，夜霧、風、雪，都是實象，卻又隱含著生命飄滿風雪，充盈著悲傷，因而再也看不見「春天」。把內心的感觸，巧妙寄託在自然意象，賦予更深刻的意涵，這就是「藏」的藝術。

在〈幻想〉一詩中，自然意象有更豐繁的變化。例如前兩節：

天 其實是 換一種規格
顛倒過來的海

雲是不同吆叱的浪花
風 則是溫暖的洋流

若是沒有豐富的想像力，斷然想不出天與海之間，竟只是「換一種規格／顛倒過來」；雲與浪花，只是「不同吆叱」；風與洋流，能以「溫暖」連結。但她也觀察到：

孤獨的海鷗
是一切陌生悠遠的滑行

我想那海鷗就是她的投影吧？那滑行的姿態，是否觸發了她的心絃，讓她和海鷗「跨越了浩瀚時空」，以微妙的契合與深情，熨貼了彼此的心靈？

自然意象就是這般多樣的，幻化出她的異想世界，讓她的詩有了更寬廣的迴旋空間，也讓每個路過的旅者得到絕佳的休憩。

三、在生與死的罅隙探索

到了癌症末期，對生命的思維更加深

沉，尤其是死亡的議題更不時在她的筆端閃現。當死亡成了她分分秒秒都必須面對的主題，跟死亡相關的情節也以預言的方式走入詩中。

先讀一首病中詩〈夢是一尾魚〉：

午夜迴轉
不停餵養著夢
成一尾魚
在荷花深處的湖心
潛泳
倏地　雨聲滂沱如刀
刮去全身的鱗片
赤裸醒來
滿是傷口的呻吟

這首詩可說是由譬喻串連而成。

題目本身就是隱喻。將「夢」和「一尾魚」連結，而這「夢」是由她不斷餵養。「一尾魚」是全詩的主題意象，上承「夢」，下開「潛泳」、「鱗片」。

「荷花深處的湖心」，借喻作者的心很美卻不輕易敞開。因此，只允許她餵養的「夢」潛泳。「倏地　雨聲滂沱如刀」，是轉折關鍵。由「刀」再延伸出「刮去全身的鱗片」的悲涼意象，意味著美好的夢已經遍體鱗傷，不復存在。從這裡也可看出她所受到的戕害。夢的鱗片，何嘗不是她的鱗片？但因為隔著「夢」，更顯婉約動人。

末兩行寫醒來。「赤裸」延續前句「鱗片」被刮除的意象，不著痕跡的從「魚」過渡到自己。這樣「魚」的傷痛就全部被「我」概括承受，因此才以「滿是傷口的呻吟」來收結。夢就是魚，魚就是我，三者其實已經結合為一了。

再看〈住院〉：

囚禁於病房
時光彳亍無聲
遂剪裁幾張灰暗的椅子
與床緣默默對話　　（第一節）

而妳，已是無悲無喜
虛空的肉身
沐於寂光
即將焚為風　煉為灰燼　　（第三節）

首節重心在孤寂。作者用「囚禁」來形容住院的日子，就可了解她心境的寥落；時光的流轉「彳亍無聲」，更凸顯出她的寂寞；於是她剪裁「幾張灰暗的椅子」與「床緣」默默對話，來暗示渴望有人跟她談心。但一切終歸於「無聲」。

第三節則是預言自己的死亡。「無悲無喜／虛空的肉身」，是現實的寫照；「沐於寂光」，是心靈境界的提升；「焚為風　煉為灰燼」，這兩個比喻都指向死亡。她自知不免死亡，卻希望能沐浴在清淨的「寂光」中，瀟灑面對死亡。

當死亡來臨，如何向人間辭行？且看〈告別〉末兩節：

蜿蜒一生的河
終將轉身
優美地
向人間　告別

波光黯然
星空寂滅
靜謐黑暗的宇宙
再也沒有春天

她希望自己能以優雅的姿勢向人間告別，但她也知道此後面對的將是「靜謐黑暗

的宇宙」，她的生命「再也沒有春天」。這樣的結局看似黯淡，即使明知「前面斷然，已無風景」又如何！重要的是告別那一刻的優雅、瀟灑。

〈床畔送行〉一詩，可看成在床畔為一垂死者送行，亦可視為作者為自己即將離世送行。我傾向後者。此詩寫法十分特別，前兩節是以雙線來開展：

妳是傳說中的月光
蒼老失語
費力垂釣一尾記憶
像個啞謎

然而時間是乾涸的蛇蛻
任由記憶的鱗片鏽蝕
雪地裏休眠
動也不動

這兩節開頭都是採用隱喻。首節以「妳」為主線，由「傳說中的月光」延伸出「蒼老失語」，再由「費力垂釣一尾記憶」（記憶已漸喪失），引出「啞謎」的比喻。次節則以「時間」為主線，由「乾涸的蛇蛻」延伸出「記憶的鱗片鏽蝕」，再進一步延伸到「休眠」。兩線相互增補，更能看出作者面對死亡的態度。

在第三節，作者運用一個比喻來寫死亡的威逼：「死神，就像個無臉之人／在妳身邊沒走／虎視眈眈」，無臉的垂視，令人讀來不寒而慄。第四節由「更漏盡了」，借喻生命的終結，再引出一場「銀河葬禮」。但這兩節都只是過脈，最重要的是末節：

那是末日燃燒的極致明亮
死亡的另一端
將有新生

妳預見了飛翔的逆光

首句以「極致明亮」照應「銀河葬禮」，再預言死亡另一端，「將有新生」。而末句更以「飛翔的逆光」這等意象提升了死亡的境界，讓詩閃出另一種動人的光。「末日燃燒的極致明亮」，可能也隱藏著她創作的心態：就算死亡逼臨，我也要讓詩極致的燃燒，燒出令人不敢輕忽的明亮！

在另一首〈癌〉中，當披著斗篷的死神近身，她感覺：「好似禁錮於／沮喪的深淵／幾乎被絕望的漩渦吞噬」，然而此時她卻在病房的隙縫，看見一絲「透出微光的隱喻」。這隱喻讓她反思：唯有坦然「擁抱死亡的陰影」，才是真正為生命「拼搏角力」，讓「詛咒終究化成一場祝福」。不服輸的精神，溢於言表。

人生是一場又一場的拔河，在生、死之際，更能看出一個人的心態。〈塵緣〉中寫到生命的緣起、緣盡：

生命緣起
如一場壯盛花開
奢華的饗宴與歡愛

無奈心中
總有濡濕的青苔
攀爬光陰的背岸

擷取喧騰裡的清寂
篩落繁華裡的悲哀

生命緣盡
只是一次花落
卻得靈魂的澄明與自在

作者用了三節寫緣起，只用一節寫緣盡，但這一節卻足以和前三節相抗！然而如果沒有前三節的鋪陳與對比，也無法顯現這一節的特殊。二者自成格局又相互依存，極為獨特！

在〈渡〉中，作者如是說：

> 妳的細髮已幻化
> 為不再修剪的芒葦
> 流轉煙波　葬於水間
>
> 離開繁華人世
> 做一次迷航
> 且撥開忘川裡的霧氣
>
> 以逆光擺渡奈何橋下
> 受傷千年的靈魂
> 航向　婆娑的彼岸花

由此岸渡向彼岸，那是由生到死的擺渡。詩分三節，每一節都指向死亡。

首節聚焦於「細髮」，可能因為化療，她的頭髮已漸漸落盡，不用再修剪。作者通過「芒葦」、「煙波」與「剪」、「葬」來寫髮落，並暗寓死亡。

末兩節必須連在一起看。從次節「離開」、「迷航」、「忘川」等語詞，就知道指的是死亡。「撥開忘川裡的霧氣」，是轉折，接續下一節的「逆光擺渡」。作者希望自己死後，能去擺渡奈何橋下那些無法超渡的受傷靈魂，讓他們能「航向　婆娑」。以此來呼應題目〈渡〉，也點出主題：死亡並非生命真正的終點。

作者可能是這樣想的：失去頭髮與生命又如何？如果我能撥開迷霧，留下詩篇，也許有人會因為我的詩得渡吧？

如果生命可以劇透，你希望看見甚麼？

在〈生命劇透〉中，作者用了兩個比喻：

> 生命只是一隻蝶
> 困在深海裡的潛水鐘　（第二節）

這是對「生」的劇透，以「蝶」和「潛水鐘」來暗示生之短暫與封閉。《潛水鐘與蝴蝶》是一部法國電影，主角正值盛年卻罹患閉鎖症候群，全身癱瘓，只有左眼能動，後來他就用左眼的眨動寫下一生的回憶錄。

作者以此為題材，用「困」透露了人生的無常。於是人們就「迷失在無法清醒的幻夢／徒留骨灰」（第四節），這已觸及「死」的界域。由「困」而「迷失」，似乎是無法避免的劇情，耽溺在無法清醒的「幻夢」中，最後只留下「骨灰」。——這是對「死」的劇透。

> 那一罈燒不盡的秘密
> 封存空虛的甕　（末節）

這結局令人驚悚。以「燒不盡的秘密」取代「骨灰」，含有虛實相生的意味。一生不管有多少秘密，最終都只能封存於「空虛的甕」中。這般的劇透，看似悲涼，其實也帶有警醒的力道：如果不想循著這樣的軌跡走，那就想法子改變吧！

四、在創作中超越生死的界線

胡淑娟在生死邊緣掙扎時，她對寫詩的渴望與依賴也攀升到極致。寫詩，甚至成了支撐她生命的動力。先看〈孤島〉：

> 整座山空了
> 曠野裡只聽見
> 孤鳥的片片羽毛

在寒風裡驚呼

渴了
舔一口智慧的露珠
餓了
且以蠕動的文字果腹

咀嚼著
美感的汁液
成就性靈的吐哺

　　我不確知這首詩創作的時間，但從題目和內容可看出「孤島」是一種象徵，象徵創作孤立而自足的境界。

　　首節主要在寫「空」，正因為「空」，才能映襯出性靈的飽滿。山空，是從正面來寫「空」；曠野鳥鳴，則是從側面來寫「空」。作者不寫「孤鳥在寒風中鳴叫」，而寫「孤鳥的片片羽毛／在寒風裡驚呼」，就含攝了視覺與聽覺的雙重效果，我們彷彿看見在空蕩蕩的曠野一隻孤鳥正振翅逆風飛行，寒風裡的驚呼聲正襯托出曠野的寂寥。

　　次節「智慧的露珠」（對應「渴」）、「蠕動的文字」（對應「餓」），都是形象化筆法，寫出解決飢渴的方式竟如此雅致。但這僅是前引，重點還是在末節。

　　「美感的汁液」也是形象化筆法，將無形的美感轉化成有形的汁液。這是將前節的「智慧」與「文字」鎔鑄成美感，並成就「性靈的吐哺」。吐哺本指吐出嘴裡的食物，此指將美感融入性靈中化成詩。

　　不妨將此詩當作詩人創作的基點。

　　另一首〈黑琉璃〉，則更深一層寫出創作的心態：

妳的瞳仁
繞著夜空的軸心

陀螺似的旋轉
尋覓炸裂的星辰

像是一枚光的舞姿
單腳迴旋千年
直至
踏碎了鬼魅的宇宙

散落成
滿天的黑琉璃
恰恰是
割得妳體無完膚的寂寞

　　首節透過仰望夜空，帶出心靈的觀照。前三行寫觀察，末行才是重心。「尋覓炸裂的星辰」，滿有意思。星辰既然炸裂，已無完整實體，從何覓尋？作者想要表達的是：渴望追求一種不可能的存在！從這裡就可看出她對詩創作的堅持。

　　下一節延續「旋轉」的意象，用「一枚光的舞姿／單腳迴旋千年」，寫出對詩永恆不變的追尋。「直至／踏碎了鬼魅的宇宙」，是決心的宣示。

　　末節「散落」二行，呼應「炸裂」；「恰恰是」二行，則寫出創作的本懷是來自寂寞。散落滿天的「黑琉璃」，借喻作者所寫的詩；而這些詩都源自──割得她「體無完膚的寂寞」。這正是她對詩百死無悔的「痴」！

　　〈穿過日影的翅膀〉，寫她創作歷程的目標與信念。她以「翅膀」自況，「橫身以翅翼擦過薄霧／追逐高空的日影」，小小的翅翼卻懷著高遠的目標，然而當她「仰視這樣的圖騰／解構所有意念」，卻發現：「距離涅槃還遙遠得很」。「涅槃」，本為寂滅之意──滅除一切煩惱，不再墮入輪迴，在此借指理想的境地。

這跟白萩的〈雁〉，有異曲同工之妙：「在無邊際的天空／地平線長久在遠處退縮地引逗著我們／活著。不斷地追逐／感覺它已接近而抬眼還是那麼遠離」。其實不管是「地平線」或「涅槃」，都是永遠追不到的，所以他們都註定要在天空中不停地飛行。那就是身為不服輸的詩人，恆存的宿命。

〈心井〉是一首哀傷的詩，但從「井」中亦可看出她藏納的乾坤日月。

心是一口古井
映著明亮的天光
卻暗藏憂傷

且以詩句
編成危危顫顫的繩結
一段一段垂墜

探尋井底
輓歌般哭泣的回聲
會有多深的震盪

首行以「心是一口古井」為詩的開展定調。這個比喻並不特出，但由「井」所延伸的意象卻十分生動。先是由「明亮的天光」與「暗藏憂傷」的對比，寫出「井」的明暗；再以「詩句／編成危危顫顫的繩結／一段一段垂墜」，將詩化為繩索，垂墜到井底去探尋「輓歌般哭泣的回聲」。她了知那「會有多深的震盪」，但是她還是將繩索垂落。

她的詩，像這樣以一個意象串連全詩的情形極為少見。三節中，以第二節寫得最好。「詩句」與「危危顫顫的繩結」連結為隱喻，再由「繩結」延伸出「一段一段垂墜」，「垂墜」又跳接末節的「探尋」，層次極為綿密。

「輓歌般哭泣的回聲」，這個意象也很

動人。「回聲」照應前句的「井底」，「輓歌」透露生命垂危的消息，這樣的「震盪」確實是深沉的。

五、結語

在胡淑娟的詩作中，生與死經常互相碰撞，也互相含容，也因此盪出了不尋常的光，而這光往往都帶著暗的影子。在光與暗的交織裡，我們跋涉過她留下的詩篇，見證她面對荊棘的果敢，並在種種「異」象裡，領會她真誠與創新的魅力！

我很喜歡她的〈鯨落〉（節錄末兩節）：

生命到了盡頭
應可以參透
死亡僅僅是一次鯨落

讓整座海懷孕
護佑撫育嶄新的生命
如此溫柔而已

「死亡僅僅是一次鯨落」，這是多麼瀟灑、自在的口吻！當她預知死亡將臨，「遂決定孤獨地離去」（第一節）。她認為只有孤獨，才能真正面對自己，面對死亡。她想像自己的歸宿：「以微醺的眼眸／拖曳著鹹腥的影子／沉潛深深的海底」（第二節）。事實上，眼眸不可能「拖曳」影子，更不可能「沉潛」深海；然而在想像的世界中，她已超越了現實的羈絆，找到自己的皈依之處。這深海似乎暗示著她所追求詩的極境，也是心靈的寂境。

鯨起、鯨落，不過是鯨魚在海中一次的奮起與潛伏罷了。她參透死亡，就像「一次鯨落」，只是短暫潛入水中。而這樣的「鯨落」，竟能「讓整座海懷孕／護佑撫育嶄新

的生命」，這不就是從死亡中翻騰而出的再生嗎？「讓整座海懷孕」，含藏多麼綿長的意涵，難怪她要用「溫柔」作為詩的註腳。至此，生與死不僅是互斥，且已共振！

在〈長著肉墊的詩人〉中，她透過「貓」，抒發自己寫詩的心情。

落日在世界的盡頭
打瞌睡
城市在荒煙裡傾頹

已經忘了走多遠的貓
是躡足的詩人
綠瞳警醒，踽踽獨行

以柔嫩的肉墊
踩踏　如碎玻璃的光影
秘境竟成了斑斑血路

第一節是背景的描繪。作者選了「落日（打瞌睡）」和「城市（傾頹）」兩個意象，來暗示所處的世界並非繁華熱鬧，而是氣息奄奄。

第二節「貓」出現了。作者將「貓」比喻為詩人，很有意思。因為從這譬喻，我們就知道題目「長著肉墊的詩人」，是指「貓」。而且貓與詩人之間的界線是模糊的，因此「忘了走多遠」，同時指涉貓與詩人；「躡足」，也是如此。但表層都是以「貓」為主體，例如由「綠瞳警醒」，可看出「貓」警戒張望的神態。但從深層來看，寫貓「警醒」、「獨行」，就是在寫詩人。貓在明，詩人在暗。如是而已。

第三節繼續維持「貓」的形象與動作。「柔嫩的肉墊」和「碎玻璃的光影」是柔軟與尖銳的對比，「貓」無懼現實埋伏的殺機，勇敢踩踏出一條「斑斑血路」。「秘境」是一個美好的界域，「貓」為了追求「秘境」，

不惜踩過「碎玻璃」。這也是在暗示為了追求詩的「秘境」，詩人就算要以柔嫩對抗殘酷，就算要踩出「斑斑血路」，也在所不辭。

整首詩都沒有脫離「貓」的形象特質，卻又夾帶詩人追求詩的秘境無悔的堅持，讓我們從「貓」的視角，看到了詩人內心深刻的警醒與獨行的果敢！

這樣的追求，既不為名也不為利，只是單純依循創作的初心，尤其在面臨癌症強大的威逼，依然堅持朝向北斗方位而行，這不就是心靈的躍越嗎？正如作者所說的：

來世，妳願做永生的鳳凰
讓風成為有力的翅膀
撐起整座天空　　（〈準備好了〉末節）

以詩心坦然面對生老病死的功課，可說是超越了生死的侷限。我相信她已經準備好了，她的詩也準備好了，化成有力的翅翼，為她「撐起整座天空」！

ABOUT　林廣

林廣，輔仁大學中文系畢業。曾出版詩集《在時鐘裡渡河》、《透明—流動的永恆》等；新詩評論《尋訪詩的田野》、《探測詩與心的距離》等。曾獲台中市大墩文學貢獻獎、南投縣玉山文學貢獻獎，中國文藝協會評論獎等。

獎 像 金

人 詩

ZE YU

澤 榆

Guan Huang × Ying-Ying Guo × Ze Yu

讓滯塞胸口的壞情緒，
隨著文字從身體流走

專訪澤榆

採訪　黃觀、郭瀅瀅
撰文　郭瀅瀅
攝影　宇正

ABOUT　澤榆

鄭澤榆，90 後。生於馬來西亞柔佛州，現於新加坡工作。一開始為隱藏情感而寫這種名為「詩」的文體，後來竟成堅持最久的事。還不想明白什麼色即是空，仍是輕易動心的俗人。正尋找著生命和詩的流動性，期望創作最後都能回歸初心。作品散見於新馬台各地詩刊報章。

讀理科出身、在新加坡從事數據分析工作的馬來西亞詩人澤榆，有著一種理性斯文的氣息，視訊訪談的過程中，他的言談柔和，彷彿所有日常起伏的情感都會自然而然地，回歸到屬於自己的秩序與和諧。他以詩句描摹搖動在心裡的事物，既轉換了事物外在的形貌，也轉化了事物在心裡落下的陰影。

詩句伴隨著他，從青春的騷動到迷惘憂傷，從對離別的想像到實際離鄉。不論外在環境如何更動或在日常的運轉裡固舊著，他都企圖以全新的眼光打破觀看的侷限，為事物注入詩意的色彩。與他談話，發覺寫詩對他而言彷彿是一個洗滌過程，既洗去日常的污痕，也喚起置身於陰影卻轉向陽光的本能，在生活的片段裡，藉著詩句，回到那最初的透明與純淨之地。

寫詩，隱藏私密的情感

黃：談談你是哪時候開始寫詩的？

澤：算是初中的時候吧，那時開始在部落格寫作，雖然心裡覺得算是散文，但依循著直覺而隨意空格、空行，於是也有了一點詩的雛型。不過，起初是較為放肆的書寫，隨著日子一久竟有了一些讀者，才漸漸發覺到好像在公開平台上暴露了太多自己內心的私密感受。

郭：當時寫詩的觸發點是什麼呢？就我讀你投稿的「編年詩人」詩作〈與自己〉，以及你的詩作〈舊事〉等，許多都帶有抒情性的情感，並有一個明確的女性表達對象，你的第一首詩，也是出於這樣的情感而寫下嗎？

澤：起初的確是從「暗戀」女生的情感開始寫詩的，因為不想表達得太過明確，於是寫得隱晦一些來隱藏自己真實的情感，這也正是詩的好處。

黃：你是怎麼開始投稿的？

澤：算是機緣巧合吧，中學時，學校老師問同學是否有興趣投全國比賽的詩獎，當時只要一有時間，我就開始慢慢寫東西，也累積了一些作品去投稿。只不過當時並不覺得自己寫的是詩，只認為是寫了一些分行的文字。後來幸運得了獎，才覺得「原來這是詩」，也因此有被鼓勵與肯定的感覺。

郭：能不能談談那首詩作？現在回過頭去看，你有什麼感受呢？

澤：當時是從一篇 15 歲時在課堂上寫的文章〈車站素描〉改寫的，因為覺得有一點「詞意」，所以 17 歲時參加比賽，就把它改成一首詩。回過頭去看，覺得比較純粹吧。畢竟當

時也還小，沒有真正經歷過「離別」或「離開家鄉」的感覺，因此是描寫當時自己對車站的想像。

郭：如果再以「車站」為主題寫作，你會以怎樣的切入點發揮想像？經過了 20 幾年，「車站」這個意象在你心裡有什麼樣的變化？

澤：剛好在 2019 年看到了人間魚詩社徵「詩後詩」，就又寫了一首新的〈車站素描〉。兩首的間隔，正好是我到新加坡升學和工作的時期。真正經歷了「離鄉」，也轉過新馬的多個車站。「車站」在我心裡都變得更立體、有人味和充滿切身的經驗，不再單純只是個中學時期路過的地方。趕過、錯過或等住過，我感受過每個時段的車站，熱鬧或冷清的都有，所以 2019 年的版本就將這些感悟都融合進來了。

寫詩是情緒的緩衝，也是對生活的再思考

郭：你的創作產量大，而你現在白天上班，都是在哪些日常片段寫作的？有沒有因為工作無奈而寫下的詩句？另外，也談談詩在你生活裡扮演的角色、詩與生活的關係。

澤：我平常會在一些工作的空隙裡醞釀詩句並寫在手機裡面，有時工作無奈時就會去廁所，並在廁所寫詩，當下就會有放鬆的感覺。寫詩對我來說是情感的抒發，過去在煩躁、壓抑或心情低落的時候就會寫一些詩。寫詩的當下不僅是情緒的緩衝，也是對現實、對生活的進一步思考。有時候回過頭看寫過的文字，甚至是會療癒到現在的自己，並且找到最初的感動。

跳脫舒適圈的創作

郭：談談你在《人間魚詩生活誌》的「攝影詩」創作經驗。你如何看待以詩句回應影像？你寫的攝影詩和其他詩作，帶給我很不一樣的閱讀體驗，在哲理與具普遍性的概念中，有著對文明、對時代現象的凝視，談談在創作經驗上，「攝影詩」與你平時創作一首詩時，有什麼樣的不同？

澤：之前寫詩，通常都是寫個人情感與生活等較基本的題材，而接觸了網路詩社後，看到了各種主題的徵稿，就會讓我跳出舒適圈，去嘗試不一樣的題材。「攝影詩」對我來講，因為已經有一個影像在眼前，因此不是憑空想像或等待靈感、浮現出第一句話，尤其我自己不是一個善於定題目的人，我覺得妳的「存在的樣態；愛與豢養」這個題目定得很好，我可以在這個範圍內去發揮與開展我的想像力。而在寫作的過程，我一直反覆觀看照片，思考還可以從哪個方向切入，例如影像裡的紅色，會引發我去想像紅色代表什麼，以及它所能延伸出的意象，尤其當時自己也產量不高，正好在這個主題裡被設定了一個明確的方向自我挑戰。

郭：能否列舉其他你所寫過的，跳出舒適圈、嘗試不一樣題材的詩？

澤：之前寫過一個無國籍族群「海巴夭族」（Sea Bajau），他們一開始是在海上生活、以海維生，因為各個國家的成立和劃分後，他們的命運就變得很坎坷。現在有些人是在船上，有些則是一半陸地（住在海上的高腳屋）、一半海，有些則是被國家頒發了身分證，選擇陸地生活。同一個族群，大家選擇的生活不一樣，或者說是因為命運的不同，而有了三種不同的生活型態。當時我是看到朋友採訪他們的報導而知道了這個族群，因而讀了資料寫下相關的詩。

希望自己的詩作是真誠的

黃：在你的詩作裡，中文使用得相當精準，你是在馬來西亞受華文教育嗎？你目前在新加坡工作，是使用哪一種語言？有沒有以其他語種寫過詩？

澤：寫詩我是以華文為主，我在馬來西亞讀華文小學和中學，在家裡也大部分都是講華文，而其他語種就是第二語言、第三語言，也不太有機會使用。比如說馬來語和英語，幾乎是買東西、食物菜單或是路標才會使用。而在新加坡工作則是中英混雜，但主要以英語居多。

郭：在求學過程的華文教育裡，有沒有在課文裡接觸到喜歡的詩人？

澤：當時有在課本裡被徐志摩的〈再別康橋〉驚豔到，我覺得寫得很美，不過自己寫詩的時候也是朦朦懂懂地寫，並沒有特別參考或喜歡哪一位詩人的詩，到後來自己真正寫詩並開始在網路發表詩作的時候，才開始認識了一些詩人，否則一開始當別人問我喜歡的詩人，我都說不出來。

郭：我在國小的時候也在課本裡接觸到徐志摩的詩，也是因為徐志摩而「詩」第一次在心裡留下了印象。那現在你會說自己喜歡哪一位詩人呢？

澤：我特別喜歡洛夫。他的語言每一次都讓人驚豔和驚奇，在〈西貢夜市〉裡，「嚼口香糖的漢子／把手風琴拉成／一條那麼長的無人巷子」不是常人會聯想到的，以及他的「動詞」使用方式，都給我很多啟發。除此之外，我也向前輩無花學習很多，他會教我一些不一樣的切入點和視角，或者把語言變得感性一些，我也從對方的指點裡學習到如何在精進自己技巧的同時，又保有自己的風格和特色。

郭：如果要用幾個形容詞形容你詩作的特色，或是你理想中自己的詩作樣貌，會是哪些形容詞？

澤：詩寫久了，有時會有一些機械式的操作，因此我會希望自己的詩作是「真誠」的。除此之外，還有「乾淨」、「靈魂」，這三點對我而言很重要。再來是「言之有物」，對於平時接觸到的同樣事物，用一個新的角度去思考它，或是將它連接到不同的意象，並讓人眼睛一亮。

詩人就像與「存在」通訊的靈媒

郭：詩對你而言是什麼呢？

澤：我認為詩人有點像靈媒，像是在與一些「存在」斷斷續續的通訊，有時它們並不回應你（就好像沒有靈感的時候），有時又突然回應你。沒有靈感的時候，我通常都會先將寫好的幾個字放著，等時機成熟時再拾起來繼續寫。

郭：時機成熟時，對你而言像是與「存在」接通了嗎？

澤：對，只是也不是空等，而是要不斷想著自己要寫的主題，在某一刻突然像是調整好頻率、頻道，因而突然接通的感覺。在當中也得持續磨練自己的技藝，不論是寫詩的手法或對文字的敏感度，否則若有很好的靈感降臨時，自己也可能駕馭不了。

網路詩社的好與壞

黃：你是如何接觸到台灣的網路詩社的？

澤：一開始是 2017 年 6 月，在新加坡有每天寫詩的活動「一首詩的時間」，我因此認識了詩人語凡（曾國平），雖然活動過後我就消聲

匿跡，也鮮少發表詩作，不過他們會提攜晚輩與邀稿，當時寫的作品也有刊於新加坡的刊物。2019 年 6 月，又在同個每天寫詩的活動「一首詩的時間」認識了詩人無花，他很鼓勵新馬熱愛創作的人，在台灣的網路詩社與大家交流、多練練筆，於是我才開始大量在台灣的網路詩社投稿詩作。

黃：你對網路詩社有什麼觀察？

澤：有別於傳統平台發表途徑是報章、詩刊，網路詩社相較之下容易接觸，也容易被看見，反饋也很即時。但也因為門檻較低的關係，在同一個社團裡可以看到參差、水準不同的作品，不過同時也可以接觸到不同風格的作者，從中看到有別於自己的視角，好處是可以多跟詩人交流，學習成長，但是他人的建議當中也有好有壞，需要訓練自己的心臟去接納。

黃：在你印象裡，有沒有一首在網路上一發布出來之後，就非常受到歡迎的詩？

澤：〈光合〉這首詩，因為它經由「詩聲字」專頁發表出來，接觸的群眾更廣，突然就有了許多讀者。這單靠個人是很難達到的，也讓我認識到網路社群裡轉發和分享的力量。

追逐自己的陽光

郭：你的個人臉書簡介上也寫著〈光合〉這一段話：「願你不被世間目光所傷／堅持挺拔，去生長／去追逐自己的陽光」，你也因為這首詩獲得了《2021 華人網路詩選》菁英獎，這三句對你而言具有什麼樣的重要性？能否聊聊當時寫這首詩的心情？

澤：當時是這三個句子先浮現出來，我先放著沒續寫。後來在參加網路社團「竊竊詩語」的比賽時，作品得到了許多關注，受寵若驚之

餘，也開始懷疑自己是否值得，就剛好接續上了這份心境。眾人的目光就像聚焦的陽光，而自己要怎麼對待這份熾熱，才不至於燒傷？我就想不如化成植物，去直面光，而光合作用裡就剛好有光反應和暗反應。所以這首詩包含接納自己的陰暗面與真實面，換個角度，其實陰影也是成就自己的養分，在寫下的同時也昇華了自己。後來每當迷茫、被他人左右時，重讀一次，似乎又被撫慰了，重新得到「追逐自己的陽光」的勇氣。

散文與詩；真實與私密

郭：在創作上，你是如何選擇文體？不同文體對你而言有沒有主題選擇的差異？

澤：我通常是順著當下的直覺，哪個文體能將主題呈現得最好，就以哪個文體來創作。我看過林廣老師說，「散文」代表真，而「小說」是善，「詩」是美，我想，散文對我而言比較難，除了我比較懶惰，散文比較長以外，另一方面是「真實性」的問題。寫散文的過程，需要去挖掘過往經歷，但我認為人的記憶不太牢靠，經常會忘記過去的細節，因此我總是努力去想起來，盡量在文章裡保持較大比例的真實性。通常我都是以散文寫某些特別的經歷或是兒時回憶；詩對我而言就能夠天馬行空，只要抓到一個點、一些句子或是一些題材，我就可以開始去發揮想像力去將它虛構出來，除此之外句子比較短，並且也能寫比較私密的情感。

郭：你在《南洋商報》就發表了一篇散文〈服役記事〉，並在臉書提及當兵「像是一個長一點的生活營，是段很特別的經驗」，能否談談你的服役經驗印象深刻的部分？服役經驗又如何影響了你的創作？

澤：因為從小唸書時，身邊幾乎是華人，算是

待在自己的小圈子裡，反而是在當兵時才真正有和其他種族交流的機會，像是馬來人、印度人，以及一些少數民族，這對我來說是很特別的體驗，而大部分人也都很友善，並沒有歧視的現象，我想，很多時候只是有心人刻意分化。我也覺得在兵役裡經歷和不同民族相處、相互扶持並合力完成一件事情後（像是越野賽、爬牆等），心裡對不同價值觀、不同民族和不同的生活型態的包容性也會更強。

彷彿在「博物館」裡陳列每個時期的自己

郭：在你寫過的詩作裡，有沒有特別喜愛的一首？如果可以選一首詩作為他人認識你詩作的途徑，你會推薦哪一首？

澤：我會推薦〈舊事〉和〈龜心〉這兩首。〈舊事〉是很反映內心的詩，寫到了博物館、暗戀的心情，以及跟一個人的距離。會寫下這首詩，其實是先看到過去自己寫的某一首詩，覺得看到了比較稚嫩的自己，以及很純粹的情感，我因此想到「博物館」，感覺自己的詩好像在博物館裡陳列了每個時期的自己，但同時又觀察到有「某些東西」是回不去了。除了感嘆之外，也在詩作裡回顧了從前的自己，並且想回歸當時寫詩的初心。

郭：以初心寫詩的當時，是否沒有太多的技巧表現？

澤：對，是很直接的寫了出來，包含對語句是否有哪裡需要修改或調整，都沒有想太多或刻意雕琢。而當我創作久了以後，開始出現一種「油條」的感覺，有時可能機械性的會在修辭上有一些技巧表現，所以當我寫〈舊事〉的時候，就是想回歸最開始寫詩時的初心，也提醒自己拿捏修辭技巧和「情感」的比例。

郭：談談剛才你提到的另一首詩作〈龜心〉，當時的創作情境是什麼？

澤：和〈舊事〉一樣，都是提醒自己要回歸初心。這首詩是在《台灣詩學》散文詩競寫時寫下，當時的主題是「動物」，我思考了一下該寫什麼，就突然想到了回歸初心的「歸」，於是就取了「歸」的諧音，寫一隻「烏龜」從起初被放生進而開始在海上漂流的意象，以及歲月在牠身上發生的事情，慢慢的，牠開始長成一座島嶼。這首詩寫的也是當時很迷惘的自己，雖然有時候也不一定知道自己要表達什麼，但是隨著意識的流動而自然的寫下，寫完後也感動了自己。

得獎的感受與未來期許

黃：你是第二屆人間魚年度詩人金像獎得獎詩人，能否請你分享得獎的感覺？得獎後的計畫是什麼？你對未來作品拍成詩電影，有沒有什麼期待或看法？

澤：很感動，很久沒有得獎的感覺了。也因為有實體的獎座，多了一種實在感。詩電影對

我而言是新的媒介，我也將它當作是詩的另一個生命，因此並沒有特別預設該以怎樣的方式創作，但對於詩電影的拍攝我也非常期待，想交給導演以自己的方式與想法來呈對詩作的感覺。

黃：頒獎活動當天，評審也對你的一些詩作給予了建議與指點，對此你有沒有什麼看法？

澤：我認為評審的意見都蠻好的，畢竟之前投稿的時候並沒有抱持一種參賽的心情，而是偏向過往寫部落格的心情。〈何以為詩〉屬於比較早期的創作，是當時對「寫詩」，以及「為何寫詩」這件事的想法和內心的過程，的確是較為零散且在技巧呈現上沒那麼成熟的。

黃：那對於二十年後的自己，你有沒有什麼想像或期許？

澤：希望能更有智慧、更有思考的深度，並且希望能更看透、看明白許多事。

流動的力量

郭：你在個人簡介裡提及「正尋找著生命和詩的流動性」，請談談這部分。

澤：這個時代太提倡正能量，一有負能量似乎就是一種罪，都會想要快速轉念。但我常會經歷自我懷疑和思考生存意義帶來的茫然感，而且心情不好和悲傷失望都該是正常的情緒，為何要去抗拒呢？所以我喜歡說「流動」——去接受情緒，讓它流動一陣吧，流動需要時間，流過了就好了。我希望詩也能有這種力量，讓人讀來流暢，讓原本滯塞胸口的壞情緒能隨著文字從身體流走。同時也是期許生活不會是一潭死水，能不斷找到新鮮事，讓它們好好流過我，激發思緒和靈感。我想，來人世一遭就是要流動起來、好好體驗生活啦！

「人間魚詩社年度金像獎」評選過程力求嚴謹，第二屆入選資格，除了一整年投稿詩作必須通過《人間魚月電子詩報》的初選刊登，還須再經「複選」、被選入刊登於《人間魚詩生活誌》達6首以上，以及「編年詩人」體例詩作至少3首、一首40行以上「長詩」投稿。詩人必須紮實長跑、多元創作，才有機會入圍。

在最後的決選階段，評審老師們收到的稿件皆為隱去詩人姓名、只有編號。本屆（第二屆）年度金像獎詩人評審會議由社長綠蒂擔任主席，與詩人蕭蕭、孟樊、楊宗翰以收到的匿名稿件評選投票，選出金像獎詩人。本次符合資格入圍者只有二人，評審討論決定，由兩位同時獲得年度金像獎。由於編輯部同仁一力堅持頒獎當天才能揭曉名單，評審們也以編號來撰寫評審點評。

詩人編號 03・評審意見

「物」與「悟」的巧妙聯繫

文　楊宗翰

這次的候選作品中，這位作者的詩語言靈活、詼諧且饒富當代感，可謂一下子就輕易抓住了讀者與評審的目光。在題材選擇上他不以多樣化取勝，但其長處在於言人所不敢言、想人所不願想，甚至一舉直探性愛書寫之禁區（〈抬頭記〉可為代表）。

當讀者以為詩人只是為了追求聳動效果，才把性暗示當作招牌來標舉時，迎面而來的下一首卻如此開篇：「從冰箱拿出隔夜心事／與一條魚比賽解凍／淚流得有點腥味」（見〈刮傷廚房〉）。像這樣充滿機智與巧思的句子，正好展示出一位詩人在最好的狀態下，可以怎麼以詩聯繫「物」與「悟」兩端，從而帶給讀者從生活即景到生命狀態的反思。

作者可能相當年輕，才氣縱橫，不拘於一；但也看得出不太穩定，像是費了功夫的〈重複〉或〈何以為詩〉——請容借用其中句子——就有點「莫名其妙」，「繞得暈頭轉向失去焦點」，難道是欲以無意義、重複感、繞圈圈，藉以對抗這個意義過剩的世界？倘若如此，我只能說實在不算成功。另外像是詩句中所用「我也是醉了」或「打口嘴砲」等詞，雖然是公認的當下著名流行語，我還是覺得用得太過輕易也略顯頻繁，畢竟離詩遠了一些。但來稿中仍不乏其他佳構，值得吾人細心品讀。

以舊瓶釀新酒

文　孟樊

這位作者入選的作品包括七首刊登在《人間魚詩生活誌》的詩作、三首編年詩人詩作，以及一首四十行以上的「長詩」。最後進入決審的詩作，普遍多為詩行較少的詩作，但這位詩人的詩行多在二十至三十行之間，相對而言，較能看出他經營語境的能力。

就題材來看，予人雖無「陌生化」之感，但這十一首詩較其他作者卻更能凸顯新意，譬如：〈法老貓〉以埃及意象寫自己的「寵物貓」；〈抬頭記〉以四聖獸青龍白虎朱雀玄武寫性愛感覺；〈刮傷廚房〉將下鍋油煎的魚寫成魚／我不分⋯⋯題材雖日常，寫法卻讓人一新耳目，意象亦有別出心裁之處。

值得一提的是，〈舊事〉、〈與自己〉、〈何以為詩〉與〈詩的時差〉都在談詩的寫作，可視為論詩詩，其中〈舊事〉一詩寫得最好，寫詩人在面對舊作的懷想，並以博物館來比喻舊作的收藏，別有新意。

但作者若干意象用得並不準確，顯得突兀，頗有枘鑿之感，譬如〈詩的時差〉第二段驀地出現的「電纜」（奇怪的物件？跟前後似無關連）、第三段「在風雨的不斷抽插下」一句（風雨的動作用「抽插」形容？），讀起來怪彆扭的。作者下筆時若能再字斟句酌，將會使詩作更顯 smooth，未嘗不是好事。

與君共飲，一杯少年佳釀

—— 淺讀澤榆的七首詩

文　語凡（新加坡）

認識澤榆是我們一起在新加坡參加新文潮「一首詩的時間——每天寫一首詩」的時候，當時他還在新加坡上大學，已經覺得他的詩寫得很棒：清新，活潑，不晦澀。而且潛力無限。

後來他與我一起向陳去非老師和林廣老師學詩，感覺他的詩藝從此更上一層樓。每一首詩都有企圖心，從不想重複自己或者前人，總是從不同的角度，發自己的聲音，總會有變化，別出心裁地創新。如此努力而虛心低調，真是一個令人喜歡的年輕詩人。

這幾年澤榆的詩藝日漸成熟蛻變，已有自己的風格和辨識度，應用修辭自然而不造作，玩弄駕馭文字毫不費力，總有佳句和令人驚喜驚豔之處，而且密度甚高。有時令人懷疑一個年輕人如何有如此「久經江湖」的靈魂。

但有時他的詩似乎變化太過繁複，如萬花筒令人目不暇接，是否會讓讀者疲勞，或不小心錯過他隱藏在詩句裡一句套一句的變化和深意？而成為一種阻礙讀者輕快欣賞的「隔」？澤榆如此用心設計的詩句是否希望每個讀者要停下腳步，慢慢賞讀他每一首詩的每一字每一句？

這裡我嘗試讀他七首發表在《人間魚詩生活誌》並獲得第二屆人間魚金像獎的詩。我只想寫出讀這些詩的感想，不是詩評。也許其中有誤讀部分，但我希望這些誤讀也是美麗的，那是澤榆的詩留給讀者的想像空間。

1.〈繁忙時刻〉以跳探戈形容忙碌的地鐵人潮，匆忙的人連別人的道歉都沒時間認領。像這樣的妙想經常出現在澤榆的詩裡，同時他的詩佳句也層出不窮。如這首：「把借過的過還給下個人／背包互撞時讀到彼此內在的焦躁（原來焦躁已化虛為實，如物件可以收在背包裡）。

詩的下半部描寫一個焦躁裡的靜，靜如一朵花的「你」，且每一步淡然如水（比喻），而「我」踏進「你」的世界，兩者有共通的呼吸，此詩以動開始，以靜結束。

2.〈法老貓〉以各種聯想的意象描寫貓，如琥珀，翡翠眼，盜墓，機關，迷宮，砂漠，沙塵暴，毛線等等。澤榆成功把它們串聯起來，成了一首可愛的詩，一隻傲嬌的貓和一個鏟屎官的關係與互動畫面就躍然紙上。

3.〈抬頭記〉以各個古代靈獸帶出若遠若近老在假裝的「你」和「我」。無論雙飛或者獨攬，各取所需時，是否真能控制好火候？或許孤獨也是好的，比如玄武，在時光的長河中伸縮自如，放慢自己，抬頭成林，是作者的自許。此詩一如澤榆其他作品，意象繁複多變，行文如流水，溫柔且優美。

4.〈刮傷廚房〉以比擬手法描寫一尾任人魚肉，任人砍刮煎炸的海鮮。說的是魚卻也是人。行文雖然語帶詼諧，其實也反諷著人的身不由己。澤榆愛用飛白修辭，如「蛋然」（實為淡然）。最後說到回歸大海不過一條腸子的距離，真是神來之筆。一條腸的距離是遠還是近？近乎？但腸都被人剖了，如何能達？那又似無限的遠了。

5.〈愚人的國度〉以喜劇手法描寫一對歡喜冤家笑得血肉模糊，哭得晶瑩剔透。矛盾而和協如這首詩一般。

6.〈浴室〉描寫普通浴室，澤榆偏能以不同角度堆疊出各種意象和聯想。如：流下的水如思念，寂寞如刀，可以切割人如容器。拔掉塞子洩漏的卻是情感。都是奇思妙想，但是繁複如斯，有時也是一種隔吧。

7.〈舊事〉這首詩澤榆又一次別出心裁地寫自己昔日的感情如舊文物，可以放進博物館。多年後回看竟分不清是進化了或是退化了。此詩不只有虛實的轉化，同時也在玩時空的挪移，收藏在舊詩裡的過往，日後何嘗不是重燃自己的火苗。

澤榆的詩幾乎首首都有其精采的地方，首首都用心良苦，不是那種用一個套路可以寫就的，不是那種十分規範毫無缺點的，不是那種寫來參加比賽的。而是一個才華橫溢卻內心乾淨的年輕人寫的詩，因為內心乾淨他的文字也如此純淨，溫柔，帶著暖意。也因此令我期待並愛不釋手。

詩電影

郭　潔　渝

張　至　寧

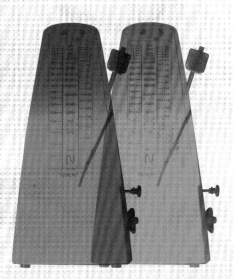

詩電影首映會　映後座談

主講人 郭潔渝、張至寧 ｜ **攝影** 魏歆曄 ｜ **文字編輯** 郭瀅瀅

人間魚詩社提倡詩與影像的結合，透過詩電影的音聲與影像，為美好的詩歌注入嶄新的意義，並讓詩歌在藝術向度裡，有了「詩生命」延伸的可能。我們創設「人間魚詩社年度金像獎」，為金像獎詩人製作詩電影，並在頒獎典禮同時舉辦詩電影首映會，活動舉辦在蘊含有文化資產、藝文、建築與人文精神的「光點台北」（台北之家），以詩歌與電影兩種不同藝術形式，在充滿藝文氣息與場所精神的空間裡相互輝映，並由詩電影導演郭潔渝與自由接案工作者張至寧對談，與觀眾相互激盪對詩電影的探索與想像。

郭潔渝 ✕ 張至寧

以「詩」為文本的再創作

張：各位詩友、線上的朋友，以及《人間魚詩生活誌》的粉絲們，大家好。我是今天的活動統籌和座談主持人張至寧。今天很開心能夠邀請到三部詩電影的導演郭潔渝到現場。在我跟人間魚詩社接觸之前，我也在另外一個詩社服務，對於詩壇和文壇一直相當關注，過去也曾經有過「影像詩」的創作，所以在看到潔渝的作品時非常驚豔。

《人間魚詩生活誌》第七期開始有「詩電影」專輯，我覺得蠻特別的是，他們沒有先把影像曝光，而是選擇用紙上對談的方式，將「詩電影」這個專題展示給原本應該只專注在「詩」的讀者，並為他們打開一個電影的視窗。對我來說，有點像是這幾年藝文界也有人在做的紙上電影，這是我覺得「詩電影」專輯特別的部分。

與詩的關係

張：我首先想要問一下潔渝，詩電影系列的創作契機是什麼？在整個計劃中，人間魚詩社是扮演什麼樣的角色？

郭：拍攝詩電影的契機，是我妹妹郭瀅瀅介紹詩社給我認識時，說副社長石秀淨名老師有詩電影的構想，在一番討論後我就決定拍攝。其實起初收到詩作時感到很惶恐，但回顧起來，發現自己跟詩的關係並不陌生，國高中時就收藏過很前衛的詩刊《壹詩歌》和《現在詩》，以前也很喜歡一位英國（其實是美國人嫁去英國，我每次都講錯）女詩人 Sylvia Plath（希薇亞・普拉斯），之前還曾參與導演黃亞歷的紀錄片《日曜日式散步者》，是關於 100 年前日治時期，用日文寫作的台灣詩社「風車詩社」的故事，所以發現自己和詩之間還是有一些連結。

詩電影導演郭潔渝與曾創作「影像詩」的自由接案工作者張至寧，於「詩電影首映會」映後座談上，相互分享並與觀眾交流對「詩電影」的想像。

找尋適合「影像化」的詩

郭： 在收到詩社提供給我詩人的 2、30 首詩之後，我會先把適合影像化的詩挑出來，接著再去想要怎麼拍比較適合，因為牽涉到製作時間及製作成本，以及適不適合影像化。有些詩比較偏向文字類型，有些詩的畫面感很重卻未必適合影像化，甚至詩句裡已有影像，又去用影像呈現，會變得有些死板，所以我挑了適合拍攝成影像的 2 首：游鍫良老師的〈權術〉、曾國平（語凡）老師的〈本月〉。我針對每一首詩寫一個企劃，會有參考圖片和劇本會怎麼進行、我在這首詩裡捕捉到的概念、它帶給我的感覺，以及我會以哪個重點去拍攝它。

張： 所以在收到詩稿之後，你的步驟是提企劃，並發想分鏡及可能出現的一些素材？

郭： 其實每部片不一樣。我最開始進行的是游鍫良老師的〈權術〉，而這一部很多都是海景，沒有辦法畫分鏡。大自然是完全不可控的，雖然設定是海景，但沒有辦法控制海，如果要先

場勘再拍攝的話，成本也會增加，所以去的當下是什麼，我們就拍什麼，這是屬於比較直接的部分。另外兩部，就會連分鏡一起先想好。

張： 你選的這三首詩調性都完全不一樣。像你剛剛說，有一些文字本來就已經很視覺化，讓我想到村上春樹的小說，其實每次被改編成電影都是很大的賭注，因為村上老師的文字已經把畫面雕琢得很細緻。

郭： 對，《挪威的森林》是導演陳英雄翻拍的，那時大家是罵聲一片，當時我第一次看到這部片也不特別喜歡，可是十年之後再看，卻發現好喜歡。所以有些作品是隨著時間，自己改變了，所看的角度又會不一樣。

什麼是「詩電影」？

張： 「影像詩」或者我們說「詩電影」，有些人形容是意識的，或是抽象的、是非線性敘事

的,其實經過時間的沉澱再看,往往都會給看的人很多新的感受。石秀淨名老師在第七期詩生活誌提到,他想引出「詩電影」這個概念,這是我一開始接觸人間魚詩社時很好奇的,因為以往很多跟詩有關的影像就叫「影像詩」,也有段時間很常用「微電影」這個詞,或者是再更早一點,短片只能出現在影展、公視或一些獨立的影像廣告裡,並且會被歸類在實驗電影。我想知道「詩電影」作為一個新時代新篇章的定義詞彙,你怎麼找出它與上述這些舉例的互異跟共質性。

郭:我比較不會在意「詩電影」被稱呼為什麼,當然這會是一個大家很好奇的事。大學時,我在金馬影展看過一部改編自法國詩人韓波(Arthur Rimbaud)詩作的影片,那部影片不是很有順序的敘事,而是有點破碎的,有點像我拍的詩電影。比較特別的是,它很像powerpoint,畫面是一些底色、色塊,比如說紅色變成綠色,再變成白色、黃色、黑色這樣,然後這樣一直變,緩慢的變。它的詩句(因為是法文我看不懂,但是我猜它應該是詩句)會是白色的,從右跑到左、從左跑到右,就這樣一直跑,我印象中應該是有人聲在唸詩吧。我會想要問大家,大家覺得這個是詩電影嗎?如果大家覺得這樣不是詩電影的請舉手。

(現場沉默)

郭:那我換個方式問,假設我今天放映游鍫良老師的〈權術〉,結果畫面是全黑的,只有聲音,大家會覺得這樣是詩電影嗎?

(《人間魚詩生活誌》發行人許麗玲、現場觀眾舉手參與討論)

許:有可能是,因為我覺得黑色跟聲音之間的對比跟張力,也可能是一個很棒的創作。

觀眾A:我認為作品出來,導演就死了。所以

我覺得東西拍出來以後,觀看者覺得什麼,就是什麼。

郭:沒錯。那我再問一個,如果詩電影只有畫面,沒有人、沒有聲音呢?大家覺得這樣可以嗎?

觀眾A:我曾經有看過一部電影,也是在影展時候看的。整部電影,它講的語言我聽不懂,從頭到尾就是一隻船,從右邊開到左邊,很大的一個鏡頭,從頭到尾就只有這樣。是詩電影嗎?是啊。

郭:是。所以什麼都可以是,什麼都可以不是,這是建立在我們自己心中的,所以要去定義詩電影的話,我自己是覺得有一點困難,不過,雖然我知道這樣也可以、那樣也可以,但我還是做一個「什麼都有的」比較安全,因為詩電影的文本是詩人的原作,我會考量到,當一般觀眾或讀者想要觀看一個叫「詩電影」的影片

詩電影《權術》劇照。(改編自詩人游鍫良詩作〈權術〉)

時，會想要觀看到什麼？換成是我的話，我應該還是會希望聽到有人在讀這首詩，因為詩特別的地方，是除了文字之外，也有各種去讀它的方式。

詩裡的「聲音」

郭：剛才胡淑娟老師的同學朗讀詩的方式，就是一種方式，而澤榆的朗讀也是一種方式，不管你用什麼方式去朗讀它，那都是你詮釋的方式。在我對詩這種語言的想像裡，「聲音」是很重要的。當然它也可以是很視覺畫面的，比如說把字排列成圖形狀的詩，不過一般來講，不管是中文詩或是西洋詩，詩的唸法每個人各有不同，所以我拍詩電影時，一定會把聲音朗讀考量進來。而每一首詩給我的感覺不一樣，比如說石秀淨名老師的〈大見解〉，在初次讀時，很多段落在我腦裡會直接產生朗讀的聲

音，有些是用怒吼的，有些是竊竊私語，或是詩裡面有一些括弧裡的字句，我看到的時候就覺得它是氣音，就是這種很直觀的感受。如果回到剛剛至寧說的詩電影「定義」方式，我認為每個人都可以定義，也許我們再拍更久、拍更遠，就會開始有「什麼是詩電影」，「什麼是微電影」的約定俗成，或是哪一種比較像「影像詩」。

張：你的意思是，詩電影其實是一個主觀感受，而不是作為一種載體被定義？

郭：我目前的感受是這樣。我們如果說要拍詩電影，也可以拿起手機就拍，每個人的方式不同。

張：剛才我們討論到法國導演的影片，讓我想到賈曼的《藍》，畫面是全藍的，整部片是全藍的，只有賈曼一個人在講話。

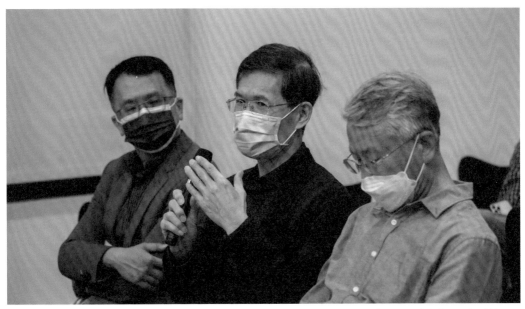

「年度詩人金像獎」評審孟樊提問。

孟：對，賈曼的那部片，螢幕上就是一片藍，因為賈曼後期已經失明了，這其實也是他自己切身的反應，畫面從頭就是藍的，藍到整段時間都是藍的，他用旁白講他自己的創作、他的人生、他的感想，雖然不是用詩的語言來說，可是從某個角度來講的話，這部電影裡，導演談他的創作、他的人生，其實也有詩電影的感覺，所以如果把詩電影再擴充來說，也不見得旁白或是裡面的聲音就是詩的語句，是不是？如果是主持人講到的這一部《藍》，大家怎麼看？

張：對，非常感動，我覺得我們心有靈犀。剛才馬上想到這個作品，因為它的文字就是非常的詩意，所以當視覺跟人聲、文字內容中的「詩性」達成一致的時候，在觀看上面，或許我們就可以把它當成詩電影。也許我們可以很直觀的看到，「這是劇情片」、「這是詩電影」，我們可以期待那一天。

郭：剛才有提到，「聲音不一定要是詩句」，其實這一次我有做類似的事情，只是可能還不夠大膽。在《大見解》裡面，有些時候是有字幕，有些時候有人在講話，或是都沒有（但沒有字幕），那是因為在講話的聲音其實是朗讀詩句，只是詩句並不是按照石秀淨名老師原本在詩裡呈現的位置，有些時候甚至是有點破梗，提前出現。

張：有去疊合或混音的感覺。

郭：對，那時候有試圖想要做，但是因為這不只是我自己的創作，我認為還是要回到詩裡面去，因此就沒有像剛才說的，放進別的不在詩作裡的東西，不過也許以後可以偷偷放進來。

張：我想要多問一個問題，這三部詩電影的創作過程當中，是沒有直接跟原作者（詩人）討論是嗎？

郭：對。這也是我一直考慮的事情。

張：我好奇的是，日後你是否會考慮在創作詩電影時，多一個前置作業去跟詩人討論或思考，彼此對詩被影像化的想法是否有共同處？

郭：其實我一直有在想是否跟詩人討論我要怎麼拍，可是我比較擔心的是，一旦真的討論了，萬一詩人提出的方式，是我們沒有辦法做到的，那該怎麼辦？

張：比如他想要拍宇宙大爆炸，你做不到。

郭：對，我要怎麼接招，那會有疑義。

張：了解，這真的是很現實的考量。

郭：對，是很實際的問題。

張：因為詩人的想像力很豐富。

郭：對，我就覺得我完蛋了。

詩電影的創作靈感

張：好，以後如果我要拍的話，我會考慮這件事情（笑）。剛剛我們在前面有談到，潔渝創作的過程是會先消化原作詩稿，然後去連結自己的想法。我自己過去在編導作品的時候，有經過一個很辛苦的創作歷程，有一點像是你要先探詢，然後去採集，最後去重組你手邊所有的資訊也好，靈感也好，或是思考碎片等等的，其實這個創作過程是蠻辛苦的。你這三部作品

之間有間隔一年，我覺得以電影的製程來說，隔一年也蠻短的，這是你作為一個導演，在這個時期所可以端出來的作品，而我也好奇，你對這三部作品的靈感是怎麼產生的？

郭：這三部雖然隔了一年，但我中間其實有挖洞給我自己跳，等一下再分享這個故事。我一開始拍的第一部是《權術》。〈權術〉這首詩是詩社交給我游鍫良老師 2、30 首詩後，我從裡面選出的。選這首其實有一些個人喜好的理由，再來是實際考量。我其實讀這首詩好幾次，但讀到某一次的時候，突然發現好像之前都沒有讀懂。我不知道是我沒有讀懂，還是說我把它解讀成另一個意思，總之我發現我非常喜歡這一首詩，於是就決定選這首詩了。而實際考量上，這首詩剛好蠻短的，成本的壓力也會比較小。而這首詩吸引我的地方是，讀的時候可以感受到濕濕黏黏、暗暗的。

張：潮濕。

郭：對，就是那一種潮濕感，像我們很愛提王家衛電影裡的對白：「所有的記憶都是潮濕的。」

張：對，這是某個世代的共通語言。

郭：沒錯，所以當下就選了這一首詩。接著就開始想，潮濕、暗暗的感覺要怎麼處理。首先想到的是一個黑色的房間，接著就想務實層面，有沒有辦法生出一個黑色的空間來拍。先上網找，租得到黑色的攝影棚之後，再繼續想，要怎樣寫這個劇本。因為我不可能想一個超美的劇本，但是卻拍不出來，或是沒有辦法拍。所以整個思考邏輯也許會跟大家想的會不一樣，我會先想一些務實的層面切入思考，再想如何在這個範圍裡落實，並且是觀者也可以接受的。

詩作給我的感覺因為是潮濕，所以也自然會想

到水滴，所以這部《權術》裡也放了一些水滴聲。除此之外，自然界裡面量體最大的就是海，而且海的變化很大，和這首詩的情緒轉折起伏很大有點相似，所以就安排北海岸一日遊，去北海岸各個角落，可以拍到寧靜的海，或者是狂暴的海。當天我們拍到黃昏，而黃昏也是一個意外，我本來想，來拍「縮時」好了，結果它變成影片裡面很大量的一個部分。這時候也是有一些運氣，或是一些時機巧合的部分，我就會把它放進影片裡面。

張：那《本月》跟《大見解》呢？

郭：一開始是《本月》跟《權術》一起交給詩社確認，但是要拍的時候，突然疫情變得很嚴重，無法實際去拍原先劇本裡安排的開放空間，所以就先放著，先拍《大見解》。而《大見解》拍完之後，我又把〈本月〉拿出來看，發現已經不想拍原來的劇本了，但是因為預算都已經談好了，所以我調整劇本的方式是，先在腦中想一個符合預算的方案，因此一切變得緊繃。像大家可以看到影片裡的一疊書，可能看起來覺得還好，只是書櫃的幾排書拿下來，但是拍攝時，我從家中三樓搬下來，然後再搬到四樓的攝影棚，拍完後再搬回三樓的家中，一直重複同樣的事情好幾次，也就是剛才說的挖洞給自己跳。

張：這就跟螞蟻一樣。

郭：對啊，知道很辛苦，但一樣繼續做這件事情。

張：拍片就是燃燒熱情的事。

觀眾 A：導演，你沒有製片助理嗎？

郭：目前沒有，如果以後我們有更多預算的話，應該就可以。

張：大家多贊助人間魚詩社，我們就可以產出更多的作品。（笑）

對文本的「再創作」

（人間魚詩社「年度詩人金像獎」評審孟樊舉手參與討論）

孟：剛才你有提到，要從詩的作品裡面挑出自己比較有感受的，事實上，以導演而言，在閱讀這些詩作時跟一般讀者不太一樣。不是只有「有感」而已，更重要的在於去考慮如何影像化。以文字創作來說，包含詩或小說等其他文類，它的語言就是文字，而電影的語言是鏡頭，所以把文字作品呈現為鏡頭語言，已經牽涉到二度創作。其實我不太贊成拍成電影時去跟原作者溝通，因為這其實是兩條並不完全會相交的路。譬如說，剛才主持人提到陳英雄導演的《挪威的森林》，原作和電影我都看了，剛出來的時候的確是不同的意見很多，可是我覺得也不能太怪導演。村上對場景的描述很生動、很清楚，可是這個場景怎麼以畫面來呈現？電影透過鏡頭來說話，光是一個場景就可以用特寫、用近景、用中景、遠景，光是近景、遠景的意義就不一樣了，而這部分，文字是沒有辦法交代得那麼清楚。

唯一有一個例外是，我不曉得各位有沒有讀過羅青的錄影詩？他有一本《錄影詩學》，當中的錄影詩，文字描寫是以鏡頭帶進來，用類似括弧來帶進來場景，包括鏡頭的拉近、拉遠，如果比照羅青「錄影詩」所設定的鏡頭移動，再把它拍成影像的話，我覺得二度創作的意義就不大，因為他在文字裡的鏡頭處理得很清楚，這是例外。以這樣的狀況來說，我認為沒有導演願意去拍他的錄影詩，因為導演沒有發揮他的作用，這是我的一點感想。

郭：我覺得錄影詩聽起來還是有可拍性。

張：比方說畫面從左到右，這個玩法實在是很……

郭：對啊，你不一定要照他，你可以拍他正在做這件事情，其實還是有很多做法 。

孟：你先讀一讀就會知道了。他的鏡頭處理交代得很清楚，所以二度創作意義就比較不大。

郭：好。感覺有點像劇本。

張：我覺得這蠻值得詩電影來挑戰。剛好老師講到過去曾經有錄影詩這種指令非常明確的，把詩影像化的作者，想要去控制一些因素讓它成為理想中的影像，但也有像潔渝這樣，覺得詩電影不應該被限縮在某種框架裡面，這回應到剛剛觀眾提到的「作者已死」。其實我們在談論很多藝術作品的時候都會用「作者已死論」來討論，我在讀詩生活誌裡，潔渝跟另外一位黃靖閔導演的對談時，有提到希望觀眾看完詩電影後，產生一個自己的見解。

我想問一下，對於不同背景的觀者，如果我只是一個單純的文學接觸者，我可能對影像作品接觸得不多，或者所看過的非一般劇情敘事的影像不是那麼多的話，我如何進入詩電影的這一道門？

郭：你指的是，如果我們的背景不同，我們也沒有看過原詩作，而是直接看到詩電影的時候，我們會怎樣去解讀嗎？

張：對，怎樣為還找不到途徑的人，去把詩電影的大門打開？

郭：我在剪接《大見解》的時候遇到一個可怕的困境，在第八期的《人間魚詩生活誌》裡面也有提到。狀況是，石秀淨名老師的這一首詩，一開始是：「一根羽毛／隨風飄蕩，脫離了／自由意志，脫離了某個身體」，它是從一根羽毛開始，所以可以看到這部詩電影的畫面，一開始確實是羽毛。我一開始在剪接和寫劇本的時候，就落入這個可怕的洞裡面，這是很直接的想法，詩句裡提到什麼就把它拍出來。剪

接也是剪出這樣一個版本，畢竟會擔心詩句跟影像沒有完全對上的時候，大家會不會接收不到或看不懂。其實我對這樣的初剪版本並不滿意，但也就先這麼做了，並寄給詩社請大家看，結果大家的反應很平淡。

張：喔，太出乎意料了！

郭：那時狀況是，這裡有一棵樹就拍一棵樹，有羽毛就拍羽毛。

張：有樹影就拍樹影。

郭：對，就看圖說故事，可是這樣沒有意思。

張：那失去再創作的意義。

郭：那時候就想，怎麼辦呢？初剪的版本我也有寄給詩生活誌裡和我對談的小毛（黃靖閔）導演，她那時認為這部分可以再調整，包含開頭的聲音也可以再加入類似鐘聲的聲音。當時聽到她說鐘聲，心裡就想，對，初剪的版本是沒有音樂的。只有影像跟朗讀聲（朗讀聲也不是大家現在聽到的這樣），才開始驚覺，自己怎麼會放棄了原先直觀感受到的東西，而去配合認為大家都可以接受的東西，結果又變成沒有人可接受。那我做這件事情到底幹嘛？我就決定要放下這些規則、放下對觀眾看不看得懂的擔憂，直接做一個「我感受到它是什麼，就把它做出來」的版本，重新把自己所感受到的放進去，不用完全讓詩句對應到畫面，它會有些錯落，或它是完全不相干的。

在《大見解》裡，大家也可以聽到一些嗡嗡嗡的低頻聲音，這和小毛說的鐘聲有一點關係。我把那陣子買的音叉收音，再做一些變速和高低音的差別，所以有一些震動和尾音的不同。

張：到目前為止，詩電影呈現出來有沒有被反應過「看不太懂」或者是其他想法？

郭：這是個好問題。我剪了最後這個版本時，心中想說，如果看不懂，我也就算了。結果反而是這個版本，我收到了很多「好喜歡」、「好感動」的回應，或者是「雖然看不懂可是好喜歡」、「一開始就抓住我的眼睛了」等等。由此發現，我好像不要擔心他人看不看得懂的問題。

張：這其實有點像我們去美術館，就算不知道這是誰雕刻，誰畫的，不知道他的技法有多厲害，可是能感覺得到那個美。

郭：對，就是一句老話，見山不是山，見山還是山。

在平凡的生活裡找到「美」

張：最後要問一下潔渝導演，這三部詩電影，算是你第一次拍這樣類型的作品嗎？

郭：是。

張：身為攝影師（你的本業），或者是導演這個角色的時候，你覺得詩電影這個創作歷程，對你產生什麼樣子內化的影響？你未來會不會再繼續嘗試？

郭：我覺得這一次拍三部詩電影，自己某一種感官能力，或某種能力好像被打開一樣，因為以前沒想過要把一首詩拍成一部影片。所以這一次拍這三部詩電影，我感覺得到自己有在變化，比如說這三部的放映是《權術》、《本月》、《大見解》，其實拍攝的順序是《權術》、《大見解》和《本月》，大家應該可以發現《本月》跟另外兩部很不一樣。這個不一樣是來自於，我挖了個洞給自己跳，自己說要改本，除了是因為疫情的關係，還有是我對這首詩的看法改變了。前面兩部是比較實驗性質

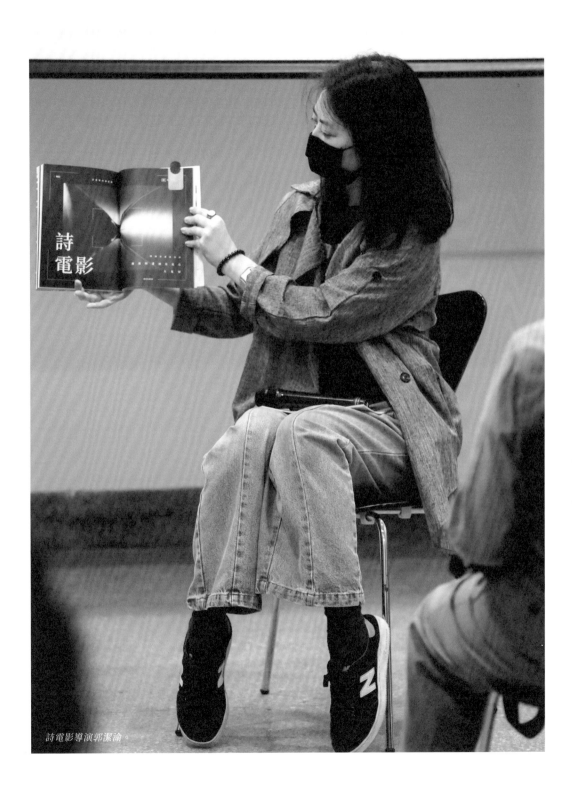

詩電影導演郭潔諭。

的，〈本月〉這首詩其實是比較生活化一些的，它是貼近每一個人的。我認為大家都有過買了一堆書，可是沒有看完它，或是寫了很多東西，寫一半就寫不下去了，但是又不知道該怎麼辦的經驗。

張：一首詩改了十幾、二十遍，就是寫不好。

郭：對，就是寫不好，只能放著而不能發表。有很多這種共鳴，後來就決定從生活經驗裡去重寫這個劇本，對我來講也是一個進步。因為有時我會覺得，好像拍一個很炫的東西，看起來很華麗，這就是厲害、這就是導演功力，可是不是這樣的。真正難做到的反而是，你要怎麼在平凡的生活裡面找到它的美？你要怎麼去詮釋這個美？

張：我們在做攝影的時候，有個術語叫做

「Magic hour」，也就是魔幻時刻，剛剛聽潔渝的各種分享會讓我聯想到，不管是透過詩去尋找影像的「Magic hour」，或者在寫詩的過程產生靈感的「Magic hour」，這些魔幻時刻都是讓很詩性的藝術作品能呈現它的美，一個很重要的，靈光一閃的感覺。

（活動尾聲，總編黃觀發言）

黃：謝謝大家來參與今天的活動。詩電影是我們所首創的，在開始做之前，其實我們也不知道什麼是詩電影、到底應該怎麼樣創作出來，但是我們今天呈現了三部詩電影。謝謝導演潔渝，詩電影在人間魚詩社會繼續進行下去，我們也會持續安排拍攝金像獎詩人的詩電影，謝謝大家。

ABOUT 張至寧

世新大學廣播電視電影學系廣播組畢，轉換在音像、文字、表演藝術、文化等跨場域間，現為自由接案工作者。曾任職於獨立書店、文學社團、劇場、劇團、影展、電影修復保存單位、影視製作公司、電影美術等。專長於文案及企劃撰寫、場景佈置、道具陳設、活動執行、演出執行等。曾導演影像詩「女書店二十週年紀念微電影」《孵》，並創作過小型展場、舞台佈景、手繪貼紙與字體等。長期關注電影、人文與公民議題、獨立音樂、出版、策展等領域。

ABOUT 郭潔渝

2008 年畢業於世新廣電電影組，現為影像工作者。

個人參展經歷：

平面作品《實物掃描》系列獲得 2008 年室內光年度大賞，參與攝影的畢業製作《肆月壹日》入圍 2009 年第三十一屆金穗獎學生實驗電影，平面作品《The Rite of Love And Death》2011、2012 別入圍法國 PX3、美國 IPA 攝影比賽，平面作品《實物掃描》系列 2014 年於香港 K11 Art Mall 個展展出，參與攝影的短片《理想狀態》於 2015 年台北電影節放映。

在金像獎詩人的道路上

on the road on the road on the road

走

10
on the road

上路道的人詩獎像金在

詩獎像金在

走在上路道的人

on the road on the road on the road

10
on the road

走在金像獎詩人的
道路上／詩人群像

馬盛輝

默山

逸清

流點（馬來西亞）

顏瑋綺

林鉑翔

鍾小魚

湘默

林芎

李可榮

徐行

高朝明

江郎財進

和權

余言

黃士洲

梧桐

艾亞娜

謙成

景色

——古魯

黃昏的湯匙邊舀起紅色的蘋果
供應鏈的嘴巴裡叼著地球的落日
在亞洲的地平線上
走過一間又一間的工廠

守門人的背影溶於
此時北回歸線上的藍色天空

再見吧！
昏睡的山
月亮已經摘下一天的行程
在海的波濤裡找到安身的客棧

品牌

——古魯

如果日子是個品牌
我將替它寫詩
命名、慶祝
放進我的廣告詞裡
每個句子將會是金色的玫瑰

要是它們一起在春天來訪
我會招待它們
插在不同的花瓶裡
讓每朵花盛開
然後用驚歎號和語言裝飾起來

直到
所有的日子都成為地球上的符號
不論它們是
路過的星星或是離家的太陽

斜著看我的月亮

—— 古魯

初五
我在早晨剛剛完成一首詩
企圖擺脫舊有的記憶

月亮是一隻站在高處等待夜晚降臨的灰鳥
睜一隻眼
閉一隻眼地對着我斜看

它也在枝頭唱歌
當它試圖掙脫束縛
在陽光中並沒有被陶醉

整理身上的白色戎裝
備齊美夢
展翅向霧霾的黎明飛去

黎明的聲明

—— 古魯

一堆死去的皺紋和活著的皺紋
攪在一起的天空
它輕輕吹著口哨
當我的生命試圖通過我的心臟時
它潛伏在每個細胞節裡

一個新的夢想剛剛結束舊的夢想
雖然我並不急於改變
日出推翻了所有的現象
包括曙光乍現

所有的意象都匯集到死亡邊緣
它繼承光明的存在與露珠的存在
從一棵樹跳到另一棵樹
我知道
跑在它後面，一切將會後悔

另一半的憂鬱 ——古魯

聽鳥兒們談話
句句沁入我的耳中
白雪在皚皚的陽光下融化
全身充滿壓力和掙扎

地殼板塊移動的聲音
引起我的震顫
月亮修長的鐮刀一揮
昨日變成兩段

我將剩下的一截
倒掛在今日的窗櫺下
它偷偷溜進巷子裡
撞見了我說：
它要找回失去的另一半

觸摸 ——古魯

我觸摸不到閃電
是閃電在黑夜裡觸摸了我
並且給我黎明的鑰匙

我作夢
我醒來了，凝視窗前
月亮從偏僻的阿里山公路旁的小徑離開我
手機的號碼分裂了好幾次
但我沒有撥給妳
我也觸摸不到妳底名字

好奇心離我遠去
玫瑰花、露水
我觸摸過的每一樣東西都離開了
時間
我唯一的愛情像襯衫上的鈕扣
它讓我不至於太孤獨

牧放

── 許哲偉

將自己種在時間草地
浮雲像綿羊遊閒空曠天際
春深，坐禪的夢蝶闔翅
陽光中有白荻

眾人的眸光如遙遙星群
是否與我聽風聆雨
我的詩，骨架做成的哨音
其聲清亮

思緒是伊始返抵的野火
齧啃一行行青綠文字遺跡
霎那間，荒蕪焦土
天明時又冒出潮濕露滴

永恆的文字

── 許哲偉

遠方炮火不像煙花
日曆上的事件讓文字很荊棘
我寧願如蜂蝶般飛翔
循香穿梭妳的春光

掌紋風向總飄去鼓浪的島嶼
隔著手機藍海看妳
三月櫻永不凋零
有愛，一切就能永恆

妳的明眸成一盞夜色疆域
風依附成麗美窗影
我的靈魂像潮濕飛奔的雨滴
戀著──
晨曦初醒的詩句

做夢的人
—— 許哲偉

餘生，很短
不適合做春秋大夢

心如隧道，黑暗
大海直通的盡頭光亮
其實懸崖墜落較快
外表憨樣，算盤不斷撥響
地下室巢居歲月
染紅自己以為太陽

政治，高明騙術
一次而已
主張舌舔敵人的都還在
歷史裡長跪著
這人，將來一樣

浮水印
—— 許哲偉

時間是山以倒影姿態
浮映在回憶的水面

生命沒那麼偉大
微笑，一向幸福預告
隨波逐流是好
地球最接近月亮時
引力大潮

愛情的寬度縱深不長
字外，餘韻
浮水印蕩漾在妳心上
如果星子要借我的午夜發光

轉而另一種形式的冷 ｜林鉑翔

昨夜我們圍著的篝火僅存裊裊
山巔披頭的散髮益發蒼蒼

侯鳥離去，至今已有數月
星夜已矣，日光乍現
冷月仍不肯離去

懷裡掖著的小酒瓶，在必要時
將多餘的溫存放，切莫貪飲。

我們轉而另一種形式的冷，
行囊滿滿的孤獨，往
另一道冷鋒前進。

ONE BOY ｜林鉑翔

滿城盡舞蒲公英，出走
自我經年衝鋒陷陣的金縷衣。

飛舞是離棄，還是解放？征戰
數年，削瘦是答案。

也許妳已厭倦了每每說好卻又
失約的還鄉衣錦，也許你不再
是唯一的男孩，男孩老了。

倉皇的大街，衛星定位不了的
康莊，也許抵達羅馬之時，你已
沒有勇氣走入競技場。

破敗是歲月，縫補的是勳章
只有偶來的風鼓動著虛胖，還行！
掩過眾目，趁風再起，把堅強穿上。

佈橘

—— 林鉑翔

得將懷裡的橘子兜的更緊些
特別是其中的敗壞，有些。
譬如賭局，譬如殘局

最好你別發現。

許久以來，我的徒勞無功
無一不是想製造美好的結局
給你纍纍的，飽含忘憂的汁液。

望著你的項背，我懷抱著
的樣子更嫌猥瑣。也請別回頭
我再也無法給你筆挺。

就讓碩大繼續碩大著吧！目送你
的同時，我是如此愉悅的佈局著。

素描

—— 林鉑翔

炭筆吐實了歲月

母親描繪成
雜亂的妊娠紋

浮誇的孩子
口水都流成了鐘乳石

給你點顏色瞧瞧
黑白不清
是灰不明

最深的往事

── 語凡（台灣）

撞向冷冽寒冬的鬱悶
揉了揉窗櫺上不溫柔的雨聲
呆滯的眼眸映入窗外的淅瀝
時光掠回池塘的枯萎荷花

汙泥混雜校服的淒厲
是那麼清晰 冷空氣一樣淒涼
的確，倒頭栽，思回熵的肇始
夜空瀉下黑幕，星火
再次點燃海馬迴的記憶

燐光漫草，即使久遠
光影的淒楚 癯瘦 水漬，以及
淋在胸口那灘溼，依然 依然
讓風鈴唱出最深最深的往事

夢回起點
所有灰色的季節皆已焚身
惟，餘緒灰燼仍在記憶深處紛飛

破曉山林

── 語凡（台灣）

像似
一種懸念　趕在黎明前
為灰暗的山林　揭曉

有點冷
孤獨帶著斜坡的冷峻
細細看著　靜默芒草
裹著與昨夜星辰一起繾綣的露珠
閃耀　羞澀

抽身的步伐
依著山徑的慣性
穿梭在枝椏縹緲間
泛白的天色推開了煙霧的迷離
旭光也點亮了莖葉的脈絡

到了山頂
初醒的夢　帶著高度的美感
眺望一起入夢　卻錯失知曉的靈魂

霧之祕

—語凡（台灣）

輕輕掠過曦光
溜進林間
揣摩起青翠的霧
不斷逸出婆娑的芬芳
將神祕的過去掀起

冷冽蜷縮成一團
風乘隙進入
欲拆散那朦朧的面紗
露珠的對白，開始
將積攢的回憶慢慢擠落

摩挲臉龐的濕涼
漸漸喚起記憶的細節
明亮陽光 透析薄霧
確認模糊的部分，是
毋須未雨綢繆的毛毛細雨

這段遙遠的霧
在偶爾懷念的時刻，仍會
忍不住設想濃度不同的結局

終生寫詩

—和權

暈燈說：
桌面是平靜的湖
筆是釣竿，用來釣名
釣利
哈哈大笑我說：
這支筆只用來撫慰
人
生
寂寞和孤獨可以為證

月光淚

——和權

月光，流洩下來
像止不住，止不住的淚水

窗內，剛寫的詩
像一隻，一隻滑行的
扁舟

你站在輕舟之上
身心，已被冰涼的淚水
濺
濕

疫下的炮火

——和權

戰爭是
一首浸泡淚水的詩
一曲哭聲唱出的悲歌

却未必撼動了你的靈魂？

致那個下午──我們對坐而靈魂靠攏
晚晚

1.
像一名漁夫上岸
姿勢回到朝氣的清晨
海平面高出的不是你的溫度
是不是那些熱鬧的倒裝心情即將出櫃

有腰桿打直在一平方米的自尊
每天跨出雲翳寄生的天空
再走進人海
拿拾荒的心擠成快樂
甚至赤裸得很雷雨很機車

當然要減速慢行
當一名情緒退潮的漁夫
除了女人,曲線起起伏伏的
都丟進海裡

2.
約會撞期那天
想寫公園裡鹿跟綠怎麼了
想海葵若移居森林
或可在湖心解救多病的日光

而日光多麼綿羊
知道怎麼娓娓地離境
畢竟晚霞哭美黃昏的時候
這天意我無能破譯
站牌先哭接著椅子也變火的天敵
車窗改了故事的路線
比我先吞下一首真人限定的詩
無所謂。我們被許多公車經過
病情已不那麼需要被燃燒

3.
你暗自發光我不戳破
那幾把有力的知心
無意間擦撞影子

快感都追撞在隱匿的撩撥
於你四平八穩的肉身印上
X 的心境,我封印的蕾絲
眼睫、指甲,勾不完情緒的毛邊

4.
失去一條腿像失去一個昨天
匱乏在那兒以便於
可以隨時用回憶
支撐想像
力如現在還給雨坐好坐滿
點選憔悴的日子
可以多麼愛
我們用完精力
今天藉口放懶放涼的讀
一首廢詩

你嘴盲了,要過不過的
卻找到手的出路
黑暗中再畫一張嘴
安寧堰塞的肺

時有詩意長出了謎
例如腳下回收的文件不具名投票

我懷疑你爆衝的靈感
幾張拼成得意浮萍
可以搖擺、方便折疊
因為下了班加班的都是安靜的牆

5.

請坐，奔跑的夜，請坐
用生命邀請的永遠活著
多數的寧靜是痛過的
把我，挪開，像吐出語助詞
推開理性那樣，請坐，妹妹

光追求你，很久了

是不是淤泥讀着
整座池塘的思想？
不想開悟的都來來去去
這池涅槃的年份也很光年
躺成石頭的靈魂
看時間也節哀了
變做陌生的祠
那些閑坐耳語
是風抄寫時的逗點
斷開行屍、走肉
等所有的姿勢除盡
只剩一種
放下
你丟了一塊方糖
我認識周圍更多疲倦的路
地圖上未說的秘境
竟都是無須言語的世界
寂寞昏迷，沒有人在
自問自答

雨傘背後
—— 晚晚

我從春花去塑形
身體就充滿滋味
流下來，供養你

開門的身影不留悲哀。沒有悲哀
也能標示時間作標上的意義
像星光一樣堅韌在那個畫面裡
如同黑暗，用一生引誘
證明我們不過是湖泊

閃亮，倒懸，不滴下來
那其中的魚群就不死

羈旅的霜雪下在上面
我醒著像一張白紙

沙沙水聲都想宣告獨立
你如此肯定。我留下來
做好多啞光瓷瓶等野薑花開

所謂歷史：不過一夏的蟬鳴等待
一瓣瓣剝落，一句句
縫在身體裡骨折的聲音

這是春分過後
被遺忘的節氣
這是春分過後
誰為我長滿青苔

恰如其分
—— 晚晚

只有夜半起來的月光
在梳理傷心的長髮
視線裡盡是明亮的段落
不慌不忙，解構夜的生死
而遠處星星剛經歷一場爆炸
她繼續代換所有的輕音
彌留般應許平靜張望

空氣放鬆，練習藏住影子
像我藏住你
用寫實主義勾畫愛你的荒謬
做個有光的人

赤足走進春天
—— 扶疏

感受到你的氣息
朦朦朧朧地降臨
我褪去殘留餘溫的毛襪
赤足走進你
比靠近更近

晨霧模糊凹陷的腳印
我走進一地柔軟的嫩綠
用滿腳的泥濘躡足
繞過垂掛葉尖的露珠
不驚擾他們萌芽

你一絲絲收攏陽光
治癒我臉頰的凍傷
天空褪去了憂鬱的神色
換上嫩黃色的清朗

你將花蜜擱在舌尖
迤邐整個花園
用玫瑰花的尖刺
為我的腳踝刺上春景
多麼溫柔的傷害
因為是你所以可以
只要是你
什麼都可以

十字路車站
—— 扶疏

年輪的漩渦一圈圈指引
十字路的神秘入口
等待著時光不經意的探詢
緩緩明亮了陳舊

這裡的景物不一般
木屋木窗木桌椅
生鏽的門鎖輕扣
沾染苔色的青春

這裡的咖啡不一般
山嵐融入氤氳的熱氣
樹的倒影映在杯緣
在舌尖開出溫熱的繁花

這裡的列車一天只有一班
森林等待轉角的鳴笛
霧裡方向依舊清晰
如夢似幻的十字路
有喃喃絮語的微風

春曲
—— 扶疏

軟綿的風
吹動我的髮
你說
髮絲像飄揚的琴弦
你的手
是彈琴的手

我沉醉於你的指法
彈奏著慢板的樂章
漸強的心跳
抖落光陰的塵埃
音符似飄散的蒲公英
在春風中開始旅行

飛到河床
輕撫乾涸的裂縫
飛到山頭
呼喚融化的冬雪
我們都濕潤了
從身體開出了花

一拍兩散

— 馬盛輝

我沒去哪裡
我只是喜歡
最近的遠方
我的彼岸
就是你的身體
長夜漫漫
十萬八千里
我要走遍整個你
我的眼睛和手指
拖著欲望的行李
我知道水和岸
始終一拍兩散
我只想化為
最輕最輕的
撫摸

煙花

— 馬盛輝

我們
是唯一怕水
又怕陽光的花
也是唯一
在瞬間盛放
隨即雕零的花
我們的種子
都灑落在
人們的眼里
他們形容歡場女人
為煙花女子
是呵
我們就是五光十色的
妓女
與人們心中的黑暗
造愛

傳說

—— 顏瑋綺

地殼的臉有了裂縫
日夜日夜的擴
日夜日夜的大
山下的人，根在這裡
日昇月落，生活在這裡

只是存在，在
警報也是
謊言也是
病毒也是
焦慮也是
恐怖也是

存在，在
火山爆發是一種自然現象
熾熱的岩漿，流竄，破壞，摧毀
黑夜綻放紅光
火山灰沒有白晝
千年神木揚起火炬
湖水沸騰汽化
耆老口傳的祕寶現蹤
原來是最早的定基廟

村子東廟前兩頭石獅子
跟著岩漿跑了起來
廟埕前嬉鬧的稚童
閉眼前，還是想不透
石球怎麼放入獅嘴

在
滾燙的熱氣
讓方圓之外的佛土
都感覺暖意
此消彼長
輪迴的交替

渡冬的千鳥離去
火山土迎來綠葉生長
農耕定居延續
稚手撥動獅嘴內的滾石
廟後的山
青樹翠綠

面目 — 顏瑋綺

日光下倔強的結晶瑩亮
層層的雪粒
疊疊疊疊的白色世界
無所謂，蜉蝣遊戲
風暴瓶預言氣象
久遠的世紀
無法掌握晴雨
結晶是羽毛如履薄冰或冰絮
玻璃瓶拘禁化學物
一個創世紀或大霹靂
用雙目觀晶體的，變
氣溫，濕度或季節替換，介入
造物主，只是看，拍照，拂塵
多數是遺忘，自長自在
風暴瓶，無恙
鄰居沙漏已碎了一地
一沙一天地
裂開的剎那
無涯無數世界，誕生
琉璃沙，是我是我都是我

議題 — 趙啟福

迷路的鹿衝撞
每一個出口的可能
不去探討
不穿上一身保持
優雅的理智
任由情緒
劃出不容侵犯
的範圍
領域之內
同溫的家人，領域
之外，是必須抵禦的洪水
帶來猛獸

於是失真，傾斜而混亂
誰也看不清霧中存有的，本質

彼此
—— 趙啟福

熱紅的情緒
漸漸降溫
你是平靜的
水面
不曾言語，不曾
編織任何安慰

只是以溫柔
廣闊的胸襟
接納我
所有的不完美

於是圓滿
契合彼此成為彼此
唯一的光

變與不變
—— 游鋆良

吹笛的牧童
找不到牛背坐騎
只好步行沿路採擷
笛聲貫穿雲霄

蜿蜒的山徑慢慢吞落紅霞
村莊的美勾勒大地的作為
隨著時間起伏山脈悠悠
一朵朵招搖的蝴蝶順勢架起青果
六月就是豐收的喜悅

還記得自己的童年嗎
那些牛背上的詩句
走過故事背脊
緩緩挺起腰桿的青年

鄉村到城市
星移物換的汗水和著悲喜哀樂的曾經
累積歲月痕跡
波浪鼓的聲音從公園傳來
輪椅上的嘮叨沒有改變外傭的辛勤

城市到鄉村
辛勤依舊
純樸不再那麼堅持
嘮叨聲此起彼落
廟前的石獅子忠心不二
燒香的老人對著神明一再請託

意象的經營

游鍫良／台文版

風吹天頂飛
手牽絲線慢慢仔搝
搝一條心內欲愛的景緻

雨毛仔沃落春草
掖肥的日子沓沓仔展大

看著啊
看著青翠的山崙頂
浮出七彩霓虹

目睭有光
跤步就輕鬆

意象的經營

游鍫良／華文版

風箏天上飛
手牽著絲線慢慢拉
拉一條心中愛的景緻

細雨滴落春草
用心施肥除草就一日一日長成

看到啦
看到青翠的山崙上
浮出七色彩虹

眼神有光
腳步就輕鬆

把我的時間全都日夜顛倒

——雨曦

假期悄悄奪去腦海裏的剩餘思念
在窗外的花落他的眉間，漸漸散去
當作一抹未曾見過的晚霞
風吹動月的融入
我冷，卻早已離去

輕輕的等待那未曾開啟的心門
他有了解飛鳥的盡頭
如果未來是彩色，便讓我自欺欺人，不說
我們的結果，反正衛星接收到人類
的信號
不過敲打點點點點，又是誰的指示

世界的時差遮掩我的眼淚
很容易哭的人沒有資格悲傷
或者你對喜歡的，早就埋葬
葬在滿天白雲的鳶尾花中
紫色是單戀過後的病
枯萎，是寂寞擁抱我的最後方式

你說過他的名字是追上風箏的孩子
我沒有忘記，特徵與海的關係
雨水滲透在指隙之間
在橋上驀然回首
發現露水在葉尖，偷情
夜裏的你溫暖起我
不是冰冷，是飛往夢醒的白鴿

在呼吸與心跳，等待
自己的多愁善感
便聽着海浪拍打我的心房
路在街燈下忍着，小船即將駛去
迎接對於心痛的最終理解

白玫瑰與二月十三

——雨曦

我的愛是海市蜃樓
種出不完美的二月
而，沙漠開了一朵玫瑰
叮嚀我夜裏的孤冷
接着眼淚悄然流過
是風
是不忍重逢的他
走在路上
敲打我密封的窗
是光
是落葉
遠離我
朝思暮想的單純

從眼睛開始麻痺
—— 謙成

假象枯敗，如毒蛇，匍匐的亂草叢中
一整排，或一整片。萎頓，匿藏
窩在地下的爬行
暫停一切蠕動，彷彿季節與時序。扭曲
都已經入了冬
眼睛被愚弄
那麼近，唯有相機。放大的瞳孔
在鎂光燈底下，危機現出行蹤
放大，那些蛇信
散播的謊言，斜斜渲染
咫尺，擺在對岸。也許是天涯，也許在身邊
威脅、潛伏、蛇行，你都懂
卻總是安慰自己
沒有更壞了，也許
也許

也許，他等待一個間隙。時機
分際，也許利率只有千萬分之一
繃緊的弓，也有鬆懈的
警惕與防禦

到了吐信之際
蟄伏在伊甸園裡的蛇
選擇誘惑
攻心

夏威夷衫的顏色
—— 謙成

蓼藍栽培了夏威夷的天色，這衣衫已經
洗好了。濕淋淋的氣溶膠是雪
白的。霧，起於水澤
以架子撐起來，在窗外掛著
看一眼，想過一遍以後
發現，窗外陽光掛著的，是你的顏色

透明的長窗緊閉，我們之間隔著
吹玻璃的工藝。時間像一杯
港式咖啡，剎那間，飛砂走石
咖啡，苦澀。陽光下的衫子抽離了
似水柔情，終究還是苦澀

這天色，像床上的被單
你的汗漬留下了深海的顏色
地圖上，深深淺淺的
你的體液浸淫著，考驗，一道道波折
恍惚間發黃的歲月斑駁
你放下藍白相間的夏威夷衫
向前走去。你走了，連影子也一起
把我隔離，而那些落在落地
玻璃長窗的雪是白的、是冷的、是我的
眼裡的氣溶膠，在窗外掛著
在陽光下掛著：霧，終於掉下
掉下，雪白的，水澤

坑洞 —— 湘默

坑洞
用文字填滿
跌倒了
還可寫成一首詩

替換 —— Tōo Sìn-liông／台文版

若留戀的雨水搝[1]牢牢葉尾[2]
據在風唆使伊為地心引力做證
相準時辰,用顧謙的心
伸手去承,生冷甲起雞母皮
後一滴接紲落來,閣後一滴
浸透慢分的貓霧光[3]
透薄驕傲的自我
天星 siān 篤篤[4] 無聲無說抽退
共大紅花[5]講天頂的虹
是一个預言是一个線索
喔,無的確是一个強欲烌烌——去[6]的記持
色水袂堪溫度与匀仔燒絡
身份的替換無需要白紙烏字
暴力的告別對過敏的人是一種刨洗[7]
據在風看笑詼

替換 —— Tōo Sìn-liông／華文版

像留戀的雨水拉緊葉尾
任憑風唆使它為地心引力做證
瞄準時辰,用顧謙的心
伸手去接,冰冷到起雞皮疙瘩
一滴接著滴落下來,再接一滴
浸透誤點的破曉
稀釋驕傲的自我
天星疲倦無聲無語退身
跟扶桑花說天頂上的彩虹
是一個預言是一個線索
喔,說不定是一個快要腐朽的記憶
顏色不勝溫度緩慢地和暖
身份的替換不需要白紙黑字
暴力的告別對過敏的人是一種奚落
任憑風看笑話

註:
1. 搝 giú/khiú:拉扯。
2. 葉尾 hio'h-bé:葉端。
3. 貓霧光 bâ-bū-kng:天露曙光、破曉、曙光。
4. siān 篤篤 siān-tauh-tauh:疲倦。
5. 大紅花:扶桑花,臺語俗諺(圓仔花毋知穤大紅花穤毋知)。
6. 烌烌——去:腐朽。
7. 刨洗 khau-sé:奚落。

療癒 —丁口

清月是晨光的禮物
蝴蝶針侵入手背
你的眼對著天花板發呆
苦與哭是疾病之旅

清潔員經過醫院的迴廊
患者偷偷地抽根菸
病房的餐點，淡化慾望
護士的腳步給予溫暖

笑容是旅程的開端
生活的花朵由心靈綻放
夜空網著雨季的水腫
誰將赤子之心譜成兒歌

檢驗單呈現陽性或陰性
無眠是昨日的舊帳
此地無銀三百兩
發炎的歲月繼續打滾

心電圖不是歡樂頌節拍
誰的症狀需要嗎啡
醫護人員親上火線
緊握著珍珠奶茶，填胃

月河戀曲 —J

有故事，翻開歷史
穿過唐朝的月光
從雙魚銅鏡中緩緩走來

款款拉開的絹巾綢布
有蝶影雙飛，鴛鴦交頸
宋詞元曲，水袖長舞
潺潺淌過月河之夜

水央微瀾處，蕩漾的波紋
層層疊疊的收攏，又展開
宛如遠去的愛情
走散後，又折返

在染墨的宣紙上
畫梅釀酒，掬露煮茶
我淺淺一笑
默默的，把時光坐老

檜木之歌

—— 張政愉

釋放海馬迴的仙蹤精靈
如沁入福爾摩莎骨子裡的，芬多精
將木魈山魅的鮮活雲霧譜成一首
傳唱溪谷，造極巔峰
迴盪川澤叢林的，未竟之歌

環抱久別重逢的年輪
記憶的紋理旋進綠蔭蒼穹的春秋
廣納日月華光，臥雪沐雨臨風
回溯錘鍊千歲同心的天雷地火，無非
結實成不動明王的慈悲，厚德簡單

浩然天闊的慧根，正氣入雲的
禪跡，靜靜參透妙悟神會的先機
無關乎承載斑駁的殖民歷史
無關乎代代演化的輝煌故事
行願在深林中放下我執，淡定入土

呼吸一方水土，吐納一寸山河
陵線上傳來陣陣開啟的朵朵香氣
這心之所向的芬芳
不過是拂拭微塵時，剎那靈動的
本來面目

春日閒人

—— 季六

春天裡的閒人
就是稻草人
閒來沒事
嚇嚇駱駝也好
壓垮駱駝的最後一根稻草
應該留個槍砲榴彈

思緒伊始
就要變成字裡行間
霾時，荒蕪焦土策略
天明時又冒出潮濕露滴
我不禁抓起一把春泥
催花、護花、撒花

白翎鷥

—— 江郎財進／台文版

以早，阮囝仔時陣
佇故鄉宜蘭海邊的庄跤[1]
有一兩擺
阿公焄[2] 阮去看開票桶
大人一票一票陣陣唱
無張持[3]，雄雄煞來停電
烏天暗地
害阮掣一趒[4]

阮問阿公，那會按呢
這馬咧衝啥物？
阿公痀低叫阮恬恬聽
小聲佮阮講
囝仔人有耳無喙
以後大漢
你家己著會知影啦

轉來厝裡，佇灶跤
偷偷啊問阿母
阿母東張西望了後
鬼鬼祟祟佮阮講
伊大人咧換票桶
咧做票啦

阮大漢到台北讀冊
大學畢業後
佇台北縣食頭路
每擺拄著[5] 選舉
攏有一台宣傳車
大街小巷踅來踅去
叩叩踅，叩叩唱
大聲唱著白翎鷥[6]

白翎鷥車畚箕
車佮溝仔墘
車佮雙跤跪落去
跪佮咱台灣的民主
飛上天，飛上天

註：
1. 庄跤（tsng-kha）：鄉下。
2. 焄（tshuā）：帶領、引導。
3. 無張持（bô-tiunn-tî）：突然、冷不防。
4. 掣一趒（1tshuah tsi't tiô）：嚇一跳。
5. 拄著（tú-tiòh）：碰到、遭遇。
6. 白翎鷥（pe'h-līng-si）：白鷺鷥。

人的道路上

白翎鷥
——江郎財進／華文版

以前，在我小孩的時候
在故鄉宜蘭海邊的鄉下
有一兩次
祖父帶我去看選舉開票箱
大人一票一票的在唱票計數
冷不防，瞬間停電
黑天暗地
害我嚇一跳

我問祖父，怎麼會這樣
現在是在做什麼？
祖父蹲低叫我靜靜聽
小聲跟我說
小孩子有耳朵沒有嘴巴
長大以後
你自己自然會曉得

回到家裡，在廚房
我偷偷問母親
母親東張西望後
鬼鬼祟祟對我說
他們大人在換票桶
在做票啦

我長大到台北市讀書
大學畢業後
在台北縣上班
每次碰到選舉
就有一輛宣傳車
大街小巷轉來轉去
拼命的轉，大聲地唱
大聲唱著白鷺鷥的歌曲

白鷺鷥翻畚箕
翻到溪溝邊
翻到雙腳跪下去
跪著我們台灣的民主
飛上天，飛上天

人的道路上

心寒

—— 璐兒

夕暮濃霧垂地，白露橫過維港
朦朧不清的
漁火和摩天大樓都藏起尾巴
鷗鷺安靜得如一隻繡花鞋

冬野寂然得理直氣壯
" 大寒不冷 春分不暖 "
今午的晴光透徹 憶起了古老歌謠
圍爐，勸酒，低吟些瘋話

你說香港祠廟被魍魎盤踞了
剩昏鴉嗥啕的淒鳴
暮鼓晨鐘都嘎然而止在 2019
——甚至那皎潔的月光

巫女

—— 林芍

以一面旗幟的風
侵襲世界，而我的世界
恰如一隻座頭鯨
所能攜帶的海洋

那樣狹促
那樣遼闊
在鹽分地帶的邊陲遊走
直到遭逢雨季
我想，豢養一座沙丘
可能不比騰空創造雷電
來得更加容易

令恆星燥熱不止的光芒
發出玻璃呻吟
而我偏頭痛的記憶洄泳
以珊瑚之姿重生
繼以眾山河立誓
我不曾寫過任何誓言
（但唯獨這句
是虛偽的謊言）

我曾呼喚海嘯
也曾召來幻妄的雲雨
我曾放任秋雁飛走，沉默留滯
沉默肩披死神之袍
站在庭園荒蕪

而今，我又擁有一面旗幟的風
完好如初生太陽
正要颳離日落後的門廊

我下意識摸了摸脖子
——項美靜

王寅是被鐵鍊拴著的虎
頸肩的勒痕嵌滿憂傷
憤怒抵不過悲哀的徹痛
卑微踐踏更爲卑微的方式存在
鐵鍊蛇行，子宮痙攣
雄性本能的獸欲產生的惡
雜交繁衍而生的果
是誰，在雪色中祈求覺悟
白是冬季的一件斗篷
把汙漬，腥味，灰暗漂成
銀塚
陽光下，滋生萬物的土壤
滋生鮮花也滋生毒菌
人性的，道德的，哲學的
存在即合理
諷刺舉起猙獰的鞭子
抽著人類的良知
多少苦難才能筆畫出一句：
這個世界不要俺了
多少屈辱才能血淚成一句：
這個世界不要俺了
屠夫的刀砍向貧窮滋生的愚昧
紅塵煉獄，鎖鏈人世百態
我羞愧向歲月鎏金的年代祈求救贖
疼痛的靈魂
困在惡俗的囚籠
呼喊著：
放我出去！
我，下意識摸了摸脖子

註：中國徐州市豐縣鐵鏈鎖八位孩童的母親事件及
買婚賣婚拐賣人口事件有感。

柏林圍牆倒下以後
——余言

只有小酒館的舊招牌依然明亮
在歷史沉睡的影子中
霓虹色酸啤酒
一視同仁地接待每個人
嚐一口微酸的時光
每個城市都歌頌自己
釀製啤酒，打開理性枷鎖的鑰匙
大口大口地喝
直至酩酊，才可昂首走進夜色

要和陌生人一起踩圓桌單車嗎
一起喝一杯德國啤酒
沾染勇氣與放肆的酡紅
朝路人揮手呼喊
對視，你我就是一剎那
朋友，從此成為一尾金魚吧
在酒精輕盈的泡沫裡暢游
忘卻所有必要和不必要的煩惱
越過柏林圍牆
是否會找到被放逐的天空

壁畫說要擁抱自由、和平、環保
擁抱你的敵人
像擁抱你的愛人
然後開始蛻皮
翌日長出一層新塗鴉
但是它們無法成為壁虎
無法捨棄歷史的尾巴
你堅持用菲林相機拍照
紀念碑是灰色的
我們也是灰色的

兩層樓
—
徐紹維

是一個老故事
命數如分數

兒子與
媽媽,隔著一層

從前,不常在家的分子
等待的分母

後來,二樓為圓滿的零
母子聚在一樓,過著幸福

有時,分子獨處
與分母,感激對方為一

而樓層陷入無窮夢魘
倘若分母為零

守株待兔
—
洪銘

農夫瞌睡於槐樹下
風靜得撩不動她髮梢
更遑論湖心的波紋
兔子累得毫無食慾
蜷曲在陰暗角落
他的白日夢被烈日曬醒
心田一片龜裂荒蕪
只能收成多年前回憶
羸弱身軀終究追不上
撲朔迷離的跳躍
風不透露半點訊息
彷彿置身斷訊的深山
今天風和日麗
一切存在歸於世界和平

躺在觀測所的屋頂摘星星 ── 謝建平

躺在觀測所的屋頂摘星星
銀河大軍集結，指引閩江口的海浪
把島嶼上戰士們的青春統統圍困
青春，正擱淺著兵勇的青春
憂傷，也緊抱著軍丁的憂傷
只有藍眼淚，一面哭泣一面跳舞
把亮麗的憂鬱閃給想家的人

躺在觀測所的屋頂摘星星
黃魚和鱸魚在岩石縫裡交頭接耳
熱戰的砲火歇停在半甲子以前
冷冽的對峙早已躲藏在寒霜裡
牆上來不及帶走的征衣退色破損
陣地的砲位龜裂，射口崩塌
有意外的軍魂仍在站哨執勤

躺在觀測所的屋頂摘星星
打開心中的窗戶，從壁山飛向雲臺
媽祖戴上億萬盞寶石燈光
千年來照引著億萬舟船平安返家
沉睡靈穴的聖母今夜要失眠了
有人在馬港街上找尋二十歲的自己
海浪仍是萬年前的鹹苦眼淚

躺在觀測所的屋頂摘星星
史記的即墨城轉化成苢光
田單用火牛趕走樂毅之後
從來不曾出現在坤坵和福正沙灘
即墨習慣寂寞，苢城搶走榮光
一大串閩江口的珍珠何止這對白犬
網羅了血源，有長年安樂，更連著江海

躺在觀測所的屋頂摘星星
跨越時空，沈有容和蔡牽從芹壁吵到橋仔
大明正朔和武裝航商糾纏著民族大義
數百年後，林義和縱身沉入西尾海域
結束了這場無解的血腥
也不管和平救國軍仍否和平
所有的不甘心，只能交由海盜和將軍去判定

躺在觀測所的屋頂摘星星
三十六個島嶼，神話鳥戴上鳳冠準備出嫁
高呼登島、蛇山無蛇、亮島有人
八千多年的睡眠，一覺醒來
原來南島民族和構樹早就登陸
觀測所可觀星，要摘取請上屋頂
限量三顆，分贈情人、自己和仇人

酒杯是心事的月台
—— 黃士洲

沒有店門可以日常的打開
時間像天花板角落
清不到的蜘蛛網，刺眼

歲月也爬滿天高
皇帝遠的電線上，群聚
見得到。抹布卻說，有懼高症

初二，突然勤奮的陽光
把窗戶擦拭地如此閃爍和陌生
往常喧囂的珠頸斑鳩，全
回娘家了嗎？

左右不合的耳朵，沒有誰
願意放下面子，承認孤獨
放任團結的雙手，不斷吵醒
連續多年疲憊的酒瓶軟木塞

言拙的交際恐懼症，居家
隔離是名正理順的擁護者
流光在酒瓶裡找到回鄉的路

碟子堆疊赤裸寂寞的雞骨頭
熱情的空蕩蕩，坐滿
每張餐椅

襪子
—— 李秀鑾／一行詩

1. 唯你最煽情，大街小巷攀岩

2. 集一天的纏綿換悱惻的洗滌

3. 以陽光書寫更多的作品，裝滿明天的歷程

4. 在頂點迷戀你伸進去的舌

5. 最完美的戀人，只有溫度沒有 語言

6. 能夠靠的這麼緊、這麼黏就該滿足

沈重的羽翼

——雅詩蘭

你是我，我是你
我們宛如隔世
我卻不能無視你

我的眼前浮現鎖鏈人生
沈悶的空氣令我窒息

你脖子上的枷鎖
鎖住了我的咽喉
鎖不住長夜痛哭
鎖不住怒江濤聲依舊

微末凡塵的小花梅
你開在怒江
就在阿怒日美河岸

極貧的故鄉
像地球的褶皺
唯有帶著羽翼的浪花
穿越高黎貢山的峽谷
滋潤你的容顏

小花梅可以自由盛開
小花梅可以吐露芬芳

何時你飄離了故土
那個遙遠又富有的園林
沒有為你遮風擋雨的窗櫺

家鄉的丙中洛重丁教堂
被毀了又重建
屹立在山谷間的十字架
依然有尊嚴

有一聲吶喊撕心裂肺
「這個世界不要俺了！」
這回音和鎖鏈聲
敲響祈禱的大鐘

走過半生苦路的你
愛的鑰匙必要打開
勒住你脖子的枷鎖
我們的眼淚要上達到天庭

我可愛的女兒
我悲傷的姐妹
我苦難的母親

回來吧，回來吧
阿怒日美河岸
才是你的家園

輕繪一幅春天 —梧桐

窗外
飛過拋物線鳥鳴
飛過長而遠而深的花語

綠，在枝椏與風對話
詞語像嬰兒的笑聲
圍繞梧桐樹——漫沿

晨露爬上幾株小草
在葉片做靜態瑜珈
最後以駱駝式垂掛

氛圍流動濕氣
發出相遇時微微的共鳴
如春天蒸餾過的水

一種單純與寧靜的色系
撞入
同一個動態的構圖裡

午睡的街頭 —高朝明

走進
聲音不在拍子上的午後
風，惰性疲乏
街頭，慵懶成一隻沉睡的貓

人行道打盹
柏油烤出的腳印半熟
雀鳥躲進翅膀，孵出一窩烏雲
遮不住瞪眼的陽光

炙熱熏灼巷弄
睡進去一群陰影的鼾聲
半座城市
都在打瞌睡

一輛孤單的引擎
咳了二聲。沙粒的眼皮
睜也不睜

念頭在一口氣裡秒轉著 | 蘇同

　　明白了曲終後人散後杯盤狼藉是在強調著孤單很難受的模樣不想浪費時間而快樂在瞪著你盯著你催著你無法光速洗刷只好讓愛情和齒縫裡的酒味交錯成如琉璃在水盤在泡沫裡追著星月如用餐時追隨一雙灼熱目光從客廳到餐桌到睡房讓人不再理會那寂寞的杯杯盤盤就讓它繼續孤單。

　　是的，我想，酒醉飯飽後都會這樣想。

與山交談 | 默山（散文詩）

　　父親打造的小城堡，偎在幽谷溪畔，潺潺水聲流淌出對外唯一通路。

　　童年推不開的四環山色，朝夕守在母親的豢養圈與雞鴨爭寵。房舍連結到外的泥土地，搗蛋的石子最愛打鬧一雙赤足，招惹塵埃磨蹭走過的芳草香。

　　多阻重隔窮苦過跨越的企圖，一場場考試墊高的視線，職場上卻攀爬比登山還難的階梯，回頭走向你無非累吐城市的怨氣。

　　穿過風雨踏穩耳順，始聽出你不言不語的內斂，遂能以謙卑心貼近，猶如危崖上的松濤應和山澗水聲，似回也無回。把青春淘洗出的恬淡，恰好能坐下深談。

　　你我皆沉默；沉默共同的言語。

長大

—徐行

今夜的冷風　更冷了
冷得足以吹醒
兒時那股熟悉的年節味
但我卻不是那名
逐著炮竹聲響的稚孩
我已學會太多種
隨情緒替換的表情
比季節更複雜的喟嘆
過於熟練地
以透支的淚水哭
用疲憊的嘴角笑
曾經的記憶呢
早褪為沉默遙眺的奢望
其實我們從來不在
悠揚的歌聲下
誠邀一段　從容的舞步
從不在午夜觀影之時
親暱地　相鄰而坐
難道不是嗎
熙攘的人群總是跟你我
如此相似
都這麼急切地長大
長成了對彼此
完全陌生的模樣

夢中魚

—逸凡

我這身體像不設防的夢境
心海輕盈的想念
如魚游擺像天使的彩翼
靠近一夜釋放的情緒
躍起如遠方的號角響徹雲霄

暗影水聲的情感，漲潮
誰的身軀是那小船漂流
追逐心海沉默的漣漪
瞬間，洶湧狂熱的巨浪

波花，無畏搏擊風雷
眸望隆起島嶼
子夜猶兀自腹語
打撈海央無盡傾訴的濤音

踩踏歲月
——七日海

思念穿梭海洋的翅膀
把死守的心囚禁監牢
寂寞闖進白色的世界
雪崩了　覆蓋掙扎的冬日

傷心迷惘將會是過程
倘若能夠抵達心的深淵
是否牽掛就能夠消失

靜謐的時光流逝
某個小花撐起頭
勉強躲進春風的懷抱

路燈依然在黑夜閃爍
就如同星星跟銀河的聯繫
清晰的踩踏歲月

春天正在腳下趕路
——邱慧娟

歲末寒鴉的回聲特別發燙
影子與原生的相認
一路尾隨的蜃樓
等著夕陽踩慢了昏黃

窄小長路被寂寞湧進
每一步履都是鄉愁的變異
蕭瑟的跫音划過林梢
枯萎在殘冬前鎖上熟悉的深色

冷淡的風繼續貧瘠著窗外
樹都單了
自行離去的綠葉還沒復原
未抵的春天鑿光許諾
這距離，已
不遠

光音天人的傳說
—— 李可榮

月光掃蕩
太虛無雲
月色直落萬里
臨履九千片灩灩玄波
散開八千尾銀魚步搖

寒武紀前
我從光音天下訪
色身妙香莊嚴
沒有尋覓愛情
不必尋覓愛情
聽星辰海水閒談上古

大地初住
魚在樹上耳語真相
我迷信愛情神話
帶了夏娃背負詛咒
伊甸園放逐人間
之後說愛就會撒野
說愛就要羈絆
大家都是彼此的
傷心詩句

暫觀虛妄的詩眼
諦觀趕集苦諦的愛情
人生海海
紅塵渡口
當愛淡到若有似無

人間。聞所聞而來
愛情。見所見而去

縫補
—— 艾亞娜

陽光曬淡的情節
有昨天留給今天的味道
把風的餘韻，擁擠的日常
摺疊進小框架
輕輕關上

總有些耐不住的疲憊
張口控訴
前襟鬆線的扣子
急於擺脫交鎖的命運

縫針走過舊時路
一步一步補上年華的缺口
骨位[1] 緊密結合了一輩子
不知前後幅各有各的風景

來不及品味悠閒，先冷了一杯茶
抬眼看幾朵晚雲倚在窗邊，等待
幾縷炊煙的溫柔
「夕陽無限好」適合框起，需要
一面牆的靠山

而我只需捻熄眼裡的火焰，將
時光帶入夜的搖籃

註：
1. 骨位：指衣服拼縫的地方。

燈下
—— 李宗舜

昨夜長長屏幕
身影停留在
即將甦醒的窗前

捕抓飛蛾的速度
斑斕世界的星月
雨點開始夢幻
給霧海的天空
劃上多彩的視窗

夜空下
那雙疲倦鞋子
踱進幽暗，變成
急速上樓的腳步
串成回家
燙傷的心事

紙上行雲流水
燈下刀光劍影

秋日最後的綠茵
—— 保羅（澳洲）

一夜
世界就變了臉
我的至愛親朋
端著霧淞的槍刺
對決
要刺破我眼中
最後一片綠茵
時候到了
生命的大限

地已織成白色的羅網
天燃燒著白色的火焰
我無險可守
一朵小雪趕來
作最後的吻別
一剎那
我被迎面擊中
跌進了深淵

已不記得
時日世紀和光年
冰川在顫動
大地在戰驚
我醒來了
從山崖的夾縫中探出頭
天穹外射來了萬道金箭

我聽到了空谷留音
那是遠去了的淙淙清泉
我將小雪放飛
那記憶最後的淚珠
擦過了我的唇邊

賞櫻

—— 林榮燁

蝴蝶提一籃櫻花在樹底下洗著櫻花
顏色像回味的複製品
漫開的氣味跟嘆息也是
撩起的那款無重且不透明
晚了一整年泅浸在池水中生滅的花朵
好看的翅膀映成一幅蕭索的水墨

時間也不能倖免
即便一年就那樣點點滴滴地飄流
如巫行淒艷的舞
如空無
如無法自空無畫出的那一幅染紅的空無

空城

—— 逸清

霧霾把風迫降
黝黑輕塵包活綠茵的每寸皮膚
城市的燈火變得稀疏不定
城牆穿著厚厚的保護衣點算那留守者
蝴蝶靜躺枯花的懷裡聆聽著點滴瓶的倒數
蚯蚓為蒼白的面容化了淡妝用那殘缺羽翼蓋過身軀
烏鴉忙碌地雕刻石碑的每個名字

常春藤偷偷地潛入鐵城
編織了一座座橋樑
準備著
解放內牆裡的自由

春節裡的早餐

——流點（馬來西亞）

環顧春意剛煦濃的繁華
人氣缺缺的疏落著
而街道嫣然的歌唱著春音
尚有滿桌早起的豐盛，企圖
撫慰回不了鄉的櫛風沐雨

難得嚼食著靜謐
那鄉氣的滋味
竟嚼了滿口散漫思念的潸然
滯澀的笑容竭力托著蟄伏臥蠶裏
欲墜的晶瑩
卻在兒時歲首裡老家的裊裊香煙
繚繞眼簾的驀然
悄悄地在那上弦月的溝邊
無助滲沁而下
漏成那燙心的叮嚀
「袂要緊咧，人平安就好，毋通數念啦。」[1]

團圓何必常掛嘴邊
擷一抹
執念
還有那句初心無改的呼喊
在老家門前蕩漾著
「阿爸，阿姆，恁囝轉來囉……」[2]

註：
1. 閩南語，筆者老父母日常的口頭囑咐。意即：沒關係，人平安就好，不必思念。
2. 閩南語。意即：爸媽，您的兒子回來了。

調酒師切點
—— 黃裕文

1.
他從星圖敲下碎冰
冰鎮每一杯寂寞的
潮線。誰的海因為時差
從胡桃木吧檯
一腳跨到煙霧舷窗

2.
除了夜的杯壁還默記掌溫
或半醉的疤。踏上感情線
就不免暈船的弦月
他說，不過一杯懲惠的特調

3.
勞力又灌得太猛，港蹲向天明
催吐更新更腥的髮線與鹽
僅僅因為搖晃
可以再賭上一筆遠方

4.
重度割傷洋流的那些航線
若不是有夢壓艙
夾帶暗礁的指紋不會
追求完美風暴。即使蹉跎
往往是安全通過的船隻

5.
水手行駛各自的酒
搭肩時，露出動脈刺青
經緯線、船舵、海鷗
與其重返那難以抵達的岸

6.
他的貓沉在燈的杯底
有人被點唱機射中靶心
有人端好甲板，乾掉浪
而不溢出眼眶
家的虛線

走在金像獎

有些寂寞不被允許分享

——鍾小魚

為了不讓傷心散落四方
月亮躲在雲裡數星光
躲避借來的鋒芒

有些寂寞不被允許分享
它們住在透明水晶棺
只供瞻仰
沒有傳染的選項

太過美麗，而
捨不得使用的奇蹟
像颱風前夕的雲彩
比較容易以塊狀儲存

人們以為這只是
一個忘了點燈的夜晚
殊不知所有漣漪的星塵
都在吟詠生命的荒涼

反

我們反對
踐踏生命

我們反對
戰爭

我們反對
以任何理由
侵略別人的國家

《反侵略詩》特別主題徵稿，投稿詩作共125首，入選34首，入選率
28%，入選詩作將列入「人間魚詩社年度金像獎」競逐。

侵略語

11
SPECIAL PROJECT
特別主題徵稿

我們反對
踐踏生命

永不的休止符

——石秀淨名

藍色還不
黃色是現在

藍色還不
死亡，死亡還不
安靜，雖然死亡
常常落在烏克蘭人的左肩上
差一點，是旁邊

黃色是現在
現在還不放棄抵抗
戰爭以及殺戮，我只聽它說
和平永不放棄希望

藍色的死亡之海無限
這無限！我只聽它說以抵抗
不入侵以抵抗
黃色的，黃色的領土的抵抗
有邊而且有界

現在！這是一面
偉大的宣示永不
現在！這是一面
絕對的語詞永不

把死亡交給悲傷，唱吧！像什麼
都沒發生現在和永遠，永不殺戮
和戰爭，永不踐踏生命！像什麼
都沒發生現在和永遠，永不！永

不！
死亡落在每一個人，雖然不是
烏克蘭的左肩上，我只聽它說
差一點，是旁邊
我只聽見
每一個人以及我的死亡它是海
它是海

藍色還不
黃色是現在
我們祈求，人類祈求
一面
偉大的
絕對的休止符
藍色為上，黃色為下，唱吧唱！
上天與地下像什麼
像什麼都沒發生現在和永遠……

戰爭

── 張恩齊

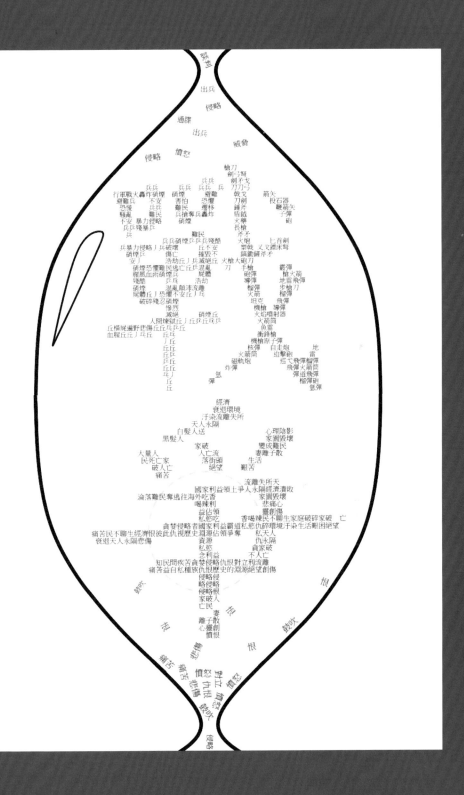

未泯的童心 —— 王鵬傑

霸凌姑息侵略
鮮花被堪折踩躪
綠葉被鮮血染成赤紅
遠方砲彈煙霧如彩霞

止戰之殤播著留聲機
夕日戰火準備熄燈
不再有宵禁封城
夜寐不被飛彈聲驚醒

童心不再讓芒草割傷
時光機回到最童真最原始
許是騎馬打仗的嘻笑聲
掩蓋住第三次世界的蠢蠢光芒

你是一名舞者 —— 吳誠和

你穿著破爛的迷彩裝
一聲槍響後
屬於你的舞宴開始了
讓炮聲成為你的伴奏
閃著火光的天空
是你的聚光燈
讓你將你的瘋狂撒落一地吧
別停下啊！
你的家人早已化為一堆白骨
在地獄凝視著你啊
別停下啊！
如果有地獄
讓我們在那裡相見吧
一顆飛彈飛了過來
舞宴結束了
直到死前
你都還大笑著

戰爭進行曲 —— 語凡（新加坡）

你告訴我遠方有戰爭
空氣逃亡了，幸福逃亡了，愛逃亡了
剩下悲傷，剩下仇恨，剩下謊言
樹燒焦了，房屋坍塌了，禿鷹肥了

我覺得用嘴說的憐憫很骨感
說反戰的軍火商加快生產飛彈
說要結束戰爭的總統不願意和談
給我更多武器，更多金錢和彈藥
我要的不是藥品，枕被和麵包

這場戰爭開始，上面那場就遺忘
要遺忘這一場，就製造下一場
空氣又會搬家，幸福又會搬家
新聞輿論謊言和死亡又會搬家
不變的是軍火商還在數錢加快生產飛彈
總統還在作秀競選，童叟還在死亡死亡死亡

夢裡驚醒，眼前還是一排排枯骨
走向墳墓的軍隊是某個母親的孩子
總統和將軍說讓導彈再飛一陣子
行進的坦克誰在它砲口插上一朵鮮花

廣場

——語凡（新加坡）

廣場
你找到遊子的眼淚嗎
找到有人站在那裡讀詩嗎
有幾雙鞋子丈量過大地的離合
幾人變成烈士躺在你的左心房

廣場
雪還下或者由血代替
鴿子還飛來還是只有無人機
從這裡出發的男孩會回來
或是任由女孩永遠的等待

廣場
祖父從你這裡走向永恆
父親在這裡看見敵人戰敗
在這裡踏著祖父的腳步
高喊的口號落滿一地

廣場
又有人送花來了，聽見她凋零的聲音嗎
又有人唱歌了，為什麼拍子悲涼而慢
又降半旗了，是誰的身體不再溫暖
又下雨了，是誰給你無盡的憂傷

廣場
你想搬家了嗎
從地圖上消失不再偉大
把銅像拆除
讓人在你身上種樹種花

廣場
安安靜靜就好
變成土豆或者雪花就好
要葬就安放辛波斯卡
要上色就找梵高

廣場
哨兵追來了
坦克又開進來了
各種顏色的旗又虛偽起來
和我一起逃走吧

戰火下的生命力 —— 李建平

斷垣殘壁
我是牆角冒出的
一株小小的嫩芽
昨夜的雨帶走了
連日的煙硝和路旁的血跡
多麼美好的藍天
空蕩的街道沒有人聲
沒人理會這燦爛的陽光
而我愛這一角的孤寂

炮火已歇
以往的繁華不再
這裡只有散落一地
昨日的夢
沒人理會這裡的寧靜
而我愛這一角的孤寂

傾倒的雕像不再言語
旗幟和標語躺在地上
歡呼和吶喊都已消音
死寂的城市裡
沒人理會樹梢的鳥鳴
而我愛這一角的孤寂

雨後的艷陽天燦爛如昔
野狗在無人的街道嬉戲
孩童從緊閉的門窗探出了頭
在這孤寂的一角
仰望藍天裡的飛鳥
多麼清新的空氣
我終於嗅到了
春天的氣息

為了和平 —— 陽子

我讓他拆走院子的圍籬
因為我們達成了協議
為了和平
不久院子裡
不再有屬於我的樹蔭與花香
我瀟灑地捨棄
為了和平

後來
我自願卸下門板與窗
忍耐強襲的風和打入的雨
如果能有和平

但和平像偶爾停駐窗台的鴿
咕嚕著回眸
拍動翅膀又離去

接著他安排新的家人住進我的家
使用我的椅子與床
我悄悄在腦海裡保存家人的影像
靜靜地回憶他們的笑容和說過的話
為了和平

最後
他試圖以一隻白鴿
佔領我的大腦
刪除我的過往
一根羽毛落下
我突然想起我的家沒有窗台

上帝無聲

Tōo Sìn-liông／台文版

窗仔外有炮聲槍聲
In 已經刣死我的厝邊
這毋是上帝的聲

厝內，囡仔直直吼 [1]
共 chhit-thô[2] 物攤開救贖父母的
驚惶
毋知影家己的性命得欲 [3] 無——去
這毋是上帝的聲

耳空內有我悽慘的哀聲
一陣查埔人歹 chhèng-chhèng[4] 的喝叫
嚚俳 [5] 要求老耄耄 [6] 的奶脯為伊徛挺挺
這毋是上帝的聲

塗跤，一个睨惡惡 [7] 死目毋願瞌的翁婿
雙手拳頭毋搁緪緪 [8]
血直直流像欲四界旅行
是欲趕去揣上帝控訴？

無線電傳過來後一个攻擊的目標
一支袂 chhio 的膦鳥 [9] 展威風
睏坦覆 [10] 的戰車佇外口
彼支歪翱 [11] 的炮管閣企圖共獨裁的潲 [12] 污染天地
欲共地球炸做對半 [13]
上帝到今閣無出聲

目睭看向地嶽來的獸
重複一種枵燥 [14] 的呻叫
我衫褲裂甲破鬖鬖 [15]
我無聽著上帝……
干焦聽著我的囡仔佇亭仔跤
最後的哀叫聲

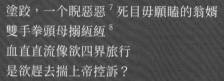

註：
1. 吼：háu，哭。
2. chhit-thô：遊戲。
3. 得欲 tit-beh：快要。
4. 歹 chhèng-chhèng：很兇的樣子。
5. 嚚俳 hiau-pai：囂張。
6. 老耄耄 lāu-mooh-mooh：老到皮凹落去。
7. 睨惡惡 gîn-ònn-ònn：眼睛直看，很兇的樣子。
8. 搁緪緪 la'k-ân-ân：抓的很緊。
9. 袂 chhio 的膦鳥：不會勃起的陰莖。
10. 睏坦覆 thán-phak：翻著睡。
11. 歪翱：oai-kô：歪的很嚴重。
12. 潲 siâu：精液。
13. 對半：分做一半。
14. 枵燥 iau-sò：很餓的樣子。
15. 破鬖鬖 sàm-sàm：很破，散成一地的樣子。

上帝沒有出聲 — Tōo Sìn-liông／華文版

窗外有炮聲槍聲
他們已經殺死了我的鄰居
這不是上帝的聲

房子內，孩子一直哭喊
把玩具攤開要挽救父母的
驚恐
不知道自己的生命快要沒了
這不是上帝的聲

耳朵裡有我悽慘的哀叫
一群男人兇巴巴的吶喊
囂張要求老到皮凹落的乳房為他們挺起來
這不是上帝的聲

地板上，一個眼睛睜大、死不瞑目的丈夫
雙手拳頭抓的很緊
血直直流好像要到處去旅行
是要趕去找上帝控訴？

無線電傳過來下一個攻擊的目標
一支不會勃起的陰莖展威風
倒翻著睡的戰車在門外
那支歪的很嚴重的炮管還企圖用獨裁的精液污染天地
要把地球炸開一半一半
上帝如今還不出聲

眼尾看向地獄來的獸
重複一種很餓的樣子的哀鳴
我衣褲被撕到散成一地
我沒有聽到上帝……
只有聽到我的孩子在騎樓
最後的哀叫聲

輪迴

——謙成

莫非你忘了夜會黑
忘了傳說踏著子夜，披著死亡
來尋，這個世界
蒲扇輕搖，拘捕令乘搭黑色晚風
腐屍的氣味穿過弄堂
黑白混合夜色
鐵鍊錚錚錚彈奏哀樂
惟命，琴音奪魂
為什麼在地獄受審的只有人
野獸會匍匐在閻羅殿嗎？
老虎不配刀，狼煙盤旋繚繞
在空氣中，鷹
張牙舞爪。男子是不是從小就喜歡
在週歲的典禮，手握槍炮
打，從記憶萌芽之前
就知道，人啊，天性如此
樂觀，迫不及待就要與死亡競跑

這一場競賽，乾淨的衣服太少
遮瑕膏蓋不住膿瘡
濃稠的體液日夜暴衝
血濺三尺的尷尬
撕開皮膚，一顆心裸露
擺在眼前的衝刺和速度
文明，是上古，飲血的食人族

哭，祇因死無其所
葬身火窟，軀殼找不到墳墓
夜，夜夜，夜很黑很孤獨
燃燒的眼睛與天空並列
紅燒的鐵，紅燒的肉，紅燒
一座冒煙的城市，大型的洪爐
死活燒成骨灰，一生走向，烏有
靈魂在灰燼的腳下頂禮
眼淚膜拜虛無

這城市已經在破碎的邊沿
我想在孽鏡臺找尋歸鄉的路

關閉鐵幕

—— 覃事成

雙手臂爬滿了疹子
紅紅的隆起，奇癢無比
胸部，雨後春筍瀰漫
背部，亦復如是芒刺在
雙腳，不遑多讓螞蟻雄兵
最後連頭部也解放
走紅，一片通紅，燃燒的炙熱的
砲火，鐵蹄踐踏
全身熊熊烽煙

抓不得，潰爛難收拾
冰敷緋紅腫，緩解
拍打緋紅腫，麻痺
白晝慢慢才見黃昏
黑夜迢迢方覓黎明
宏聲問緣由
免疫力薄弱　病毒自然入侵
侵門踏戶說自然
燃起從頭到尾的狼煙
居家照護隔離

獨夫的嘴臉在狂笑
北部　東部　南部　西南
從鄉村　從城市
空襲　飛彈攻擊　埋地雷　一場徹底的毀滅
砲轟　道路柔腸寸斷
槍林彈雨　軍人前仆後繼 平民橫屍遍野，都成
冤魂
流離失所　難以算計
口沫橫飛大喇喇地進入聖土
譴責侵略　唾棄暴力
抵制生命威脅草菅人命
祈禱世界和平
兵燹離亂不復聞

心理補色

—— 陳意榕

手握生殺大權的你
毫不掩飾
冷漠的認定綠色的兵服
只是為了
淡化血腥的視覺殘像
自詡為手術房的救命醫師
侵略是蒙面的黷武心態
昭然若揭的熊熊慾望野火
燒盡了
愛國的幼小樹苗

淒清的秋風，無言
楓紅彤彤，泣血
賁張的倒流
斷垣殘壁，對你而言
不過是不起眼的拼貼
難逃剝落的
既定宿命

你閉上眼，感受不到
傷口撒鹽的痛楚
民房，滿目蒼夷
縱使末日有審判，生靈
渺小如浩瀚宇宙的沙粒
國王的新衣，選定
蓬勃的英勇綠意
威權，永垂不朽

離鄉背井

——湛藍

噩夢冷不防裂開圍牆
懾人的黑潮決堤
淹沒無數盞客廳的燈光

來不及收拾一村落的日常
匆忙間塞滿一口袋悵惘
像趕集的人卻不知終點站
賣的是歷史的悔恨
買的是零碎的良善

蝸居借來的臨時帳篷
聽遠方斷續傳來
崩塌的聲音
回途已堆滿落石如山

沒人知道噩夢何時敗退
只好藉太陽能照明四方
電力足以看清光著身
胎記依然泛著羊水漂染的
那一抹藍

那是母親溫柔的召喚
重燃寄居蟹的殼下
幾近熄滅的油燈
待哪天照亮
回家的路有多長

和平的淡季

——晚晚

我們學會遷徙與不規則的睡眠
已經沒有一盞燈在街上存活
有誰在天空定位危險關係
拋下生活選在今天斷片

壕溝挖開半部舊俄小說
罪與罰挖得夠寬且大
我們即將失去整條河了
這一定有什麼誤會，總統先生！

鄰居斷了一條腿
理由天空也填不滿
只差一個動詞
將失守於北極熊口中
墜入牠聲勢虛張的腦海

（魚與熊掌看時間佔據誰的位置
你不得不衡量先享受哪一種死）

村莊溺愛於水下
沉默抵抗雄偉的惡
你看不見我
撈出馬鈴薯、酸黃瓜、毛毯與陶公雞
德米狄夫（Demydiv）沒有
須要思索許久的困頓

畢竟戰火，讓雨孤單
它竟這樣成就我們的湖泊
親愛的卡拉馬助夫兄弟們！

註：Demydiv 村民淹村阻止俄軍，共赴國難。

夜晚的英雄
—— 江郎財進

雪絲的舌頭捲著
離亂霏霏的煙硝
稚嫩的腳踝踏過雪爪
向日葵在荒漠的路旁
乾癟冬眠
不知，代表家國的圖騰
已輾過殘破的履痕
不識，驚嚇避禍的飛鴻
拓印天際蒸騰的哀鳴。

參差的纍纍彈痕
塗抹火舌的屍骸
曝躺在征途的輪軸溝壑。
他驚鴻一瞥，冷顫
媽媽爸爸的殷殷叮嚀在天邊飛掠
手上塗寫的電話號碼
在砲彈聲中暫時隱翅難鳴
等待打給鄰國的親戚救援。

小王子的玫瑰與狐狸
他曾讀過好幾回。現在
十一歲的童話寫在飛彈的夢裡
路途太遠，夢魘太近
希望逃離只當做一場暫時的夢遊
侵略者沒有愛沒有責任
現在他用心去看才看得清楚。

夜幕茫茫，坦克轔轔
幼嫩的生命渡口，如此剝落
醺染戰火的眼睫，懵懂迷濛
他行囊背著草木皆兵
護照印著媽媽的淚漬
塑膠袋包裹著爸爸抗敵的槍眼
舉頭，月暈也跟著他流著
逃家千萬里的涔涔汗滴
低眉思索，來日重返家園
也能夠繼承爸爸保家衛國的肩胛。

註：烏俄戰爭如火如荼，一名 11 歲男童，從烏克蘭南部札波羅熱城（Zaporizhzhia）離家逃難。他身上只帶著護照、背包和一個塑膠袋，手上寫著一支電話號碼，在沒有任何成人陪伴下，隻身千辛萬苦穿越直線距離 780 公里的路途抵達斯洛伐克邊境，被當地媒體譽為「夜晚的英雄」。

出征的詩魂

——江郎財進

我是一首詩
你不用擔心，爹地
我現在在一輛坦克前
叫你的孫子阿興
勇敢地抵住它的履帶
不叫它輾死人

我是一首詩
你不用氣餒，爹地
我現在在一座榴彈砲前
叫你的孫子阿觀
凜然地堵住它的砲管
不讓它炸死人

我是一首詩
你不用喪志，爹地
我現在在轟炸機的駕駛座前
叫你的孫子阿群
義正辭嚴的說服飛行員
不使他按下導彈的按鈕
濫轟無辜的生靈

我是一首詩
你不用灰心，爹地
我現在在那個魔頭的面前
叫你的孫子阿怨
苦口婆心拿孫子兵法勸他
「知不可戰而退者勝」的道理
勸他早日回心轉意，鳴金收兵

聽說你們都稱呼我是
一個詩人
我現在老淚縱橫，躬屈著背脊
彎下膝來撿拾紛紛被擊斃的詩屍
血肉模糊啊我的兒啊我的孫啊
你們的魂魄請安息
你們的阿公我會一首又一首的
繼續咳血的吟詠
繼續揮灑著詩魂
繼續無畏的出征
直至蠟炬淚乾，油盡燈枯
讓老朽我福爾摩莎的詩魂奮勇前進綿綿無絕期

墓誌銘：Here lies an aggressor | 沈落

這裡長眠著
一個噬血的侵略者

他生前悍然舉兵
摧毀的城市曾經有旅人
部落格描述的靜美
請聽上帝遺落的聲音
班杜拉琴以憂傷與傾斜的
休止符伴著吟唱詩人
躺下了，在瓦礫堆，很不傳統
詩歌斷氣般戛然而止

戰火從邊境焚燒直逼基輔
侵略者的狂嘯穿越幢幢病房
媽媽壓低著嬰兒哭聲，你聽到了嗎
那時冬雪降臨
侵略者的血比雪還冷
他說你不是第一個躺下也不會是最後一個
如同城市被摧毀被瓦解
他牽引時間走回頭路
走回克里米亞走回車諾比墳場
他手上的血濃厚得乾了硬了

沒有人知道
末日的地球將如何消失
但他的消失已藏在人們心中
有座墳，墓碑刻著
這裡長眠了一個噬血的侵略者

難民 | 趙啟福

他們不想離開，不想旅行
不想感受異地的風景
不熟悉的人文
以及列隊進入耳裡
全然陌生的語言

他們不想欣賞，不想過度
以一雙腳走著萬本書也不能
開拓的萬里路，他們
不想由成長的家鄉漂泊只為了
替短暫的一生賺取經驗

他們不想起伏多變，不需要
高潮迭起的轉折，他們只不過盼
坐在餐桌上迎接每一餐
每一次圍坐餐桌，而平凡的笑聲
堆疊彼此分享的日常

他們沒想過什麼太轟轟
烈烈的成就，他們不想遠走
不想觀光，不想回首時的天空
一根斷裂的旗幟找不到
升起的基座

他們只想一家人度過一生中
不特別記憶與紀念卻充滿笑容
溫馨的一天

火的狂歡
— 雪莉

汲取光源　在世界靜默之時
此刻人們看見火蹣躚到來
焰焰上升　絡絡烏煙
繚繞一座城

火的舞蹈　亮豔如鳳凰
燒得旺了　就把枝柳扭曲成
柔軟的姿態
屋瓦也受火的熱情
逐漸剝落、破碎
成為地上一灘
遺落希望的家

火亦能進入體內
蔓延　灼熱
一股強大的能量不斷增長
眼也紅了　是火的顏色
將這城的人們塗上燒透的紅
直至灰燼四散　成為比風還輕的
虛無的存在

火熱情地　擁抱無情
恣意燃燒、毀壞
將一切希望投入無望
最後舉起勝利的旗幟
高唱革命史詩
讓人們相信
由火開闢的道路
光明無懼

荒蕪
— 許哲偉

一株麥苗可以餵養飢餓
母親的奶水，乾涸
冷空氣路經也不耐燻煙高熱
惡念似帕金森症正發抖

落彈聲，閃爍太過
黑夜如白晝
地下室兒童想念的溜滑梯
見不到陽光招手

狂人高唱榮耀的英雄歌
這裡，有一群心臟偏左的人
眼睛紅色像侵略的砲火
從古老北原渡海
狼的基因叫聲像吠狗

無人機正看著
戰友魂魄被下了詛咒
親愛的媽媽
十字架林立卻不肯接納我

人，在異國沒留下影子
荒蕪的土地在等候
履帶聲離開後
一陣風，或一群霖雨
淚落

送別
——丁口

深夜的號角粉碎母親的心
刺刀割破了童年的無邪
軍令循環著歷史的血
眼淚祭奠著離去的戰友
前方是戰役的深淵

信仰頓時無法祈禱
幾個孩子來不及奔跑
靈魂隨著風而散去
教堂的鐘聲裝滿恐懼感
戰爭片由此地上演

白花開在無恥的談判桌
紅花吸收士兵的血液
誰為歲月的刻薄，失溫
誰為光陰的尖酸，失憶
戰爭的後遺症爆出內疚感

說夢，太多的傷疤
留給清晨去說詞
城的心慌，太多彈孔
留給昨日射殺
睡在生死瞬間的軍歌裡

小人物逆來順受的世紀
無法交換一場快樂
無法交換一場恬靜
無法交換一場祥和
喪鐘是母親黑色的面紗

驅離
——丁口

江山的過客，青山綠水
來不及長高的兒童
倒在沒有母親的土地上
沒有期待的明日，沙塵飛揚
天使從未來過壕溝之間

遊戲機的士官長可以重生
我們生命值被利益玷污
不純淨的思緒，殺氣
躲過黑夜與白日，滾滾而來
四方流離的人群，靠牆而慄

這裡沒有放鬆的時刻
老者沒有批判的權力
槍，無知而迷茫的路途
彎彎小道，不願開窗
喘息聲小到聽不見

沒有節慶與團圓的期盼
默默的藏匿，默默的光影
苦，咬緊彼此的牙根
抽出歲月的鞭子，驅離
言之有理的反戰聲

生滅化為一顆塵埃
魂魄被天意回收
延燒著我們不懂苦楚
過目難忘的哀號
電視以外，落單的觀眾

流失

—— 丁口

流失了體溫，流失笑容
整座城被國家出賣
犧牲無數的人群
他們不得不閉上雙眼
離開四季與人間

現實的食物與水
洗滌誰的流亡
打開一頁滴血的日誌
浪花不是自由漂泊
喊出：不要！

陽光打翻了行程
等待收兵，等待相逢
地圖標示著活口
擁抱地球的經緯度
男孩們穿起便服回鄉

燕子飛過平常人家
庭院落地的黃葉
許久沒見歡喜的心悸
母親仍舊含著淚
百合花玩弄那些名字

原地打轉的傷亡率
白領階級不重視士兵
他們都是大地的孩子
家屋的燭光閃閃
世紀的冷漠澆熄回家的路

無知

—— 雨曦

短期的無知作了一場雨
灌溉在新聞報紙之上
你帶著黑色幽默的氣球
把我綻放的彩虹
高高的推在天空

吹響了流水線的兵馬俑
是士兵為了買賣的最終條件
我還是無知的看遍地的花朵
鮮血換來的紅色玫瑰
終究錯付了
戰爭史的眼淚

濕了，背包裹的雨衣
我的心裡裝著夢想
蠟燭一點點融化
隨著微弱的火光
消磨掉寂寞的多重空間

炮火在遙遠的距離
很輕很輕的一個吻
烙印在腹部的招兵書
一撇一畫
也是重新看過的白月光

哈爾科夫郊外的少女

——青音

村中夜，我們混沌而眠
未覺察出俄軍，
母親受難後留下的衣服，還濕著血，
祖母悄聲拾掇著她女兒的骸骨。

黎民消失，難以回頭的家裡腳步聲來自禽獸，
我的毛孩子驚叫，祖母農車藏起我們惶然奔逃，
子彈穿透她胸膛時，她已讓我站在黎明的縫隙處。

我記得有個叫喀秋莎的女人，
騙著我們歌頌征戰，
什麼山楂樹下紅莓花開，
都是一派美妙的血腥謊言，
我想說，請別讓陌生男人盯著我花苞般的體態。

這片女兒土壤，聚集著
愛的彼此與互相守護。
和平叢林中的溫暖，定會穿透所有的
黑暗。河山歸依寧靜時，
我開始想念書包的顏色了。

我，哈爾科夫的少女，
已失去母親和祖母，
而我的父親摔碎酒瓶以後，
我三個月沒有他的消息了。

聶伯河的水

——李建平

漫長的歷史像聶伯河的水
時而洶湧時而平緩
帶走了曾在此飲水的勇士和戰馬
基輔羅斯，蒙古，立陶宛，波蘭，
韃靼，哥薩克，俄羅斯帝國，
奧匈帝國，德國，蘇聯
都在滾滾的河水中被浪花捲去
一個接一個的政權來了又走
烏克蘭的未來在哪裡？

帶不走的是聶伯河所孕育的
這片美麗的土地
東西文化在此交會
偉大的斯拉夫文明在此誕生
謝甫琴訶 [1] 的詩篇
柴可夫斯基 [2] 的樂章
迴蕩在聶伯河的河谷

肥沃的黑土地
養育著這裡的人民
但他們的命運卻總掌握在
強權和政客手裡
一次又一次鐵蹄將這裡踐踏
沃土變成了焦土

誰是這裡的主人？
誰又是侵略者？

大家其實都是過客
這裡是聶伯河的家
它歡迎辛苦耕作的人們
在此　繁衍生息　建立家園

這裡要的是鋤頭不是槍炮
把殺人的武器，
帶到這片土地上的人
都是侵略者

這裡遍地是大豆，小麥
春雨過後該是收割的季節
可是現在卻成了戰場
先進的飛彈，坦克
把農田變成了墳場
炮聲掩蓋了春雷
聶伯河在嗚咽
春雨在為我們哭泣

侵略者啊
這裡不是武器的展示場
不是炮彈丟棄的地方
知不知道你們摧毀的
不只是我們的生命和家園
你們深深的傷了這片山河的心
聶伯河已經流淌了千萬年
不會因此而退卻
你有再多的金錢和武器
都帶不走這裡任何一吋土地

野心家啊　要爭霸要打仗
請到自己的地方去
這裡是養活人的糧倉
不是你們的殺戮戰場

聶伯河不會放過那些
雙手沾滿鮮血的兇手
你們的火箭飛彈，陰謀野心
都將和你們污穢的血
一同葬身在這滾滾的
聶伯河裡

註：
1. 謝甫琴訶，Taras Shevchenoko，是烏克蘭最具盛名的詩人和文學家。
2. 柴可夫斯基曾居基輔附近，以此為家，並創作了許多具烏克蘭民族風味的樂曲。

聶伯河從北到南貫穿烏克蘭全境，充沛的河水沖積出一片肥沃的黑土地。在二十多年前我曾訪問烏克蘭，與基輔大學的教授乘坐遊艇同遊聶伯河。兩岸風光如畫，可是現在卻變成了戰場。烏克蘭是東西文化交匯之處，多采多姿的斯拉夫文明在此誕生。在這裡產生了許多偉大的文學及藝術作品，著名的基輔大學，它真正的校名就是以詩人謝甫琴訶為名。不過烏克蘭也出了不少野心家和政治家，前蘇聯時代名震一時的領導人赫魯雪夫及布里茲涅夫就是烏克蘭人。歷史上各個強權都想把這塊土地據為己有。從古到今這裡不知道換了多少個統治者，結果人民苦不堪言。近幾十年來，烏克蘭一直是歐洲最貧窮的國家。徒然擁有一塊肥沃的土地，卻不能過上富裕的生活，何等可悲。這次俄烏戰爭，表面上是俄烏兩國的事，事實上是美俄兩大勢力的較勁。戰場在烏克蘭，武器卻來自外來的強權，死傷的是烏克蘭人，被摧毀的是烏克蘭人的家園。蒼天有眼，聶伯河不會饒過他們，這些強權終將隨滾滾洪流而去。

聖經上以賽亞書有句話說：
"祂必在列國中施行審判，為許多國民斷定是非。他們要將刀打成犁頭，把槍打成鐮刀。這國不舉刀攻擊那國，他們也不再學習戰事。"
聶伯河的水終將洗去戰爭的痕跡，希望和平早日到來。

窗口的孩子王

——林鉑翔

站在窗口的男人，結束了
來回踱步，扭了扭歪斜的領結
他想以正視聽。

從窗口望去
瓦礫望著煙硝
不對稱的烏雲，剎時
就要合併為一體。

他憶起了童年時孩子王的自己

窗外驚懼的眼神，他彷彿找回孩提時的戰利品
而這些戰利品也彷彿長大也多樣。

讓他志得意滿的是，課桌中間的刻痕
在他無視之下，整張桌子即將為他所有。

他笑了

直到整間教室空盪盪
教室外擁擠而慌張的人道走廊，
哭泣聲愈來愈遠。

戰爭來自惡魔
—— 林篤文

顫慄的光線照在歷史扉頁
你挺舉砲彈
在我的領土不止步發射
所有的烽火燃燒你瘋狂的孤獨

你問我，詩什麼
我低吟的是一首戰爭屍
屍首不見屍尾的驪歌
雨線也無法密縫的傷痛

迷戀盤踞天空的鷹姿
陷入胡思的爪
攫取的山河已焦土

廢墟裝禎的城正盛開你的名
一路收復屍土
日子失血過多而虛空
黑夜淹沒你的瞳

當我倒地成塚
逆光的你
永遠也無法縱橫我的魂

黑壁末世錄
—— 白楊

白牆從不為自己辯白
失去的顏色何時刷回來
炮彈，總是扮演無情追魂手
飛天鑽地，到處惹塵埃
沒肝沒肺，瘋狂廝殺一場
你的心怎麼比末世還黑
那牆上頭的月，滴落繁星之淚
戰士背著槍與妻女訣別

窗前疑是冬雪紛飛
近看是玻璃碎片
烏城，只剩殘磚瓦礫
眼裡的景象似犬狗地獄
塵灰颼颼，那是人民被滅絕
悲啊悲！聶伯河在嗚咽
硝煙中模糊了旗幟的鮮血

以堅決創造刺針神奇
坦克裝甲成了困獸之地
只是妳說的世界，在這裡絕跡
風吹草動都是靈魂在戰慄
把心封藏，此景只待回憶

魔已進駐，萬惡唯有清除。

向太陽月亮星星致敬

——窩窩

金色的陽光照在平坦的卡疊石
在那裡，敘利亞劇烈的戰鬥正在進行
拉美西斯二世那青銅的號角清亮地響起
衝鋒的軍號，以莊嚴的聲音
法老王，騎著駿馬
如子彈前進，塵土在馬腳下揚起縷縷
而在迦南地區後，西台國王迎上來
鮮血是鐵的淚痕縱橫在新月流域

史官歌頌戰爭詩如罌粟花
罌粟花是美的，所熬成的鴉片
開始了驚心動魄的肉搏戰！
文明赤足走過幾許炙熱的沙漠
沒有人牽引的離別心緒
皎皎星光眩盲戰士的雙眼
就看那樣夜夜君臨天上
在我們乾涸欲裂的瞳仁裡
何草不黃？何日不行？
漸漸瘦成枝枝刺刺的仙人掌
攝去我們急索土壤的水份
半秒鐘的遲疑
死亡躺在古來的白骨無人能收

號角還在吹，從兩河領域震響著喊殺聲……
交鋒幾個回合，喊殺聲猛力刺了希臘一刀
特洛伊來不及迴避，率彼曠野
哀我征夫到了靴子半島上的羅馬
兩把刺刀同時刺入非洲和亞洲的胸膛
地球東邊和西邊靜止般對峙著

啊！決死的鬥爭！
凱撒和漢武帝都說「率土之濱，莫非王土」
只因為孔雀的砍刀比大月氏的彎刀更相信功德無量的價

才讓安息帝國和貴霜帝國聯絡起絲路
歷史的齒輪沒有時間猶疑，有的是決心
猛力把君士坦丁往前一挺，讓冷兵器背負十字架
歷史的河流沒有彎道流連，有的是潰堤
猛力把鐵木真往前一挺，讓黑死病漂梗無安地
馬頭琴弦和豎琴一起，從天空濛古長調悼亡

敵人倒下，我軍站立著。山谷頓時蕭然！
我軍倒下，敵人站立著。山谷乍然寂寞！
從天邊風雪裡奔來的火藥，為了速戰速決
戰爭無懼死生，通體刺出暴風雪
在那巴爾幹流血的地方來了一隻山鷹
它睼望著，盤旋著，要棲息在俾斯麥的墳墓
在那撕碎的波蘭的地方又來了一隻黑鷹、北極熊和一隻柴犬
它們斜睨著，分割著，要優化世界的人種
誰在乎荒營野外荻草秋！
誰在乎秣陵士女唱著白符鳩！

過路的士兵呀！請抬起你們的頭
向天上的星星月亮太陽致敬
它曾經照著家園
也將日後在青冢上與你們相伴
它將繼續照著家園
也將照著你們縞衣素服的孤兒寡母啊！

陟彼崔嵬的思婦呀！請抬起你們的頭
向天上的星星月亮太陽致敬
它曾經照著妳愛人的殘骸
也將日後眷顧在壕溝裡的妳的孩妳的孫
它將繼續託付妳們的思念
也將照著諸神金樽裡的最後黃昏！

只是飛走了一些些的藍天
順便，帶走了一張淋了雨的照片
照片裡，一朵朵粉紅笑聲和一枚小酒窩

只是流走了一些些淡紫的花瓣
順便，帶走一個烏黑泥濘的褐髮洋娃娃
鼻側眼眶，乾涸如枯井，還有一兩顆淚水

只是漂走一些些金黃的麥田與綠色平原
順便，帶走了斷腳餐桌上的一蕊燭光
桌椅歪斜的，還有爐壁上空冷的碗盤

只是沖走了一尾尾鱒魚鯰魚，一隻隻的白尾海鷗
順便，帶走了河岸兩旁的歌聲與燈火
沼澤低聲嗚咽了終夜，找不到她的夕陽與滿天星斗

一些些廢墟哭泣聲
一些些彈坑悲嚎聲
屍骸的一聲聲問天

真的真的，失去了一些些，如江似海的一些些鮮血與鮮花
而失去的，終將回來。只要抬起頭。
凡抬頭仰望的，都在著
陽光在 雨水在 神，當然在
都在著。

堅定的枝椏，昂然呼吸地在著
如千軍萬馬的綠芽，阡陌裡固執地在著
一切抬頭不屈的，都在著

失去的，都將回來
跟著陽光小雨與神的腳步
一整片深黃淺綠的茂密蘆葦，和金色沙丘
終將擁抱，恬然入夢

反侵略狂想曲

—— 劉育龍

每一把槍
不管是長還是短
都拒絕讓子彈匣
進出

每一把軍刀
在刺進肉體之前
都瞬間軟化成
一節香腸

每一輛坦克
都成了壞了的時鐘
時而順時鐘
時而逆時鐘
在原地繞圈

每一架戰鬥機
都成了飛不起來的
鴕鳥

每一艘航空母艦
都是一塊超巨大的磁鐵
緊緊地扣押
甲板上的每一艘艦載機

每一顆核子彈
都忘了什麼是 $E=mc^2$
只能癢癢地
乾咳幾聲 然後
吐一口痰

每一雙軍靴
都從軍營和基地倒退
退回至主人的家門前
那一片夜夜不熄滅的前院燈光下……

戰爭乘載死亡的速度比箭還快 —— 黃士洲

一旦寫詩
就能讓蒲亭的冷血回升常溫，停止入侵烏克蘭嗎？
一旦寫詩
就能讓爆衝的戰爭掩熄殺戮嗎？
一旦寫詩
就能讓死去的胖嘟嘟笑聲重新回到嬰兒車嗎？
一旦寫詩
就能伸出援手守護老百姓瘦弱的性命嗎？
一旦寫詩
就能讓房屋不再焦掉，逃離大火的魔掌嗎？
一旦寫詩
就能讓眼淚和恐懼不再搶劫母親原本幸福的容顏？
一旦寫詩
就能讓流亡的平民安全返鄉比較快一點嗎？

當坦克與導彈用爆炸聲在戰場清洗畫筆時
濃郁的血腥色彩於土地上栩栩
如一條翻騰兇猛的川流
吞噬每個咽喉裏孱弱的名字

當藍色按鈕跟黃色炸藥的混合
再也調配不出綠色草原氣息的大地
豈是飛彈瞄準的不是和平？
是瞄準死亡

人之初

—— 崽三

人之初，獸性本善
大海養我的四肢百骸
靈魂是和蟲借來的

在吃果子之前，學會哭
女人說：「比會笑更好。」

惡意的毒如霧，選擇了你
時時強烈地刮來刮去

你沉浸在血性裏
提野瓜的頭顱
披好灰灰的虎皮

在天堂的邊緣受折磨
脊骨裡有地獄的火

新來的疤還不能理解恐懼
憐憫也無法勾消
善良也是，勇敢也是

麻木的和待宰的提醒了我
還有那些鎖住的東西

砰，砰，砰，砰，砰

不要窺探，不要裝瘋賣傻
你做了什麼你自己知道

原來在擁有失去的時候
所有的獸，都可以流淚

可否請妳跳支舞

—— levant

也許是撒旦開的玩笑
玩起捉迷藏
玻璃鞋被手榴彈偷偷換走

也許是萬聖節提早到
玩起假扮遊戲
化身乙武洋匡

也許是佛陀示現
五蘊皆空
夢幻泡影

當淚水化成天鵝湖
可否請妳跳支舞

傾靠在我的肩膀
傾聽我為妳獨奏的華爾滋
不用亦步亦趨
我們可以化成同心圓
轉出輪迴
綻放白蓮花

龍

青

12　SPECIAL PROJECT

PAINTINGS

畫與詩

& POEMS

半隻貓

見過嗎
在雷中觸碰電，或者
一棵樹
緘默地，將頂端伸向天空

心臟停頓的瞬間
紅，如此之深
像炭爐上的炙烤
秘密的刀子刺穿

更遠的
呼喚，以及醒來

紅與黑或者紅與黑

黑，臨近於無聲
與輕。
耳畔雪落
不遠處，一隻貓站定回眸

點燃一束詞語的火焰

此第三者非彼第三者

毛髮、體態，眼神以及情緒
我在畫布上
尋找自己

於是，以三者來平衡空間
最靠近你視線的
灰夾雜白，所以捲曲
右後方距離一
間隔時間約 0.1 秒
變形的灰的表層
其實是黑
延伸到下一秒更深的黑

當我與我以背相對
時間變得刺骨
我試圖平衡的某部分正在被打破——
陌生的聲音降臨
我是我，我也並不是我

ABOUT 龍青

龍青，天性頑劣，信奉所有，不接受被教化。開過兩間藝文咖啡館
（七號咖啡、魚木人文廚房），得過長篇劇本八十萬首獎，曾為青
年日報專欄作家，現任斑馬線文庫副社長。出版個人詩集《有雪肆
掠》、《白露》、《風陵渡》。

雪城詩話
—— 觀立意

文　傅詩予

　　新詩又叫白話詩、現代詩、自由詩、分行詩、分段詩……，不過筆者趨向使用自由詩這個詞。自由詩是外來語，源自美國詩體解放者惠特曼。西方格律詩不比東方寬鬆，處處設限，惠特曼的《草葉集》一出，從此再無柵欄，所以筆者覺得自由詩是最貼切的說法。而，自從詩體解放後，幾乎人人都可以寫上一首。格律詩，不管是中方的平仄、押韻或西方的輕重、音尺、頭韻、韻腳的設計都被認為是帶著腳鐐跳舞，字數句數整齊的又會被譏是機械方塊，詩既無任何體裁上的限制，自然人人可以是詩人。

　　但真是這樣嗎？總還有一點限制吧？不，限制是真的沒有，即使不分行，也可以叫散文詩，當然散文詩也是詩，所以真的可以是詩人滿天下，唯一差別的是好壞真偽。但在多元風格之下，好壞真偽又是誰說得準呢？詩人們只能各憑本事去吸納讀者群，讓銷售數字去說話。這一來，又產生諸多分歧，詩人們吵個幾天幾夜也不會有結果，最後往往是你走你的獨木橋，我過我的陽關道，仿彿處在一個平行世界裡。

　　但即使無限制，每位寫手多少還是有自己的詩觀吧？筆者讀詩寫詩，通常就是先觀立意。曹雪芹在《紅樓夢》第四十八回，寫林黛玉與香菱論詩。黛玉說：「詞句究竟還是末事，第一是立意要緊。若意趣真了，連詞句不用修飾，自是好的。」。立意的前奏是有感而發，知道自己因什麼而觸動？有什麼理由不吐不快？無感而發之作，一讀即知沒誠意，往往是應酬之作。立意就是確定文意，不只是全詩的思想內容，還包括它的意圖及動機。立意也是作者價值觀和志向的體現，價值觀要真善美，境界才會深遠。常讀到一些立意寂寞消沉虛無的創作，除了一時感染同是天涯淪落人外，大部分讀者會覺得是無病呻吟。立意要傳達正能量，讓作品即使是沉淪，最後也會出現光芒。同樣的「立意」，選擇不同的材料和寫作風格，都會出現不同的效果，境界大小，完全仰賴詩人的閱歷與襟懷。「眾裏尋他千百度，驀然回首，那人卻在燈火闌珊處」，此境界正是王國維所言，古今之成大事業、大學問者最高境界。

　　立意，就以筆者新出版的詩集《昨日之蛹》（2022年4月秀威釀出版）談起。書裏頭的每一首詩均是昨日之蛹，直到出版之日，方是化蝶起舞時。每一首詩，均是筆者所見所聞而賦（鋪陳）、比（比喻）、興（聯想），每首詩都有清楚的立意。比如序詩：〈詩繭〉，這首詩是在筆者詩創作上感到極為困頓時寫下

來的：

　　當這個世界急著曝曬胴體

　　急著用罩杯大小來界定美醜

　　你還會喜歡詩嗎？

　　筆者要說的不只是這個物質世界，更是指詩。難道詩的內容也要一脫成名嗎？難道詩也要靠各種肉體暗示去搏得眼球嗎？

　　她說她生前只發表幾首詩

　　她說有趣的是遊戲本身

　　不要在乎那些聲量和重量

　　詩裡的天方夜譚會繞過死亡

　　這裡筆者指的是美國十九世紀末女詩人艾蜜莉狄金森。對她而言，寫詩就是生活，不為了身前名甚至身後名，寫詩就是為了過日子，就像閱讀一樣，只不過把每日有感而發的人事物寫下來。寫著寫著，她成為美國詩的傳統和經典，當然她應該不會知道她的身後名會如此響亮，而或許她也早就放下了吧？所以才發表了幾首。而或許就是早早放下了「聲量和重量」，所以不浪費時間去造勢，才能留下1789 首瑰寶，讓後世討論不完吧？

　　夜裡　我闖入一座叢林

　　藤蔓處處　處處藤蔓

　　我和我的詩句困在沼澤

　　需要我的讀者來營救

　　而筆者終究沒有艾蜜莉狄金森的瀟灑和看得開，所以困在沼澤時，需要讀者來營救。對筆者而言，一個二個知己就足夠了（不過，當然是越多越好啦！）。

　　我闖入一座叢林

　　詩句成網　網內有繭

　　繭裡我和我的詩句正在突破

　　需要意象與聲韻昂首破胎

　　才能闖出這一座叢林

　　有感而發，確定意旨後，打開卷軸開始寫。寫完之後，才要談到個中的布局、修辭、意象和聲韻，這就形成所謂「風格」。很少詩可以在完成當下，就自動帶有完美的相應格局，往往總是要剪裁一番，就像插花一樣，修掉多餘的枝葉，讓主體呈現出來。除非你是在運用法國二十世紀初超現實主義提倡的那種「自動書寫」潛意識。「自動書寫」是不需要有感而發，更強調不得修改任何一個字，這樣一來，就像醉後胡言亂語，東扯一句西扯一句，不知所云，連自己也不知說的是甚麼？如何感動人呢？

　　感性感覺是一首詩誕生的開始，無論你是準備寫個人感情生活、風景描寫還是社會風俗，都要先對那些人事物有感覺，明白自己的意旨，下筆才有神，否則就像射箭靶，無的放矢，最後只是浪費筆墨而已。

2022 / 05 / 26

詩三首

要記得寫詩

雖然每天過的日子都一樣
還是要記得寫詩
就像記得刷牙
就算世界末日了
也要記得睡
別忘了吃喝拉撒
也許還是可以拉出一坨詩

跟著印度神童唸經八卦
一起發功
看要怎麼改造這個世界
記得洗澡
褪去昨日的皮
說不定會長出翅膀

今天你詩了嗎？

有說現代詩最好寫
只要不斷地分行
分行，分行，再分行
就是一首首落落長的自由體

有說現代詩最好寫
只要不斷地抽文字籤
拼貼，拼貼，再拼貼
就是一首葫蘆裡膏藥滿滿
火星體

分行，分行，分行再分行
拼貼，拼貼，拼貼再拼貼
穿著透明紗裙的國王
他的新衣，月亮看了都臉紅

今天你詩了嗎？
今天你嘶了嗎？
今天你撕了嗎？

今天撕了千首
咖啡店就要打烊了
機器人小冰必須先蒸發
明天再來分行

詩 人 的 日 常

為什麼你不相信詩集會暢銷？
你如何知道一本詩集橫空出世？
如何讓詩集破啼而出時受到矚目？

過去詩人寫詩，出版社付版稅
通路去鋪書，書店努力賣
現在詩人出資，出版社代工
通路繼續鋪，書店仍努力賣
年底打包寄回
詩人的投資血本無歸
只換回一場煙花
然後安慰自己道：後世必有知音
這就是詩人的日常。

攝影　郭潔渝

ABOUT 傅詩予

傅詩予，一九六一年生於臺灣苗栗縣。畢業於臺灣師範大學國文系。一九九七年起定居
加拿大。作品散見於臺灣及海外各報刊雜誌。曾獲台北僑聯總會華文著述詩歌類首獎、
夢花文學獎新詩優選、菊島文學獎新詩佳作、台灣文學館愛詩網佳作和統一企業飲冰室
茶集徵詩首獎。

已出版：
詩集《尋找記憶》（二〇〇九年台北秀威資訊）
詩集《與你散步落花林中》（二〇一一年台北秀威釀出版）
詩集《藏花閣》（二〇一二年台北秀威釀出版）
詩集《詩雕節慶》（二〇一五苗栗縣政府）
詩集《昨日之蛹》（二〇二二年台北秀威釀出版）
散文《雪都鱗爪》（二〇一五年文史哲出版社）

14

魚宙觀
FUNIVERSE
讀詩筆記與詩評論

孟樊

從微悟來到幽靈之間
——略論林泠詩作

　　散文詩既稱之為詩，必具備詩之質素，而詩之抒情傳統，無論中外皆淵遠流長，而從此點亦可發現抒情的散文詩比率一直居高不下，譬如被公認為現代散文詩鼻祖的波特萊爾（Charles Baudelaire）的《巴黎的憂鬱》裡多的是抒情之作，一首〈藝術家的「悔罪經」〉便顯露詩人那夾纏著忐忑不安、顫抖的痛苦等五味雜陳的情緒。雖然如此，在《巴黎的憂鬱》中我們卻也看到波氏大半的詩作都帶有敘事性，如〈每個人的怪獸〉、〈仙女的禮物〉、〈誘惑，或者色，財

以及榮譽〉……甚至他的很多抒情之作也都是從敘事中引發出來的，如〈暮色〉一詩，在詩人讚嘆「啊，夜晚！啊，令人爽新的黑暗！您是我內心歡樂的訊號，也是我精神恐慌的慰藉。」之前，敘寫了兩位對暮色驚悸、害怕的友人，以之和自己對照：「夜晚在他們身上佈下了黑暗，卻在我的頭腦裡放射出光明」，著色不深的敘事是為了襯托出暮色對詩人自己的感召。

　　雖然未刻意踵繼波氏，我的散文詩創作向

來便特別鍾情於敘事，即便像〈除夕〉、〈靜夜思〉等詩滲有濃厚的感傷情緒，卻也都由敘事帶出，可說幾乎和敘事形影不離。其實自民初散文詩初興以來，即已奠定優良的敘事傳統，即便在日據時代的台灣詩壇，罕見的水蔭萍的兩首散文詩〈尼姑〉與〈茉莉花〉，手法上亦都由敘事擔綱主角。此或因散文詩在形式上較分行詩伸縮自如，先天上就比分行詩有予敘事發展的空間（分行詩本身容易因分行而切斷或干擾敘事的進行），毋須像分行詩那樣專注於意象的呈現。我的散文詩創作起心動念常來自一個事件（event）的肇始，而從事件發展下去就變成故事（story），故事可能不夠完整（在此，它就和極短篇小說有了區別），但重要的不在它是否完整，而在它可否藉此傳達出意在言外的另一層寓意。所以我的散文詩往往也可充作敘事詩讀，像〈雌雄同室〉、〈一則業配文〉這類沒有敘事性的詩作還真不多見。然則，我是如何使用敘事手段來寫作我的散文詩呢？

首先，按照敘述與所述事物距離的遠近，熱奈特（Gerard Genette）將敘述方式分為講述（telling）與展示（showing）：前者是比較間接的一種敘述方式，作者（透過敘事者）說得較少並且距離較遠——也就是柏拉圖在《理想國》中所說的純敘事（diegesis）；而後者則是說得較多但距離較近，通常由文本中的人物直接來敷演——亦即柏氏所謂的模仿（mimesis）。換言之，這種敘述語式（mode）乃是調控敘事訊息的一種手段。一般詩作，除了史詩或敘事長詩外，不論是分行詩或散文詩多以講述方式為敘事的語式，這是因為一來限於篇幅，詩很難像小說與戲劇等敘事文有足夠的篇幅讓詩人來展示，二來由於詩之詩質本身之要求，一般不會把話說滿，即便是散文詩亦同。

我的散文詩也多半用講述方式鋪演故事，如〈人人都愛馬奎斯〉、〈那件花襯衫的下落〉、〈七竅〉……。以〈四壞球〉一詩為例，基本上，此詩係用講述方式來鋪排少棒球賽一個先發投手首局即因控球失準而連投四壞球導致被換下場的故事，在敘述第一人次四壞球的投球過程，從第一球到第五球（當中有一個好球）交代得較為詳細，可說接近展示（細節訊息透露較多）；但之後的連投四壞球奉送對手得分就用講述簡單帶過。這首詩前後我連改了三次，投球過程的訊息一次比一次減少，整首詩的篇幅也少掉一半，敘事語式即自展示越來越向講述傾斜。較諸〈四壞球〉更接近展示表現的是〈二十一世紀新聊齋〉，此詩一開始講述詩中人「我」正在為一時打結的寫作傷腦筋時，恍惚之間書房起了煙霧迷濛一片，然後：

一位妙齡倩女款款從書中走出，以那難以想像的美好。儘管我嚇了一跳。

「君莫驚慌！雖然如今你已入中年，曾經數度放棄，仍然汲汲尋求你那遺失甚久的靈感——」

「我是你尋覓不得的繆思。其實我始終跟隨在你身後，只是你不曾回頭望我一眼。」

於是，我們四目相接。頓時精神矍鑠的我，吁了一口氣。此時她有了主意，細聲說：

「你腦袋枯槁，心臟乏力，營養不足，形容憔悴，不僅要補充維他命，更須手術！」

不由我分說，她隨即解開衣襟，卸下肚兜，像嬰兒般擁我入懷……我一口一口吸吮她豐盈的乳汁，冰冷的身子逐漸溫煖起來。

故事敘述到這裡（底下略），敘述的語式換成了展示，彷彿由人物現身搬演，尤其是她對「我」的說話，簡直將場景（scene）還原到事件發生的現場，讓讀者一覽無遺。

其次，所有的故事都要有人來說，散文詩的敘事自然也不例外。這位說故事的人就是敘事者

（narrator），但敘事者並非作者，和作者不容混淆，雖然有些抒情詩幾乎是詩人的代言，但充其量詩裡的「我」也只能是詩人的第二自我，誠如查特曼（Seymour Chatman）所說，他是讀者從敘事當中重構出來的，不是敘事者，而是「創造敘事者的那一原則」。我的散文詩主要以第一人稱和第三人稱作為敘事者，而由第一人稱「我」敘述時，通常「我」都是以故事裡的人物的面貌出現，如上詩〈二十一世紀新聊齋〉裡的「我」，其他如〈影子〉、〈在蒙馬特〉、〈HOMOPHOBIA〉……均屬如此。比較貼近我個人私密經驗的如〈一幢透天厝〉、〈在研究室〉、〈讀詩〉等詩，詩中的「我」依然不能視為作者孟樊（更非陳俊榮了）。

復次，故事除了要有人說之外，也得有人在「看」，熱奈特指出，誰在看的「看」就是他所謂的「聚焦」（focalization），是指由誰在感知，也就由哪個人物在做「敘述透視」（perspective），這位敘述透視者（即感知者）就是他所謂的「聚焦者」（focalizer）。於此，熱奈特進一步將聚焦分成三種類型：

（1）無聚焦或零聚焦（zero focalization）敘事：相當於一般批評家所說的全知全能的敘事（omniscience narration），敘事者所透露的要比任何人物知道的多。我的散文詩如〈月下聽琴〉、〈人人都愛馬奎斯〉、〈觀音〉、〈魑魅〉、〈罔兩〉……採取的都是第三人稱全知的視角。

（2）內聚焦（internal focalization）敘事：敘事者只透露某個既定人物所知。此一內聚焦敘事又可分為：固定式（fixe），人物的有限視角固定不變，我大部分以第一人稱「我」為敘事者的詩如〈說經〉、〈當頭棒喝〉、〈我是音樂家〉等都屬此類；不定式（variable），人物的有限視角會轉換，如〈她離開的春夜〉敘寫她和他的戀情關係，視角卻游移在兩人身上；多重式（multiple），以不同人物來感知同一個故事，如〈羅生門〉一詩庶幾近之。

（3）外聚焦（external focalization）敘事：敘事者透露的要比人物所知少，這是一種客觀的、行為主義式的敘事。熱奈特說，以此方式敘事，作者筆下的主角人物就在我們眼前活動，但我們卻無法進入他的思想或感情裡，如我的〈給吹鼓吹論壇開個玩笑〉，視角幾乎就是外置的一架攝影機，從旁捕捉會場演講的畫面，不予評論與任何情感性的描述，雖然第四段「說你選擇的答案不會是謎底，因為後現代大師偷學宰予仍在畫寢」此句文字有點曖昧，似乎來自全知視角的說明，但因接續的第五段說「話聲剛落」，所以那句話可視為演講者「他」的間接引語，如此一來此詩採的便是客觀的外聚焦視角。但此類詩不可多得，因為詩的視角很難以攝影機的鏡頭作完全客觀的記錄。

最後我們來談談敘事的話語。故事既要有人來說，但究竟用什麼話來說呢？這就涉及所謂的敘事話語（discourse）。敘事話語在此係指敘事文語言的表達方式，包括敘事性的話語與非敘事性的話語，而前者又可分為敘述事件或行動的話語以及人物所使用的話語；後者則涵蓋敘事者公開（如解釋與議論）與隱蔽（透過人物之口或場面描寫）的評論。

敘述事件或行動的話語可說是敘事散文詩的骨幹，波特萊爾的《巴黎的憂鬱》就可以為此證明，若缺乏此類話語，它可以是散文詩卻不是敘事詩，譬如我的〈一則業配文〉便完全缺乏這種話語。事實上，台灣詩壇不乏這類缺乏敘述事件或行動的散文詩，如紀弦的〈物質不滅〉、羊令野的〈角色〉、秀陶的〈面容〉……當然這也是散文詩並非定要有敘事不可的鐵證。但我的散文詩既以敘事為大宗，這類敘事話語便俯拾即是。

而一般人物使用的話語則分為底下四種：

(1) 直接引語：由引導詞引導並用引號標出的人物對話與獨白。我的散文詩如前詩〈二十一世紀新聊齋〉中那位倩女之語即是直接引語，其他如〈飛〉裡「我」的獨白、〈說經〉中說經現場的兩句對話、〈罔兩〉裡影子與影子的影子的對話⋯⋯都屬之。限於篇幅，我的散文詩中，這類引語除了較少出現外，即便出現，話語也都極為簡略。

(2) 自由直接引語：省略引導詞和引號的人物對話與內心獨白，通常是由第一人稱講話，敘事者聲音被抹去。如我的〈巴黎落霧〉、〈夜讀佩雷的記憶〉、〈雌雄同室〉等詩都屬人物內心獨白的自由直接引語。

(3) 間接引語：敘事者以第三人稱明確報告人物語言及內心活動，亦即人物的話語與思想是由敘事者轉述。譬如〈她離開的春夜〉開頭的「春天來臨她說她要離開」即是間接引語（口述語言），而第二段接著提及「一到黎明他便想到刻骨銘心這四字」，「他便想到⋯⋯」便是人物內心活動的語言。又如〈撕破臉〉第三段開頭說「她說她還得再撕一張」，即是由敘事者「我」轉述她所說話語。

(4) 自由間接引語：敘事者省略引導詞以第三人稱模仿人物語言與內心活動，雖以客觀敘述方式出現，但給讀者喚起的卻是人物的聲音、動作與心境，這是因為敘事者往往接受了人物的視角，變成敘事者對人物的模仿，也讓人物和敘事者的兩種聲音並存，甚至融為一體。我的〈月下聽琴〉與〈魑魅〉都使用了自由的間接引語，以第三人稱話語敘述人物的感受，模仿人物的想法和感受，尤其是前詩，敘事者幾乎將自己代入月下聽琴第三人稱的他，使得最後淚流滿面的他彷彿也是敘事者自身。

至於非敘事性的話語，係指敘事者（或敘事者透過事件、人物和環境）對故事的理解與評價，有時又稱為評論，它表達的主要是敘事者的意識與傾向。這類非敘事性話語除了議論（敘事者發表的各種見解與看法）外，主要還有解釋（敘事者告訴讀者一些以其他方式難以得知和理解的事實）的功用，敘事者往往充當知情人的角色，出以零聚焦的視角，透露讀者難以掌握的訊息。譬如我的〈曇花一現〉，末段末句由敘事者出面解釋，為何南柯一夢醒來的男子竟讓他細心呵護的曇花枯萎了：「原來男子不了解她的哀愁是怎麼一回事」；又如〈靜夜思〉裡，讀者可能不知投訴旅店的異鄉遊子為何在半夜要拿出隨身的瑞士刀去一刀一刀割著射進房內的月光，知情的敘事者解釋說這是由於悲傷使然；再如〈銅像〉一詩敘述被鋸掉雙腿的偉人銅像，無法走動，但敘事者幫他解釋：其實他早就想偷偷溜走；至於另一詩〈種田〉敘述一位用文字種田的詩人，敘事者出面議論他使用的意象往往太過飽滿又稠密，「反而長出奇形怪狀的物種」。然而，作為詩——即便是散文詩，類此來自知情人的訊息仍不能透露太多，所以我給出的這種非敘事性的話語多半皆適可而止。

以上所舉，乃是我散文詩創作關於敘事手法舉舉大端之幾項特色，不能涵蓋全部的表現手法，但大體上仍能呈現我散文詩創作的美學主要特徵，並從中可以看出我對於散文詩作為一種（次）文類的主張，即敘事是散文詩創作的靈魂，而這恐怕也是它之所以區別於分行抒情詩最為關鍵的所在。

ABOUT 孟樊

孟樊，現為國立台北教育大學語文與創作學系教授。曾任佛光大學文學系暨台北教育大學語文與創作學系主任、香港浸會大學中文系訪問教授。出版有《台灣後現代詩的理論與實際》、《台灣中生代詩人論》、《台灣新詩史》（與楊宗翰合著）⋯⋯凡三十餘冊。詩作收入兩岸各類詩選集。

那一年
我們追的詩集

/ 山城手記 /

02
噴泉廣場

/ 山 城 手 記 /

文 吳長耀

1970年代初期，我買到葉珊的《傳說》與楊牧的《瓶中稿》，我發現有的出版社也出版詩集。再找志文版的新潮叢書，我買到《鄭愁予詩選集》。洪範版也是如此，我先後買到余光中的《天狼星》、羅青的《捉賊記》、楊澤的《薔薇學派的誕生》、楊牧的《北斗行》；還有大地版，余光中的《白玉苦瓜》、《五陵少年》。然後，我買到藍星叢書，向明的《狼煙》，我發現有的詩社也出版詩集。再找創世紀詩叢，我買到藍菱的《對答的枝椏》。笠

詩社也是如此，笠叢書，白萩的《香頌》、杜國清的《雪崩》；1990年代，現代詩叢書，零雨的《城的連作》、《特技家族》。但是，這些詩集也不是想買就買得到，詩集的流通一般多不普遍，沒有多久就絕版，完全找不到了。

1972年，那年暑假，我思索著，如何寫些長詩，我也寫下幾首詩。〈山城傳奇〉、〈噴泉理論〉、〈晶變現象〉、〈傾城策略〉、〈擺渡程式〉、〈我們走在山城的塵埃〉、〈第二次路過斷橋〉。後來，這幾首詩都收入《山城傳奇》這卷詩。當時，我還寫下這些字句：「這次，我思索著噴泉廣場；下次，我思索著山城的塵埃。這次，我喜歡使用土耳其藍書寫；下次，我再使用蘋果綠書寫。如果愛情是有顏色的，我是否可以，就如此書寫？寫詩，真的是很寂寞的事情。」

1970年代，大學時期，週末假日，我常到台大附近逛街找朋友們，偶而逛書店。在台大校門口，羅斯福路圍牆，有家香草山書屋，我就到此找沈恬莘，買詩集。有些詩集可能只在這兒出現，我買到羅智成的《畫冊》、溫瑞安的《將軍令》、苦苓的《李白的夢魘》、周夢蝶的《還魂草》；還有龍田版，羅智成的《光之書》、楊澤的《彷彿在君父的城邦》。與沈恬莘聊天是很快樂的事情，偶而她會說點趣味的生活，然後我們很開心地，哈哈大笑。大部份時間她多在說自己的文章，她曾經拿她的散文給我看，她發表的

剪貼本，厚厚四五本。那時候，她住在浦城街，或者溫州街巷道，那棵加羅林魚木附近。

1974年12月，我到龍泉街找學妹，順便旁聽楊教授的新詩研究，他是以作者論的方式在授課，常常一位詩人一首詩就講好久，我聽聽覺得很累就走了。倒是後來跑去耕莘文教院聽洛夫的《魔歌》詩集發表與朗誦，這是難得的盛會，我見識到詩歌經過表演所展現的魅力。那個夜晚，我看到詩人的熱情，我覺得每位詩人都像天空的一顆星，諸神羅列，佔據著一席之位置。之後，我也蒐集以詩人命名的詩集：《徐志摩全集》、《敻虹詩集》、《方思詩集》、《瘂弦詩集》、《林泠詩集》。

*

1974年，學妹的情書都會夾著兩張書籤，書籤上都有題著兩行詩句。

1974年，我想當時的書籤，不可能標註出處。後來我發現書寫很容易掉落這樣的陷阱而不自知，尤其閱讀與記憶，久而久之，寫多寫滑了，忽然跑出似曾相識的詩句，難道這是挪用的概念？或者典故的誤用？

1974年，學妹的情書像首詩，感覺如隨手可得，下筆就是行雲流水，飄逸之無邊無際，止於未可知的，未來。我的「紫晶紀」，如此醞釀，醱酵，也留下一首一首詩，屬於我們的，無法忘情傾訴的記憶之詩。

*

1979年，汪啓疆之《夢中之河》，在我的藏書中，是第一本詩人贈送的詩集。之前，他與出版商洽談出書的事情，找我與另外一位小說家做陪，在高雄七賢三路某家咖啡館喝咖啡。

汪啓疆介紹我的時候，說：「這位，寫詩的。」小說家說：「寫詩的？太好了，那麼我可以暢所欲言了。」

我說：「為什麼呢？」小說家說：「詩人都寫自己的事，小說家都寫別人的事。如果，你是寫小說的，我說話就要小心一點，免得都給你寫進小說了。」

ABOUT 吳長耀 ————————

1953年出生，嘉義中學61年高中畢業，
大同工學院機械工程系畢業。

詩獎：新詩學會「優秀青年詩人獎」、
創世紀詩社「創世紀四十週年優選獎」

詩選：作品選入《創世紀詩選》、《中華新詩選》

詩集：《山城傳奇》、《逆溫層》

鄭慧如
說詩

比喻的辯證性

文　鄭慧如

比喻體現相反相成的道理。所謂相成,指的是所比和被比之間的相似;所謂相反,指的是所比和被比之間的相異或相對。比喻,固然建立在所比和被比之間的同類而生發補充的作用,也因建立在所喻和被喻之間的非同類而產生趣味。比喻的辯證性,經常是詩行畫龍點睛的關鍵。

例如羅智成〈觀音〉:

柔美的觀音

已沉睡稀落的燭群裡

她的睡姿是夢的黑屏風

我偷偷到她髮下垂釣

每顆遠方的星上都大雪紛飛

〈觀音〉的最後一句很搖盪讀者心念:「每顆遠方的星上都大雪紛飛」。這一行來自前面幾行的連續比喻。「星」,源自「稀落的燭群」。「燭群」亦實亦虛,指遙望觀音山所感受的人間燈火。字面所無的「觀音山」,源自「觀音」的地景化。「黑屏風」比喻「夜幕」。「垂釣」是「打瞌睡」的形象比喻。一個人在夜幕低垂的觀音山對岸低頭尋思,遠方有稀稀落落的燈火。「每顆遠方的星上都大雪紛飛」既在語境上延續「夢的黑屏風」的神秘感和「稀落的燭群」的微光,又剝離現實,以非常理的敘述,閃爍著辯證性。

再如黃禮孩〈睡眠〉第一節:

它是一百年的荒涼

海棠花像熄滅了的群星

群星落在海棠花的陰影裡

母親的行走是花朵上熄滅了的火焰

HUI-JU CHENG

這四行，每一行都運用了比喻：睡眠——海棠花——群星——母逝（長久的睡眠）——花朵上熄滅的火焰。睡眠暗示死亡及永別。群星和海棠花的意象提示距離、消逝和死。每個比喻環環相扣，層層遞進，寫下死亡的不可逆。但如果省略中間遞進的比喻，從第一行跳到第四行，比喻就演為：「死亡是花朵上熄滅了的火焰」，那麼，「火焰」和「死亡」之間的差異就拉大，需填綴相似處，以縮小所喻與被喻之間的歧義。

比喻似是而非，似非而是。皇甫湜曾總括比喻的兩個原則：1. 凡喻必以非類，2. 凡比必於其倫。文學創作所比事物，因相同而合攏，又因不同而分辨。所比與被比之間，兩者全不合，不能相比；兩者全不分，無須相比。相比的事物距離越大，合得越出人意表。

ABOUT 鄭慧如

鄭慧如，女，1965 年生於台灣台北。祖籍福建同安。畢業於政治大學中國文學研究所博士班。現任逢甲大學中國文學系教授。
研究領域為漢語現代詩、中國文學史、文學評論。著有《身體詩論（1970-1999・台灣）》、《台灣當代詩的詩藝展示》、《台灣現代詩史》等。曾任《台灣詩學學刊》主編。選定、著錄及撰寫「中國大百科全書・第三版・台灣現當代詩」詞條。擔任「中國新詩總論・評論・1950-1975」台灣之選文。與詩友合編《21 世紀兩岸詩歌鑒藏（戊戌卷）》、《21 世紀兩岸詩歌鑒藏（己亥精編本）》。
歷獲科技部大專校院研究獎勵、《江漢學術》「現當代詩學研究獎」等。

大馬的詩‧大馬的人

趙紹球：
從田園地誌到網路詩

文　溫任平

超級月亮出現，那天傍晚我從郊區駕車回家，便讀到郵箱里趙紹球題為《新日常》的一疊詩。

上個世紀 70 年代的紹球，有點像 1970-1977 年的紫一思，喜歡走進叢林，體會大自然，體驗大自然的賦予。紫一思的稟性比較傾向於里爾克（R.M. Rilke）的神秘主義，趙紹球從王維、陶潛的田園詩走出來，比較擅於處理樹木叢林與自己偶遇的感覺與聯想。他寫黃昏、暮色、落霞的傍晚情境，偶爾會不自覺地重複自己。

1979 年赴台深造前，在融渾渺小的自我與蓊鬱的大自然之間，紹球缺乏的是人生歷練與哲學觀照。〈古老的井〉有「在林子的盡頭生命的盡頭 / 在歷史的盡頭 / 他的理想，已完全 / 破滅」那種悲觀的、介於浪漫又浪費的老調，同時也出現以意象突圍的兀然勁筆：

　　　　……一隻守林鳥，已倦累

ABOUT　溫任平

1944 年生於霹靂州怡保。馬來西亞天狼星詩社社長，推廣現代文學甚力。曾獲第六屆大馬華人文化獎。著有 5 本詩集；2 本散文集；7 本論文集。主編 5 本重要文選如《馬華當代文學選》和《大馬詩選》。作品收錄於多本文學大系和中學華文課本。多首詩作被譜寫成曲。

而一隻哀怨的蟬
用他月光的翼，淒淒地
哭醒一口古老
而且微瞎的井

1980年紹球在台灣政大唸新聞系，畢業返回吉隆坡從事廣告業，1996年再度赴台與友儕創業，還擔任了一家廣告學院的院長。2005年應詩人游川之邀返馬繼續他的廣告業務，這段時間可以視為紹球詩創作的空窗期。

二零一五年之後，他蠢蠢欲動，在網路練詩，哪兩三年的鍛鍊頗重要。來到二零一七年，紹球的筆轉向精緻，語言文字簡潔俐落，而以〈醒墨〉最為出色：「眾山小憩時，清瘦的風／竟也迷了途／一串敲響的鐘聲／引出無數幽藏小徑／／相聚的風景，數落著念珠／等待赴約的煙雨／商略下山的路線／該走潑墨還是工筆／／濕漉漉的草道，冒出／蛛絲。眼前的山河／披上一身薄衫……」寫景帶禪意，耳際縈迴鐘聲，涉及書法表現，少量的文字負載相當豐沃的內容。

〈夜讀〉是另外一首成功的詩，落筆彬彬有禮：「不忍登高樓／想必窗花的落款／已印在處女牆上／也是時候被夏至的／夜，給潑了墨」這種古意盎然的文字，與同一卷的〈煞風景〉末節的粗鄙卻生動，形成語文強烈的對比：：

但見一隻流浪犬
後腿高舉，毫不憐香
也不惜玉，就地
撒野

這個時期的詩，涉及人道關懷，他寫敘利亞兒童難民拉索爾的遺骸，以出奇冷靜的語態，反映戰爭的殘酷，「我的玩具／曾是別人的垃圾／／我不敢閉上眼睛／媽媽還沒有回來／害怕爸爸也／找不到回家的路／／我哪裡都不敢去／我只是希望看到／明天的月昇／今天的日落」。接著的五篇作品用食物寫鄉愁，這兒就不論了，用食物寫地理的、文化、感情的鄉愁，三五七行很難蘊釀得夠火候。這是我主觀的看法，我比較喜歡地誌詩〈永和一隅〉：

一座城市，每一條街
都隱藏不一樣的味道

就像轉角的巷口
大鹵麵是過了橋
也要趕來的一餐

再往路口向左轉
百步內永和豆漿
是雙城人的早餐

一箭之遙頂溪站
東南西北都通往
你我的五臟六腑

一條街，在不同城市
卻又毫無違和地撞名

文字組合的形式頗像一座小城。表面看，它像一份平靜的（應該說：平凡的）小城飲食說明書，可文字曲筆寫人與城的某些微妙關係，這就耐人尋味，永和而又不違和，顯然話中有話。

ABOUT 趙紹球

1960年生，祖籍廣西省容縣。畢業於台灣政治大學新聞系。曾任廣告學院院長。現任天狼星詩社理事兼資訊組主任。詩作散見於台灣刊物及若干本地詩文選。以多媒體動畫方式創作《玩世不恭》動詩系列。曾任臉書多個寫詩社團版主，以及《2018及2019新詩路電子詩刊》、《2019網路年度詩選》（電子版）執行編輯及《2020全球華人網路詩選》（電子版及紙本）執行編輯。

紹球以簡體字寫詩，九首當中以趙、陈、叶、体、丰、乡比較成功，可搏讀者一笑。這之後紹球走向新古典主義，但僅在屈原、汨羅江、李白、孟姜女、烽火台、直搗黃龍……的典故下功夫，資源稍嫌不足。以古喻今的現代詩，引經據典過繁容易堆垛，而僅靠長城與三閭大夫可能又撐不住場面。

我的（學術）興趣反而是上個世紀 70 年代紹球「為賦新詞強說愁」的田園詩，以及 30 年後，經過冠狀疫情洗禮的、進入另一個階段的田園詩：

松姿已睡成了濤聲
下風處，來者何人？

問世間難解的人生朝露，眼前
童童的針衫剛換不久
子矜無縫的思念如同太陽依約
上山翻跟斗

雲開，游到四海去了
深深不語的天籟都棲息在樹上

不見山，只緣人在山中
知道山，卻因人在山外
處在斷崖與斷掌之間得過 且過

除了文字「子矜無縫的思念如同太陽依約上山翻跟斗」、「深深不語的天籟都棲息在樹上」在修辭手法的加強，動態

語言的掌握能力進步了之外，其他的都沒有什麼變。其實是有變，微不足道的變，可能引來一場風暴的變，用心的讀者應該能體會。那是近乎蝴蝶效應的動一髮而牽全身。氣象學告訴我們：小數點後面的兩位數不足，要把握小數點後面的四個數據，始能蠡測風雨以及風雨的強度。「…在斷崖與斷掌之間得過 且過」的「得過且過」道出了作者更深刻的人生況味。說消極也好，說淡泊也好，皆從容明志。這句子本身發揮了蝴蝶效應：從局部影響本體。

〈試著躺成平行線〉只求一張床位，「連床也免了」可以避免擁擠。睡覺是老莊化，甚至連化蝶的念頭也省下。多麼卑微。這是道家的「無我」嗎？這是「無為」嗎？紹球這首詩的末節：

一躺，自己就是平行線上的死角
不平，則鳴
一平，天下
太平

隱隱呼應當前頹廢的「躺平主義」，但又不點破，留待讀者去揣摩。不平則鳴到躺平就天下太平，這已經不是一般的「反諷」（ironical），而是生命的內部奮鬥／辨証，與自

我安慰的情緒節制與忍不住的反射。2017 年與 1976 年「小樓階段」相距 40 年，紹球增添了多少人世的閱歷與滄桑，最清楚的是他自己。

紹球傳過來的幾首武俠詩，格局不大，最欠缺的是情節與佈局，日後紹球可以另行籌思發展。詩貴含蓄，忌直露。含蓄就是梅聖俞說的「含不盡之意於言外」。含蓄要求「意在言外」，「言有盡而意無窮」。

紹球的〈擊壤歌〉：「不要試圖從快樂的文字／挖掘痛苦的釘子／／不要試圖從微笑的臉龐／放大憂傷的魚尾／／我們苟且呼吸困難的每一刻／繼續往偷生／我們得過所剩無幾的每一天／餘生且過／／帝力於我何關？／這樣的日常／這樣的活著，這樣／不也是頂好的嗎？」共 12 行，拙見以為從五行到第 12 行都是散文陳述、說明。〈擊壤歌〉可能留下最精采的前面 4 行就夠了，「一切盡在不言」，讓讀者自己去尋找言外之意不是更有趣嗎？

只留下兩節 4 行，甚至還帶點洛夫超現實主義意趣呢：

不要試圖從快樂的文字
挖掘痛苦的釘子

不要試圖從微笑的臉龐
放大憂傷的魚尾

截句或短詩每有可取之處。像
〈海市蜃樓〉的：

水靜
有雲在河裏汲水
河飛
無明竟隨髮飄起

似禪語也像佛偈，咀嚼再三，
味道無窮。查「水靜河飛」有
兩個原版：「水盡鵝飛」、「水
淨河飛」。「水盡鵝飛」分別
出自於元·關漢卿《望江亭》
第二折：「你休等的我恩斷意
絕，眉南面北，怎時節水盡鵝
飛。」以及元·尚仲賢《柳毅
傳書·楔子》：「我則為空負
了兩雲期，卻離了滄波會，這
一場抵多少水盡鵝飛。」

「水淨鵝飛」一詞出自元無名
氏《雲窗夢》第四折：「我則
道地北天南，錦營花陣，俺紅
倚翠，今日個水淨鵝飛。」「水
盡鵝飛」及「水淨鵝飛」，兩
者皆指水流枯竭，鵝隻飛離，
喻恩斷義絕，各自東西。

經過多年口語音變的影響，誤
寫誤讀，原本的「水盡鵝飛」
和「水淨鵝飛」，今日演變成
約定俗成的「水靜河飛」。
比喻行情慘淡、無人問津的

境況；意義與「水盡鵝飛」
「水淨鵝飛」大相逕庭。雲汲
水，意象獨特；無明（佛家的
Avidyā），指闇昧於事物，
不能通達真理，為一切苦之根
源。「無明」隨髮飄起，充滿
歧義。飄起的放逸，還有髮為
三千煩惱絲的衍義，矛盾中見
統一，令我對上述截句令眼相
看。

紹球寫截句，部分作品已收錄
於台灣出版的好几部網路詩
選。其中較出色的截句，像
〈鎮壓〉：

誰說：子彈不長眼睛？
當修女驚天一跪
所有的冷槍
都射向她身後的孩子。

有點辛波絲卡（Wislawa
Szymborska）的出人意表。
另一截句〈愛情〉：「有時候，
就像一場太陽雨 / 有時候傾城
就是一大盆雨 / 最多時候，乾
旱缺雨 / 從來，就不是一場及
時雨」頗耐細嚼。〈整容〉：
「對父母製造 / 不完美的抗議
/ 決心用割 / 來愛自己」令人
解頤。〈靠北〉：「曾經有一
座城 / 以為把垃圾都分好了顏
色 / 那知最後還是留下 / 一張
揉皺的白紙」。留意「白紙」
的「白」也是一種顏色，乃「是
非黑白」的白，讀者馬上至此

即幡然憬悟，詩人趙紹球，話
中有話。

詩篇多次用到「黃昏」這個
詞，許多年前，應該是1966
年，我想過把高初中時代的詩
自資出版處女詩集《黃昏的雨
和夢》，這書名現在回想起來
還是酸到痺。黃昏最適宜年輕
人孵夢，加上雨打黃昏的情
景，所有浪漫的多巴胺都可以
揮霍出去。鄭愁予嘗謂「是誰
傳下這詩人的行業 / 黃昏里掛
起一盞燈」，在這多災多難的
時代，如果沒有一丁點浪漫的
情懷，日子只有更難過。

9. 人間魚的皇冠們與義工們

爭取到這個專欄的寫作機會，我一敲鍵就在手機上，吧啦吧啦連打一到八則，在私聊裡就給了總編，到現在我都不認識她或她們，這一幫人，只知道代號是「PS. 黃觀」。

至於要怎麼樣刊登，什麼時候刊登，我全不管的，因為刊登了，也不會有人知道我。知道是我有我的人，世界上只剩下放樓梯口偷贈我詩史的女子和曾經的詩人如今的造賣紙箱的俗人陳冬陽。

再說，我也沒告訴她們，我老了，不擺水果攤了，要幹嘛幹嘛的。因為全沒在規劃中，也不需要規劃。對啊！你什麼時候聽說一個人活著等死需要規劃的？

至於我自己，其實也有很奇怪的地方。這說的是有一天，所謂的皇冠總編大人們，喔，是黃觀，在手機上說：「許丁大作家，麻煩給我地址，不日奉上人間魚詩生活誌。」

我盯著手機，忽然打上：「不給地址！我自己去買。」

那邊的皇冠速度很快：「一本三百最多打九折喔！我們應該給您的，別客氣。而且我們也需要作家的一些基本的個人資料。」

「我自己坐車去隔壁市買，順便逛逛中山路。我不是什麼大作家，也不是什麼名詩人。我只是一個會死的人！這池淺廟小，王八妖風，能有多大？就萬萬拜託別這樣叫我。」

「喔喔！好。知道了。許丁，江，你不是第一

ABOUT 許丁江

知名度零，詩初次發表，將專欄當各種文類寫，以上持續，對了！讓我保持死前生活，照片無。

次寫作的吧？」

「不是。但第一次發表文字，平常沒事亂寫，有在塗鴉，沒投過，這一次是妳或者妳們要徵，我是說專欄設定的條件剛好，好像是在找我似的。而且我不叫許丁，江。我叫許丁江。」

「許丁不是複姓嗎？江是名。」

「那麼，我應該是許，丁江。因為我爸姓許，丁江是名字。我爸取的，對啦！有可能我媽姓丁，我爸藏了什麼情意在裡頭吧？本來我若像陳冬陽那樣，年少得志，得虛名，我想過筆名就叫江丁，可惜在校時沒出手。」

（後來，我回看私聊，很後悔當初這樣子講，因為我根本不是在校時沒出手，根本就是一輩子沒出手。要不是老來無聊，有這鳥屎運，根本只是自慰塗鴉罷了！還說什麼大話？）

後來，我們沒再聊下去什麼。這網路時代，你知道的，用文字聊，就會有事攔上，順流而去，而不了了之。至於為什麼我忽然不給地址或什麼資料，在我一是因為嫌麻煩，再來心疼她們辦這麼好的「媒體」，又不是什麼財團，又不是同人誌，一般新詩刊的傳統方式，我是說詩人們聚合出錢分攤社務社費，大家有個發表園地之類的。還有一點，就我在什麼地方，應該就是在手機上，看到其中一個皇冠說她是終身義工，我被觸及，觸擊到，這有多麼不容易啊！實在不曉得說什麼好？當然，這一點我沒想說，尤其在感動過後。

從「媒體」到「義工」，這是什麼樣的概念啊？其實，也不知道為什麼，這幫人志氣之大，讓我一直想到 Foucault 與 Blanchot，就傅科

（不是傅科擺）和布朗肖，至於為什麼？我不知道。就讓我慢慢想，慢慢告訴你吧？然而，但要說行也行，並無不可，你想想從媒體到網路媒體再到自媒體，最後你也可以想想網路上的報導者，那一群寫手，不！記者們，報導者，你想一想現在報紙不倒的，還有誰看……

（所以時代來到閱讀者付費？即受眾付費？那麼義工呢？義工加上訂閱者付費呢？）

嗯，嗯，還是回到原來我奇怪的地方，有如此者。不敲鍵，我自己都不知道，沒想起。

在之後，由於詩生活誌連兩期爆稿，我的一到八則文字，被分為一到五，六到八刊載，中間空了兩期，即半年。疫情各方面，尤其新冷戰情勢再起，期間還發生了俄羅斯入侵烏克蘭事件……

10. 人與病毒共存，活在元宇宙裡

確診數 17801。

在我寫專欄的今日，陳時中說疫情高峰有可能來到單日，單日二十萬人確診。看來與病毒共存是人類不可避免的大未來，不不！是現實，現況。清零，極端清零絕不可能。就讓習近平那野心家不科學，但絕對政治的，權謀的，去搞去幹唄！

世界終於來到所謂武漢病毒流感化的時代，是流感化嗎？我要不要敲個詞呢？死了一個，那個詞叫做什麼？老了真不中用，不靠譜，就個語詞也記不牢。好啦！死了一隻烏鴉之後……

等一下，是鳴哨者嗎？

連他的名字，我也記不起來了，這要了嗎？這才多久？武漢病毒都還沒成歷史呢？而第三次世界大戰，有人說實質進行中，有人說等等只差一個按鍵⋯⋯

自從普丁奇怪了，不曉得上了誰的當之後？「這輪司機」從諧星，穿西裝褲拿老二彈鋼琴，不是！老二自動彈鋼琴，又假戲真做，選上總統，本來風評民意就要掉了，因為貪污搞錢的照貪照搞。普丁因為北約擴張，想來個特殊行動，習慣他要的快睡快捷，咦，快速快絕，沒想到平地炸鍋了一個世界英雄⋯⋯

這輪司機！

剛剛邊寫專欄邊滑手機，看到韓良露生前的摯愛，她老公，某日的貼文：

年輕年老如何判定？我覺得曾野綾子說得很好，只要有我行我素，不顧他人的那種態度，就是一個會擺爛的無良老人了。

「如果不顧慮他人，（但這時代見怪不怪，的確如此這般。）在精神上就算老人了，即使是二十歲的年輕人，如果在電車裡把腳大大張開坐著或打瞌睡，都已是老年。換言之，如果處處顧慮他人的存在，即使生理年齡已是七十歲，仍可說是壯年。」

如上。

我是覺得在網上日夜顛倒的，呼朋打怪的都是年輕人，你要他們不在電車（或捷運）裡把腳大大張開坐著或打瞌睡，不成為「老年」。完全不可能了。要不這個世界讓年輕人說了算？

就下午兩點到班晚上十點下班，當然以後的年輕人就再少睡兩個鐘頭吧！搞不好元宇宙搞出來了，這世界會更瘋狂。邊打怪戴頭盔邊購物也可行唄？應該行。

乾脆就在「元宇宙」裡上班，得了！不用被更老的老人指責這世界都是無良的擺爛老人。就讓搭捷運（搭電車）的上一世代老人去搭政府的交通設施吧！新一代的擺爛無良老人全去活在元宇宙裡吃喝拉撒睡，上班邊玩遊戲，遊戲邊上班，行的，不是嗎？

其實，好像也不是「邊」什麼什麼？好像不是這個概念？如果頭盔的問題真能解決，就不是邊了，是直接──就虛實互用，就雙重身份，合⋯⋯

等一下，人？合在這個人身心上怎麼，會不會，⋯⋯這個世界這個改變也太大了吧？

抱歉！不會說，我還無法想像。叫祖克伯說唄。有人說這是騙錢的概念，玩意兒，不可能⋯⋯

11. 反侵略詩就炸開來

她們在社團，人間魚詩社在徵《反侵略詩》。

有張海報是一隻腳踩在一個空間，建築物裡。赤裸裸的寫上三個反對：「我們反對踐踏生命！我們反對戰爭！我們反對以任何理由侵略別人的國家！」

反戰和反核都大不容易！而反戰絕對比反核難！最徹底的反戰，當然是反軍火工業！而軍火工業只有強國霸權能搞！如今的美中兩大頭。德國、俄國現在有點弱了，搞不大。

但寫一首詩，反侵略難嗎？不難。所以我決定現在就來敲敲看……

《炸開來》

我有許許多多的愛，最美的，我說
是在藍色加黃色之間，除非有一面
鏡子，照向上下這兩個顏色，除非
有個國家呈現這兩個顏色，藍色的
天空，黃色的大地。

而我的愛，最美的愛，不再毀於
戰爭、逃亡以及殺戮。

我可以在冬天，給女孩兒們留下
我戴著頭巾，腰繫圍裙的樣子：
「勤勞！我們總有明天或者今天
可以期待。」

我可以在秋天，帶男孩子們去看
他小時候玩過的小船，就在迴繞
森林的溪邊。這個他，也是愛過
我的人！

我可以在夏天，帶孩子們在節慶
前一夜和早晨，敲那一大口聲音
最美麗最悠遠，最吃力的，鐘。

我在他告白後的春天，帶上手工
餅乾熱咖啡來到他長使，短弄的
鐘繩，望向他薄薄結霜的，即將
一撞，再撞的
鐘錘……

我有許許多多的愛，最美的
我說除非有一面金亮的

太陽的鏡子，照向天上
地下，不再有逃亡的，人潮
那樣逃亡的離開，解釋所有
不幸的可能，甚至死亡……

而我的春天，而我的夏天，而我的
秋天，而我的冬天，噬咬著我繼續
存在的，心；是存在之為物的，心
某個閃亮
不潔的正午，鮮血與頭顱，靜靜地

（身體）炸開來！

以上。

我不知道反侵略詩該怎麼寫？我便這樣寫了。敲敲看來的。至於為什麼是女性角色？我也不知道。寫著時，心中有飄過她的人影。送我台灣現代詩史的她。

對！對於基督宗教，所謂的隱修士、修女、教堂、神父，我莫名的有著好感，從視覺上，更勝於我所知道的比丘、比丘尼。純粹從視覺上。

我的龜毛，讓我一定要把身體括弧進去詩裡。即使破壞了什麼？不確定破壞了什麼？很奇怪的心理狀態。這應該是我發表的第二首詩吧！自從自命為詩人，又不肯與人口水案子 —— 按讚交往，互捧，然後變成酸民，拿自己的利益！

交稿前，再讀一次，發現不太懂當初為什麼這樣那樣寫？他馬的！全沒記憶，不連結。但看上面的口水案子四個字，就覺得怪？會不會是口水醬樣？另一種測不準，算了！擺著吧！

12. 這世界確診了，從毛到習近平

今天確診數 23102。

我覺得我不應該說自己在寫專欄，我寧願說我是在寫小說。這樣我才能更為所欲為，連寫私小說都不是。我只一個人平常就吃喝拉撒睡，還有什麼「私」能寫的嗎？

這空了兩期半年，世界局勢，含台灣都有很大的變化。雖然，這是我下閣樓，不，鐵皮屋以後的發現。當然，觀察結果，她也沒再出現。

台灣的變化也是世界局勢使然的，可以說台灣更安全了，當然也是更危險了！而普丁的俄羅斯入侵烏克蘭，美國的不出兵，卻在背後出手操縱局勢的打法，可能有此一說也讓習近平啞巴吃黃蓮，但有苦嗎？也有人分析普丁是被美中兩強各有算計的給玩陰了。誰知道？

世界有真相嗎？誰來給出真相？譬如第三世界大戰已進行中？有人說等等還差一個按鈕，按鍵！

好像也不是按鍵，是叫核足球的嗎？就恐佈平衡，彼此踢來踢去，是這個概念嗎？不知道。興許是我老人不家，不家家記錯了。反正我也沒辦法，很認真看電視，而且人老反應變慢了，看字幕很吃力，看了字幕就看不了螢幕……

話說台灣，「餓」羅斯吞不下烏克蘭，是因為這輪司機留下來不走還揹上槍說俺與國同在，當然該跑的也跑了！但總統，諧星總統，假戲真做真選上的總統不放棄人民，這劇情急轉直下……

有人說「餓」普丁之於烏克蘭，「席」近平之於台灣，我的一部分，你的一部分，這誰說了算？台灣這一塊肉……

「塊肉」會「餘生」嗎？塊肉餘生記？你看過嗎？哎！唉！我是在胡扯啦。訓練腦筋，亂講話，即使是一個人也要說話出聲音讓自己聽見，預防老人齣呆，不！痴呆。

降肉！降肉！（我在模仿最近很夯的九天玄女，你知不知道？）肉會掉進，掉近，掉入誰嘴裡？拜請！拜請！拜登，我是說美國會一樣不出兵，出手嗎？
天啊！拜登竟然說他，YES，他代表美國，YES 會出手，不！出冰。台灣比烏克蘭還重要嗎？這，我不懂。但他，說了算，他拜登總比習近平好吧？我愛民主，受不了極權。

總之，我很早就反共匪，我不反中國。有多早呢？我忘了哪一年，我春風不識幾個鳥字就亂翻書，好像是在一九九一年，嗯，沒錯！我在台北某地下簡體書店裡，翻到一本古董級的影印期刊，很明顯的被供在櫃檯上，就叫《戰士》，裡頭寫到毛澤東來到自己的故鄉湖南發起農民運動，他利用痞子們為他衝鋒陷陣，就那些四業不居的人，什麼踏爛皮鞋的、挾爛傘子的、打閒的、穿綠長褂子的、賭錢打牌的，毛鼓動他們翻身做主人去到地主家小姐少奶奶的牙床上打滾！他馬的！這是赤裸裸的（性）暴力「革命」地主的妻女……

又，這是一份名為《湖南農民運動考察報告》，我不確定作者是誰？當初就很震撼，不能接受這種打天下的作法！

在自己的故鄉！
我如何能相信這樣起家體質的政黨？他的頭人一人而治天下？如此和尚打傘。現在的習近平呢？也要如此竊據天下、天下人嗎？頭殼有洞，真的！

不管啦！總之，烏克蘭沒被活生生一口吞下吃下，龜孫子似的，這輪司機沒出走，出逃！使得民意願為台灣一戰的，高達，我沒記錯的話，是八成嗎？因為今天的烏克蘭，明日的台灣，這樣的邏輯陰影，就像前此的，今日香港，明天的台灣一樣，甚囂塵上。

以下這些數字，看了，我必須說，感覺有些頭疼，甚至流鼻水，心裡怪怪的想咳……

28487。30035。65011，今天是五月十三日。64041。85356，今天乃十八日。89389，二十五日。81907，二十六日。94855，二十七日。80881，二十八日。76605，二十九日。60103，三十日。80705，三十一日。88293，六月一日。76986，二日。

這些是台灣每天的確診數字，若我忽然想要知道一下，滑的手機。

那麼全世界呢？其實，我不想要知道。太慘了！

13. 人民是由黨來定義的嗎？

滑手機看見天龍國最近出了一本《台灣新詩史》，放在台階上給我的那一本叫《台灣現代詩史》，不知道她會不會再帶來給我？裡頭應該也有周夢蝶吧？只是評價高低的問題。不曉得她還會不會大作文章？

總之，我會撐高耳朵，注意台階動靜，而且我想跟她聊上一聊。

翻書翻到所謂「美國特色」就是：「膚淺、快節奏、過於看重物質財富、無休止地追功逐名、（畫中蛆蟲，錯！是）譁眾取寵、工作與生活機械化、肆無忌憚地盤剝自然與人力。」有人還譏諷美國是可口可樂的故鄉，只能「生產出」文化！有人說美國標「綁」民主卻是完全不懂得民主真義的地方。

真要說很多東西，我是不懂的。我很膚淺，我只知道兩害相權取其輕。而且我也只知道實用主義是十足美國風味的哲學。實用主義不是什麼關於第一事物或最終事物，關於任何世界最內在原理的哲學。它就是一種美國款的生活風格，一種解決問題的思想罷了！

但美國的實用主義是否就等於鄧小平的不管黑貓白貓能抓到老鼠的就是好貓？倒還不至於。

沒那麼悲情和哭調啦！老人小瓶子，所謂摸石子過河，好像摸著石子就安了。你嘛幫幫忙，這石子是置在水流中，好不好？

美國的憲法，立國精神，清教徒倫理還是有它的可觀之處。中國要不成為危害世界的中國，不只要韜光養晦，它在精神、法治和政治層面，仍有一段長遠的路要走。不能只靠十三、四億人口的市場，這不只是人海戰術，這還是人市戰術，可只有這嗎？中國人要好好的定義一下他自己，中國人這三個字的內涵是一個共黨中國嗎？你是一個共黨中國所定義的中國人嗎？而且而且人民是由黨來定義的嗎？

反正，我也不知道，我也不管，我在說什麼？我亂說，你亂聽就好。最好別信我的，一個台灣無名老詩人，自命的，胡言亂語。

20代速寫世界

學生之後

文 雪果

ABOUT
雪果

某藝術大學藝術碩士。喜歡藝術、表演、街舞、動畫與漫畫、日劇與日本花道的 20 多歲女子。

上一篇刊登文章的撰寫時間是 2021 年 8 月，而這篇文章是 2022 年 6 月下筆。相隔快一年了，來聊聊這數個月我經歷了什麼。

2021 年 7 月我剛從研究所畢業、取得碩士學位。為了在「27 歲之前」獲得第一份工作而努力到處面試。因為我不想在面試時，自我介紹著「我目前 27 歲，沒有工作經驗」呀！這才發現，我對「27 歲」有著假想。想著 27 歲應該或多或少有工作經驗，看起來更成熟可靠。這可以說是我對年齡的刻板印象吧？認為特定年紀的人應該有特定樣貌、身份、條件。奇妙的是，我父母並未給我任何壓力，也從未催促我應該要做些什麼。但我卻很自然地把社會的欲望加諸在自己身上，這是為什麼呢？

總而言之，我在三個月內面試了 11 次，成功在 27 歲前取得正職——回到大學母校擔任行政人員（也稱「助教」）。沒錯，我好不容易離開學校，卻又回到學校工作。回到舊地，用新身份、做不一樣的事。剛入職的我，就只是做著該做的事。但身份意識尚未轉換，覺得自己好像只是「工作變多的工讀生」。對於自己仍身在學校感到奇怪。

大約入職三個月時，有一個學生突然找我，說因為創作關係、需要監視器錄影畫面。當下我不確定能不能給，所以沒有給他。之後才發現，那位學生未經過同意，在系館偷偷過夜。過夜的原因的確是為了創作。而想要監視器錄影畫面，是為了將錄影畫面作為創作記錄。之所以找我是因為我當時最菜，最有可能給他錄影記錄。

我知道事情緣由後非常生氣。也開始注意到助教跟學生身份的不同，而當學生做出如此行為時，我又該用什麼立場與學生的班導或指導老師溝通。仔細想想，這件事是我轉換「學生心態」的契機吧。

如今就職將滿八個月，我也已經 27 歲。心態不再學生，稍微變得成熟一點、能有所承擔，成為了「社會人」。現在的我符合了內心對於「27 歲」的想像，卻也發生了過去沒有預想到的事情——對生活的感受變得駑鈍。

也許社會人還需要在心中建立一個開關。上班時切換為上班狀態；下班後切換成下班狀態、忘掉工作。但我的開關時常故障，下班後仍需消化上班時的壓力與情緒。漸漸地，欣賞作品的感受不再敏感，也脫離了創作與書寫狀態，忘記如何寫一篇文章？例如這篇你正在閱讀的文章。

為了找回感受、書寫狀態，找回成為社會人之前的我，我翻閱學生時期的筆記。筆記內含上課與講座內容，想著如何創作？什麼是創作？當時純粹地探索著知識。我看著以前的筆記，我回歸於自己，我寫出這篇文章。這些筆記是我一輩子的寶藏。

郭瀅瀅｜專欄

昨日的凝視

文 郭瀅瀅

1. 麻雀

那天下午，我在街道上看見一隻死去的麻雀。牠仰躺著，身體沒有明確的缺損或變形，不像是曾被捕食或遭受撞擊的樣子。也許，只是因為生病而從樹梢上掉了下來，便沒有力氣再飛。牠的精神已經遠走，身體卻仍在地面上經受著烈日，而腹部的細毛也還泛著油亮的光澤，彷彿尚未知曉死亡，或是，晚一步才會與死亡同步。我想像一個哀傷的小孩一樣埋葬牠，卻躊躇不前，為著自己也不清楚的原因。也許，是因為在牠靜止的身軀裡，撞見了永恆的寧靜而不知所措。

當我決定遠去，視線卻還掛記著牠。回頭間，一雙雙倉促的腳重重踩踏，我彷彿將要聽見骨骼碎裂的微細聲響。最後，牠在一個陌生男子的黑皮鞋間翻滾了起來，騰空，像是一個不曾有過生命，被擺放得太久而即將裂解的，毽子，在旋轉飛舞的瞬間落下了一半的羽毛。而牠並沒有亂了他的步伐，是步伐改變了牠的方向。

當皮鞋遠去，我想起了那隻被豢養了太久，不再歌唱的橘紅色金絲雀。童年的某個下午，牠振翅飛出了窗外卻落入了野狗的口中。兒時的我站在窗前，錯愕而愧疚著。後來我經常仰望樹梢，希望能無意間撞見牠的靈魂。

也許，永恆寧靜的一切總以闕如的面貌，撞擊著我的心。

2. 木槿

那天清晨，木槿終於開花了。橘紅色的花瓣乾
燥而薄透，我凝視得出神，它像是一張被精工
雕琢好的紙，上面有著微細的皺摺。也許那是
它在展開之前，在窄小的花萼裡折疊著自身的
痕跡，而它將隨著時間，成為一道道深邃的裂
縫。

大雨落下，我決定將它收藏在影像裡。不寫實
再現它與它的周圍，彷彿它是一個雨中獨自冥
想，超越了物種界定的存在，僅以花朵的樣貌
混淆我的認知。而那細長的花蕊在色澤最深的
中心裡，向外伸出，感知著我無法知道的訊息。

雨加速了生命的循環。在雨之後，它闔起了自
身，絨毛狀的花蕊也逐漸靠近濕潤的花瓣。那
是它們最靠近彼此的時候。但也許，它們僅是
回到了綻放以前，在無法伸展的空間裡，未成
形而彼此依偎的隱密狀態。

它終究是回到了濕潤裡，混合著雨水與自身的
水分，縮小而聚攏。我不再能看見它的內部，
而它從此成了我的夢境。在無數次的午睡裡，
巨大的花瓣在意識混沌之時顯現在眼前，並緩
慢推進，我分不清楚是它在靠近我，或是我走
進它。而當我感覺正進入它的中心時，往往也
瞬間醒來。

那廣大、渲染著視線的內部色彩，也就蔓延進
了我的日常。深邃而接近黑色的紅、明亮而濃
郁的黃——那是睜開眼睛以前，預示著心象黑
幕即將落下的，最後一瞬。於是在日常裡，透
過肉眼侷限所看見的客觀樣貌，漸漸在我心裡
微小了起來。

ABOUT 郭瀅瀅

1988 年生。

哲學系畢業，
在文字與影像裡觀照自我，
覺察內心的混沌與光明。